楚尘

文化
Chu Chen

北京楚尘文化传媒有限公司 出品

我在美丽的日本

［日］川端康成 著

叶渭渠 唐月梅 译

中信出版集团|北京

图书在版编目（CIP）数据

我在美丽的日本 /（日）川端康成著；叶渭渠，唐月梅译. -- 北京：中信出版社，2022.1
ISBN 978-7-5217-3385-3

Ⅰ. ①我… Ⅱ. ①川… ②叶… ③唐… Ⅲ. ①随笔－作品集－日本－现代 Ⅳ. ①I313.65

中国版本图书馆CIP数据核字(2021)第146416号

COLLECTION OF ESSAYS (32 pieces) by KAWABATA Yasunari
Copyright © The Heirs of KAWABATA Yasunari
All rights reserved.
Originally published in Japan.
Chinese (in simplified character only) translation rights arranged with
The Heirs of KAWABATA Yasunari, Japan
through THE SAKAI AGENCY and BARDON-CHINESE MEDIA AGENCY.
Chinese simplified translation copyright © 2022 by Chu Chen Books.
All Rights Reserved.

我在美丽的日本

著　　者：[日]川端康成
译　　者：叶渭渠　唐月梅
出版发行：中信出版集团股份有限公司
　　　　　（北京市朝阳区惠新东街甲4号富盛大厦2座　邮编　100029）
承 印 者：上海盛通时代印刷有限公司

开　　本：787mm×1092mm　1/32　印　张：11.5　字　数：170千
版　　次：2022年1月第1版　　　　印　次：2022年1月第1次印刷
书　　号：ISBN 978-7-5217-3385-3
定　　价：59.00元

版权所有·侵权必究
如有印刷、装订问题，本公司负责调换。
服务热线：400-600-8099
投稿邮箱：author@citicpub.com

目录

温泉通信 / 001

伊豆姑娘 / 008

南伊豆纪行 / 013

伊豆的印象 / 024

伊豆温泉记 / 030

伊豆天城 / 060

冬天的温泉 / 069

伊豆序说 / 074

热川通信 / 078

浅草——东京的大阪 / 084

新版浅草导游记 / 086

浅草 / 115

初秋旅信 / 127

西国纪行 / 133

仙石原——原箱根 / 146

嵯峨与淀川堤 / 150

上野之春 / 152

从海边归来 / 165

轻井泽通信 / 172

话说信浓 / 181

小花纹石 / 205

菊花 / 208

记我的舞姬 / 211

几句反语 / 231

临终的眼 / 235

纯真的声音 / 254

花未眠 / 262

哀愁 / 267

我在美丽的日本 / 279

不灭之美 / 299

美的存在与发现 / 305

日本文学之美 / 343

温泉通信

疑是白羽虫漫天飞舞,却原来是绵绵春雨。

"要是个大好天气,就可以去摘蕨菜啦!"女佣说。

这是 4 月 8 日的事。

早樱、木兰,还有各种奇花异卉吐艳争芳。雨蛙也在鸣唱。该是香鱼洄游狩野川的季节了吧。去年我问过女佣那餐案上的炸鱼是什么鱼。女佣当场将厨师的信拿了出来。

"给您送来的是香鱼[1]。是秘密。"

这是有人在禁渔期结束之前偷偷捕来的。那时节,牡丹花早已绽开,今年也许为时尚早吧。

---

[1] 香鱼,原文作鲇,日本特产的一种淡水鱼。

山茶花遍野怒放，呈现一派即将凋谢零落的情景。然而它却是一种非常顽强的花。今年正月伊始，我和在本所[1]帝大福利团体工作的学生去净帘瀑布，途中曾向溪流对岸的花丛频频地投掷石子，想把花朵打落下来。花儿距我们太远，拼命使劲，好不容易才能投掷到那边。然而，4月初重游此地，只见花朵依然绽开。我和武野藤介两人又投掷了石子。正月里没有凋谢的花，4月间却纷纷扬扬地飘落下来，顺着溪水流逝。

也许是山的关系，经常降雨。天空忽雨忽晴，变化无常。凌晨二时光景，打开浴室的窗扉，本以为在下雨，谁知外面却是洒满了月光。白色的雾霭腼腆地在溪流上空飘浮。我心想："已是初夏时分啦！"突然又意识到现时是4月初呢。在空气清新、枝繁叶茂的山中之夜，我再度沐浴在雨和月光中，心旷神怡。

我常常感到雨后月夜格外地美。地藏菩萨节日，点点星火，恍如把灯笼遗忘在田野里一般。我与旅馆的女佣同行，遇上了下雨。归途，月亮出来了，雾霭

---

1 东京都墨田区的一个地名。

依然低垂在山谷。去冬的一天，我和中河与一[1]一家乘马车去吉奈温泉，也是个雨天，后来转晴，也看到月亮和雾霭。

"月亮也在移动呀！"

记得一个夏夜，有人在这家旅馆后面河滩的亭榭里对我说了这么一句。近旁，东京的孩子们挥舞着小焰火，比赛谁划的火圈大。

"说月亮在移动有点特别哩。可每晚坐在同一个地方赏月，就会知道月亮移动的轨迹有所不同。"我抬起手说，"昨晚从这树梢上，前晚从……"

可是，在汤岛看不见一轮大满月，看不见称得上是朝暾初上和夕晖晚照的景象，因为它的东边西边都是重峦叠嶂。早晨，首先是西边的群山披上了阳光的明亮色彩。朝霞的边际从山腰扩展开去，太阳升高了。黄昏时分，东边的山峦披上了晚霞。汤岛的重山，光彩虽然淡薄了，天城山岭却仍然是一片霞红。

要是观赏旭日和夕阳的霞彩，走到街上，仰望远方天边的富士山，则美不胜收。富士山梁上朝日的光辉，也染上斜阳的色彩。

---

[1] 中河与一（1897～1994），日本小说家，曾与川端康成一起参加过新感觉派文学运动。

星空也狭窄了。

哟——伊沙沙,
哟——伊沙。
孩子们无忧无虑,
嚣闹嬉戏。
屋后的竹林,
随风俯仰摇曳。

这是一首乡村小学的女孩儿歌。

竹林用寂寞、体贴、纤细的感情眷恋着阳光,再没有什么东西能比得上它了。这里虽不像京都郊外是千里竹林的景象,但这边的河岸、那边的山腰,稀稀落落地婷立着贫瘠的竹林,其神态另有一番清心悦目的情趣。我经常躺在枯草上凝望着竹林。

观赏竹林,不能从向阳处,而必须从背阳处。还有比竹叶上闪烁着的阳光更美的阳光吗?竹叶和阳光彼此恋慕所闪出的光的戏谑吸引了我,使我坠入无我的境地。纵然不闪光,阳光透过竹叶所呈现的浅黄透明的亮色,难道不正是令人寂寞、招人喜欢的色彩吗?

我自己的心情,完全变成这竹林的心情了。一个月也没同人说上几句像样的话。心情就像空气一般澄清，完全忘却了敞开或关闭自己的感情和感觉的门扉。

然而，孤单、寂寞不时地向我袭来。合上眼睛，咬着棉袍的袖子，就嗅到一股温泉的气味。我很喜欢温泉的气味。现在我对这块土地已经非常熟稔，不觉得怎么样了。可是从前我舍弃交通工具走下坡路，快到旅馆就感到有一股温泉的气味，泪珠便扑簌簌地滚落下来。我换上旅馆的衣服之后，用鼻子嗅了嗅袖子，深深吸了一口它的气味。不仅在这里如此，我在各处温泉镇都嗅到了各种不同的温泉气味。

"我一直登到那座山的顶峰呐。"

我站在下田街道上，朋友们一来，我就一定指着那钵洼山这样说。那座山屹立在从下田街道快走到天城的地方，再爬三千二百多米的山坡才能达到山之巅。因此，从这个村庄眺望，山显得非常的高，它好像一个倒扣的钵，满山遍野都是草。花了四十分钟，才爬到接近顶峰的地方。从山麓看上去，枯草显得很可爱；可登上去一看，却是一丛丛没胸高的芒草。突然间，五六个割草的汉子从草丛中爬了出来，惊异地望着我。连我自己也觉得自己爬山是一件不可思议的事。我旋即下了山。这是沉寂的去冬岁暮的事。

前些时候,我和武野藤介也登上了后边那座枯草山。看似慢坡的斜面,才爬上去就发现非常陡峭。望望几乎要滑落的脚,然后把视线移向山谷对面的山腰,不禁感到那边松林的树梢像是一股极其可怕的力量,向我逼将过来。上山倒很顺当,可一下山,胆小的藤介就站住迈不开脚步了。

我恍如这时候的杉林一样,面对着重山、天空和溪流,我的直观时不时地猛然打开了我的心扉。我吃惊,伫立在那里,只觉得自己已经融化在大自然之中。看那茶树枝头上低垂的花,我感到深邃的静谧,看得入迷。我发现白花太劳顿了,仿佛有一种病态。

从这一带漫步走去,渺无人影,也看不到一户人家。岂止如此,有时连旅馆也只有我一人投宿。深夜二楼空无一人。猫儿在西洋式的房间里不停地叫。我站起来,走过去把房门打开。猫儿就跟在我的后头,闯进我的房间里来。它坐在我的膝上,一动不动。于是,猫儿的体臭扑鼻而来,钻进了我的脑门。我感到这好像是第一次体味到猫儿的臭气。

"难道所谓孤独就像猫儿的体臭吗?"

猫儿蓦地从我膝上站起来,神经质地把壁龛的柱子都挠破了。

一个村庄是否只能有一只猫和一只狗呢?要是这样,这只猫和狗就见不着别的猫和狗死去了。

一条新路建成了。这条路在汤岛的嵯峨泽桥附近,从下田街道拐向世古瀑布那边,一直延伸到伊豆西海岸的松崎港。狭窄的松崎街变得宽阔了。路,一直修到世古的对面。

4月6日,庆祝新路落成。一群参观安来节[1]的旅游者在别墅庭院里唱起歌来。

庆祝日之前,春雨绵绵,今天却晴空万里。4月13日那天,树干、树叶、屋顶、花儿、溪流,一处处的风物都承受着阳光的沐浴,灿烂夺目,艳美极了。

1925年5月

---

[1] 安来节,亦称安乐节或夜须礼,每年4月10日举行的祭瘟神的镇花祭。

伊豆姑娘

提起我最近邂逅的农村姑娘，那就是伊豆姑娘。一言蔽之，伊豆是山地和海岸，生活情调与普通城镇大不一样，至今保留着独具特色的风俗习惯。比如，往南超过伊豆半岛正中的天城岭一步，尽收眼底的风光景色，便别是一派南国的景象。这半年左右，我就住在这里，以温泉来说，就是在修善寺、船原、吉奈、汤岛一带。比较起来，这一带的居民生活没有什么特色，没有什么足以给外来者留下深刻的印象。也就是说，没有什么东西闯进我好奇的心或批评的眼睛里。就以姑娘们的风俗和习惯来说，也是相同的。再说，我所熟悉的姑娘大多数是旅馆女佣。凭她们的长相就知道她们都是农村姑娘，不过也只是"一面之交"，并没有深入接触她们的生活。

一提农村，首先就想到城市。这一带就位于东京附近，恐怕这是一般思路的顺序吧。与大阪和京都的农村相比，东京的农村简直是尚未开发，而且显得格外贫瘠。不过，伊豆的生活还比较好过。这里没有像关东农村常见的那种荒芜、凋敝的景象。姑娘们似乎对"去东京，去东京"的憧憬也不太强烈。也很少有人离乡到他处干女工的活计。这里的温泉星罗棋布，到这里来的东京人相当多，然而这里受到他们的影响却意外地少。稍漂亮的城市女子一到来，旅馆的女佣就会马上说："这是位好人哩。"这句话蕴含着非常纯真的韵味。这是很好的印象。

我眼下下榻的汤岛温泉，是个小小的村庄。有两三户以男人为经营对象的女生意人。当然，她们不是当地女子。然而，村妇和村姑娘同这样的女子谈话很有意思。例如，下雨天一个女子从公共汽车上走下来，跑进一家点心铺，拍了拍前来购物的村姑娘的肩膀，姑娘报以着实美好的微笑。于是双方就地站着，若无其事地闲聊了起来。坐在走廊上袒胸给孩子喂奶的村妇，也同蹲在她面前的一个奇怪的女人若无其事地谈天说地，谈个没完没了。今年冬上，不知为什么，许多卖糖果的朝鲜人来了，在村庄里租房的几乎都是卖糖果的人。身穿白裙的朝鲜妇女在小河边上洗衣裳。村妇并肩站在街道对面的房子里，向穿着白裙的女人学上几句朝鲜话，那确是一副若无其事的样子。

前些日子，在吉奈温泉收听广播的时候，狗儿冲着收音机尖声狂吠。我觉得与农家的、害怕新事物的狗儿不同，村妇的那种若无其事地接受事物的方法，是非常有意思的。

近闻在东京这样的大都会，女人渐渐趋向不讲情操了。从各地农村妇女的角度来看，东京妇女仍然过分地受到贞操观念的束缚，这恐怕是当然的吧。不过，我总觉得东京妇女无论品行好的或是品行差的，都带上一些不自然的造作。而农村妇女即使品行明显地差或是明显地好，看起来都是很自然的。伊豆有些地方，如海边的渔村和码头，还有往南一些的地方也是很不讲贞操的。恐怕只能说这地方的待人接物是很讲礼貌的。就以驰名的温泉来说，伊东和长冈是值得游乐的地方，而修善寺就不然。

目前这一带插秧刚好结束，前些时候我每天都去观看插秧，深感意外的，是没有听见插秧歌。一个新闻记者曾经告诉过我：这地方生活比较充裕，很少刺激，因而恋爱的要求也不强烈。的确可以说，生活情调没有什么变化。

在这农村待久了，我首先感受到的是"不变化的环境"，是不断地支配人们命运的环境的力量。对于旅馆的女佣，我详尽地了解了她们的身世。环境及其命运就像一根长线，明显地映入我的眼帘。像我这样一个来去无踪的人，夸张点说，是这样一个天涯的孤客，会有什么称得上是环境的呢？我感到非常不可思议。想到姑娘们的事，心情就有点迷惘，犹如站在黄昏笼罩下的山上。

还有一件事，就是妇女说，"久经世故"了。这旅馆来了个农村小姑娘给人家照料小孩子。不到一个月工夫，给旅馆当女佣的人便说是久经世故，然后就请假了。一般女佣，话儿稍一认真，就说自己"久经世故、久经世故"的。从未经世面的农村姑娘，也说自己久经世故而反省自躬。把自己久经世故或未经世面，作为自己生活中的大问题，这恐怕不仅限于农村姑娘，城市姑娘何尝不是如此呢？我曾想：一般女子"久经世故"是什么意思？对女子或对男子来说，纯粹具有什么意义？再说女子为什么认为这样的事是人生的大事呢?

伊豆是多山的半岛。山与海给人们提供了多半的生活食粮,这里不是农耕地,因此姑娘们就是山、海与田野之间的女儿,但在伊豆绝对没有美人。

1925年8月

南伊豆纪行

12月31日

漫步在大街上，寒风凛冽。男和服的袖宽，俨若蝙蝠。忽然心血来潮，打算去南伊豆一行。为了写《伊豆的舞女》续篇，最好去下田一游。二十分钟之内，匆匆做好准备，乘上了一点多钟那趟开往下田的班车。车子在天城山的路上流星似的疾驰而去。

汽车钻进山岭的隧道，隧道北口已看不到茶馆，就是《伊豆的舞女》里所写的那家茶馆，也就是老太婆和患中风症的老大爷所在的那家茶馆。我思忖：莫非那户人家不在了？老大爷也作古了？相隔八年，又要越过天城岭了。

钻出隧道，来到南边，视野豁然开朗，崎岖的山路恍如一具模型，尽收眼底。沿着远方的山峦眺望，南边的天空清净明亮。我心潮起伏，涌上了一股新鲜的感触，以致把景物皆抛诸脑后。南边的重峦叠嶂一层层地淡去。天海相连。强劲的疾风，把赛璐珞窗吹得咯咯作响。

汽车停在汤野。汤野春天遇上一场大火，洗劫了半个村庄。八年前舞女们泊宿的小客栈，似乎就在眼前的停车场附近。如今新盖的屋宇，鳞次栉比，还飘荡着木头的芳香，再也找不到当年的小客栈了。停留片刻，只解手的工夫，就又出发了。

驶出汤野，再次进山，左边就望见海。途经下河津海滨和相模滩，只见海面上的伊豆半岛末端消失在霞霭之中。我叫这般景物熏染得如痴如醉。汽车又通过了隧道。

汽车驶入下田附近的河内温泉区。一路上，"千人""露天"等温泉浴场环涌。沿路的平凡村落之间，修建了不少旅舍，车子没有停就驶过去了。右侧可以望及莲台寺，还有三四座小山，其中哪座是下田富士山呢？迷惑之中，汽车过了桥，便驶入下田了。

车子在下田汽车总公司门前停了下来。这是一幢相当富丽堂皇的洋房，还有一幢很有气派的车库。这时是三点十分。汽车破了纪录，用两个钟头行驶了十一里[1]地的路程。

我问：有没有开往石廊岬的汽车。答称：汽车不去。我问：船去吗？答称：也许会去吧。于是我便奔码头走去，询问了码头工人。他说：刮这么大的风，恐怕很难开船了。我请他告诉我车站在哪儿。由于听时漫不经心，又不认识路，我就改变念头，返回汽车总公司。

我终于打消了到石廊去观赏元旦日出的念头。石廊岬位于伊豆南端。那里水石相搏的奇景，名扬天下。元旦，我爱观赏从茫茫海面上冉冉初升的朝阳，我爱迎接明媚清新、灿灿金光的清晨。打数年前起，我每次到伊豆来，总是憧憬着这番风情。

无可奈何，我只好乘四点的公共汽车到下贺茂温泉。我在候车处茫然地伫立了好一阵子，然而南线三号车早已满员。实在太麻烦了，我便叫了一辆小车返回莲台寺温泉。桂冢屋客满，碰了钉子，我遂让司机把我带到会津屋去。"这里的接待反而比桂冢屋棒啊！"

---

[1] 此处指日里，一日里约等于四公里。

到底是司机的语言。

我刚被领上二楼，旋即入浴。浴后，我打听了有没有舞场，有没有围棋院。两者皆无。莲台寺坐落在田野间，没有什么我中意的景物，还不如去柿崎住在阿波久旅馆好呢。晚饭后，听见马车的笛声，我迎着劲风，坐上铁路马车[1]奔赴下田。跨下马车，走进下田，只见河口岸边的灯火星星点点，别有一番情趣。于是我信步游骋，穿过市街，走到了郊外。我不禁惊讶于野地的荒凉，遂返回市区，漫无目的地悠游闲逛。那条大街有家《黑船》杂志社和"下田俱乐部"西餐馆，我不知走过多少遍了。劲风迎面拂来，刮得我走起路来摇摇晃晃。到底是下田，还有一爿高级饭馆。这回我从这里走到了海边。出乎意料，一轮盈盈皓月，在水波里荡漾。这是阴历十六日夜的月儿。除夕之夜，在寒风之中欣赏海上明月，也许会被认为是个狂人，因此我又折回市街，买了一副廉价毛线手套。这里有几家低级妓院，但于我无用。我乘铁路马车回到了莲台寺。一踏进房间，就感受到一股南伊豆的温煦。

我把《文艺时代》新年号的十篇作品全部阅读完毕。

---

[1] 明治时代在铁路上跑的公共马车。

对面两米远处有位客人,从下田召来了艺伎。他挖苦艺伎说:"你们有权利坐坐垫吗?"实在是恶作剧!谁知客人要上床,艺伎就嚷着肚子痛。客人突然变得体贴,他费尽唇舌苦劝了一番。腹痛当然是佯装的,是很有意思的报复。

"给你揉揉肚子好吗?"

"是里头痛。"

"就揉里头嘛。"

传来了这样一些稀奇古怪的对话。

1月1日

我被女佣摇醒了。这时已是九点钟。女佣端来了屠苏酒和年糕小豆汤。

我从旅馆打电话询问有没有舟船开往石廊岬。据说今天风急浪大,船不能出航。于是,我请人预订了南行的公共汽车票。我本来打算利用等候十点那趟铁路马车的时间,去参观国宝大日如来佛,刚要走,马车就来了。上了车,听售票员说:稍大点的轮船都不靠码头。这是不景气的象征。就连昨晚大年夜,也只有伊势町和横町行人稍多一些,其他地方的灯火好像都熄灭了。

来到汽车总公司，北侧是神社。妇女们摩肩接踵地前往参拜。新年伊始，我也是初次谒拜神社，在神前祷告文运长久。抬头仰望匾额，原来是八幡宫。两个少女在神社前殿双手合十叩拜。烟花巷的女子甚多。镇上一群有权势的人，在团拜之后，从神社旁的一间小学校走了出来。距发车时间还有二十分钟，我又在镇上悠悠游荡，怎么也找不见那家八年前曾投宿过的旅馆。

十一点五十分向下贺茂进发。钻过了两三个小隧道，时不时地望见海。今天，风也很强劲。汽车暂停下来时，我问：下贺茂在哪儿？人家说：早已过去了一千多米远了。我不禁愕然，赶忙下了车。从下田西行二里半，就是下贺茂。在野地步行了片刻，前方有一口温泉井，用草帘围了起来，从中冒出温泉的热气，缭绕上升，一片迷迷蒙蒙。我想：大概这就是有名的喷温泉吧。据说，温泉喷出足有一丈高。我迎着劲风，沿青野川而下。左侧是福田屋，再往前走了六七百米，纪伊国屋的正房是日式和室，那里已告客满，只好望门兴叹。一名身穿西服的绅士也遭到同样的命运，只好拎着一只大皮箱，茫然伫立在狂风之中。我住进了一家叫汤端屋的旅馆。风越刮越凶猛，我把挡雨板都关得严严实实。温泉混浊得有点发白，旅馆内的温泉太热，无法入浴，我就拽住腰带走过桥，到了公共浴场。旅馆老板娘大吃一惊，连忙追赶过来。午餐有牛肉火锅和炖大头鱼，花了七角钱。据说去石廊得翻过山头，走三里的险路。这么大的风，无法行走。看来石廊不欢迎我去。

后来听说，下贺茂刮起风来是不好对付的。田园的风光并不美，旅馆设备也简陋，引不起我投宿的兴趣。用过餐后，我马上离开那里，参观了有名的温室。这温室要说宽敞倒蛮宽敞，可只种了石竹科草本花。蓓蕾初绽，星星点点。据说，田野里也有一口温泉井，水量颇丰。忍竹非常茂盛，犹如河岸的芦苇一样。这也是下贺茂的一大特色吧。步行千余米，从临街的驻马店坐上了马车。

抵达下田，又跑到汽车总公司，正好赶上四点开往海岸线的那趟车。向司机招呼了声："你好"，我立即跨上了车。司机就是我昨天去莲台寺包租那辆车的司机。车子一爬上山，下田港的全景一览无余。轮船上都悬挂着太阳旗。在行向下河津的这条山路上，看山看海，实在太美了。阔别许久，又可以极目展望碧海尽头天际迤逦着的紫红晚霞了。到滨桥得花五十分钟。步行七八百米可到达谷津温泉。一些像样的旅馆散布在沿途上。元旦找到个铺位，我也有个歇脚的地方了。根据导游书的介绍，石田屋、曲屋、中津屋是一流旅馆，从外表看，中津屋较好，我就住进了中津屋。虽说屋宇只是稍加修缮，但也住得舒适，我好不容易定下心来。对于我来说，无家的哀愁和游子的缱绻之情早已渗入心田。我以四海为家，我的心潮几乎没有伴随行旅而起伏，游兴也为之大减。这次旅行，我也深深领略到，我太寂寞了。

这里的菜肴也吃得惬意。旅馆老板要同我对弈，可他要等酒后再弈战，我觉得太麻烦，就到戏棚去听说书。说书人讲的是一个名叫村田省吉的车铺老板的故事，我只听了一个小时光景就回来了。

一踏进温泉浴场，只见一个五十开外的汉子在浴场里自酌自饮：

"东京人哪怕只来十万分之一，谷津这地方也会发展起来哩。可眼下只来了一百万分之一，一年顶多五十来人。"

如果按他所说，一年要有五千万游客到谷津来。顿了片刻，他又说：

"我是这家的老板,但是……"

这时一个妇女走进浴场里来。他指着这妇女说:

"实际上她才是老板呐。旅馆行业,好歹是盛行女权嘛!"

村里人大概爱玩纸牌,喝彩声不绝于耳。正如老板所说,这温泉十分暖和。就寝时,还感到有点闷热呢。半夜里,我掀掉了一床被子。

1月2日

我八点前起床。开往汤野的汽车,十一点五十八分出发,从汤野到汤岛的汽车,十二点二十五分发车。这么一来,就没有充裕的时间在汤野停留了。虽然汤野没什么可观赏,可听越过山岭到汤岛来的学生们说,福田屋有一对美貌的姐妹,我想去看看她们。于是我托人雇了一辆马车去汤野。旅馆老板娘却一味相劝:租车不合算,要么等汽车,要么干脆徒步走一里地。反正我付了两元的住宿费,便离开了旅馆。这家旅馆也有一位可爱的姑娘。谷津的这家旅馆白天暖和,室内不用生火盆;由于靠近大海,很是明亮。南伊豆的温泉浴场,要数这里风光最美。作为南伊豆的避寒地,谷津算是一流的了。看样子我还可以弄弄文墨。今年冬天，汤岛要是寒冷，我打算到这里来。这里西餐馆寥落，全都倒闭了，还有家妓馆。

虽说来宫神社、南禅寺、河津三郎馆址、赖朝旅馆等都在这里，可我什么地方都没去游览。

一辆马车驶过来了。送行的女佣替我办好交涉，我上了车子。这辆马车是送老太婆一行人到汤野去参加葬礼的。汤野的福田家改建得很优雅，已看不见八年前的面貌了。昔日这家茅草屋的旅舍，拆下隔扇，将电灯吊得比门楣还低，让两房共用一盏，这种光景已成过去的梦了。我认识旅馆老板娘，当年这位老太婆曾忠告过我：给巡回艺人请客不值得。如今她已离开了尘世。在《伊豆的舞女》中所描写的汤野，两三处有误。

出来侍候我的姑娘，的确可以说是位美人儿，她体态丰盈。但她不是旅馆的姑娘，可能是从莲台寺来的女佣吧。在我的记忆里，如今她已不是什么妙龄少女了。另一个小姑娘，同她也不是姐妹关系，只要看穿本来面目就完了。我决定乘十二点那趟车翻过这座山岭。

正月初二，梅花却已绽放。

我曾留言：敲响十二点就来告诉我。我匆匆地赶到车站时,已是十二点二十五分,车发了。在候车室里,我又遇见去莲台寺那位司机。这是第三次邂逅了。赶巧来了三辆开往修善寺的空车,我搭上了其中一辆。两点多钟,抵达汤岛,行程近四十里。真是名副其实的汽车旅行。

桥爪惠夫妇及其友人桑木夫妇几乎和我同时到达汤本馆,晚上我们玩联珠棋和台球。我提着灯笼上街的时候,同中条百合子[1]邂逅相遇。她大概是去看乡村戏剧吧。我向厨师探听,才知道天城岭北口那家茶馆果然连铺子也荡然无存了,那位中风的老大爷已经作古,老太婆也迁到修善寺附近的山村去了。

汤岛位于深山,清幽恬静,伊豆温泉再没有什么地方比它更美的了。

1月3日

初雪纷纷扬扬,下个不停。

1926年2月

---

[1] 即宫本百合子(1899～1951),日本无产阶级作家,代表作有《贫穷的人们》《播州平原》等。

伊豆的印象

今天是 5 月 7 日,伊豆的天城一带该是石楠花盛开的时节了。石楠花是天城的名产。两三年前《日本诗人》的同人去伊豆旅行时,也曾热烈地讴歌了石楠花。据说,这种高山植物在一般的土地上充其量只能长到三四尺,可是在天城却难能可贵地成长到十多尺高。这就是说,成长在合适的土壤上,就能成为名产。

我见到最大的石楠花,是在吉奈温泉东府屋的庭园里。据说,樋口一叶曾在那里住过,于是就流传着一叶有趣的故事。这颗石楠生长在看似亭子的偏房前,我觉得它不仅是在吉奈,就是在伊豆,也可以算得上是名胜之一。我认为去伊豆光是为了观赏这株大树也是值得的。

可以说，如果不在石楠花盛开的5月去伊豆，就不算懂得伊豆。总的说来，山间温泉是从春天到初夏、从秋天到初冬这个季节的风物动态最有意思。再说，这季节的温泉水也是使肌肤的感触最清爽的。不过，具有讽刺意味的是，这时节哪家旅馆都闲着。因为夏天不是观赏植物的季节。

天城的花儿中，有一种叫作"八丁池的溪荪"。佐藤惣之助曾满怀热情地讴歌过这种花。从汤岛温泉走七公里多的路，闯入天城深山，那里有个方圆六万多平方米的池子，溪荪就在那里怒放。因为它是生长在三千尺的高山中，不由得令人感受到一种梦幻般的美。

还有，这个池子里的青蛙是爬到树上产卵的，这是动物学者众所周知的事。

商科大学的大冢金之助先生曾特意到那池子上溜冰。从汤岛去土肥温泉，在越过山岭的时候，经营杉林的人说，他曾试着在这片杉林附近开辟滑雪场，可是我不觉得在伊豆的山上能够开辟出像样的滑雪场来。

听说野猪到某林业者的家中来挖蚯蚓，还听说野猪像鼹鼠那样钻进土里把竹笋全都吃光了，不仅如此，还把农作物也给糟蹋了。因此，村民们请求林业局给张上铁丝网。可是铁丝网的网眼粗糙,小野猪到处乱拱,穿过网眼跑进地里来。于是野母猪也拼命拱破网眼,尾随而来,保护小野猪。据说,清晨,时常可以看见那铁丝网上沾着野母猪的毛和血。

天城的鹿比野猪还要多,因为宫内省明令保护鹿。最近天城的猎场管理权已由宫内省转移到农林省,同时对民间开放。入场券确实是二十五元,还附带各种规定,这种狩鹿活动,不久的将来一定会成为有钱人的新体育运动。

提起体育运动,听说在里伊豆修建了一个巨大的高尔夫球场,还要在那里兴建一家大乐园。如果不兴建这些设施,里伊豆不论作为游乐地或旅行地,都不会有太大的发展前途。

里伊豆,就是指天城以南的伊豆,那里有汤野、河内、莲台寺、下贺茂、谷津等温泉,不过条件好的只有谷津温泉。其他地方,在风景方面不具得天独厚的条件。莲台寺自古以来就驰名,由于靠近下田港,是最繁荣昌盛之地,不过,在狭窄的平原地段,温泉旅馆鳞次栉比,没有什么情趣。比起长冈温泉来,这使人更有一种临时木板房的感觉。近海的,只有谷津。

我走过的地方，谷津和三河的蒲郡是冬天里最暖和的地方。正月初二盖上两床被子，暖和得无法成眠。反正想游览里伊豆的温泉，只要花上一两天工夫，乘公共汽车到处转上一圈就足够了。在热川温泉，从旅馆的房间可以眺望大海、观赏明亮的山，但是交通不便，从伊东温泉一带要到别的什么地方，只能乘坐山中少女驾的马前往，除此别无他法。

南伊豆的优点，就是海岸线，却也只能沿着海滨一步步走。半岛南端的石廊崎是伊豆风景绝佳的名胜，但是大海波涛汹涌，很少有船从下田出海。下田港与小曲所唱的情况大不一样，哪里也看不见想象中的那种家家户户卖女人的引人注目的景象。下田市镇又昏暗又萧条。传说的下田姑娘大多数都是可以买的女人，这也是谎言。据说，不论是艺伎还是其他的女人，大多是从附近的村庄来，或是从外地流落而来。听我这么说，一位下田的姑娘对我发怒了。据说那个姑娘十六岁时，乘坐载有近三十个男人的金枪鱼船去鹿儿岛，又乘金枪鱼船回到下田来。听说，她径直赴鹿儿岛，途中哪儿也没有上岸。因此，她旅行的印象，净是从白天的海上和夜间的海上所看到的港口的灯火。我想起高尔基的《二十六个男人和一个女人》的故事，说的是这些男人只顾凝视着这个姑娘,可她却不当一回事。她是个很老实的姑娘。她心中隐藏着的,可能还是南国大海姑娘的气质吧。

旅行家的话是靠不住的。我身在伊豆,读着伊豆的游记,感到或多或少都写了些谎言。吉田弦二郎氏撰写吉奈的文章中,说当地的孩子乘上空马车游玩,这是当地孩子的唯一乐趣。汤岛的邮政局长很恼火地说:那样写是作者瞧不起人。我读过的吉田氏的文章中还写道,那一带人家的屋顶上,还有像排气的装置,真不可思议。当知道了那是养蚕所必须的,就会觉得文章有些荒谬。连田山花袋[1]有的地方也写错了。不管怎么说,最近人们都觉得"沼津仙人"若山牧水氏写的伊豆之歌很好。另外,赤松月船君评论我的《伊豆的舞女》说,"你写出了竹林之美",我很高兴。不过,只要一踏足汤岛,谁都会体味到竹林之美的。也许是由于我长住的缘故吧,我变得对"伊豆"这个词不抱幻想了。

然而,多次访游伊豆的人大多还是觉得伊豆好。

---

[1] 田山花袋(1872~1930),日本小说家,日本自然主义文学的鼻祖,代表作是《棉被》。

由此看来，伊豆是个好地方吧。他们也会对初次到访伊豆的人说：一般说来，还是天城以北的山麓好。他们说了同我一样的话。

再没有什么比旅行中遇到早熟的姑娘私奔，更带感情性的了。两三年前我去做征兵检查，顺道去了纪伊旅行，一个十五岁的私奔姑娘，被人家在传说中的安珍清姬[1]所在的道成寺里逮住了。他们和我同乘一辆汽车，姑娘被押解回到天边港。前些日子，在汤岛旅馆里同男人同居的姑娘也是十五岁。她每天晚上照例八点开始就寝，系着黄色的三尺腰带。旅馆的老大娘非常心痛地说：真可怜，真可怜啊！夜里两点光景，我下到溪流边的温泉泡温泉浴，看到她带着哀伤而疲惫的眼神，与她在一起的那个男人却安然地把身子泡在温泉水中。我涌起一种奇怪的心情，不禁惊愕于她那孩子般的胸脯上乳房被人为地促其发育了。

1927 年 6 月

---

[1] 安珍清姬，纪伊国道成寺的传说，木偶净琉璃的剧目之一。

伊豆温泉记

一 南国的模型

话说,有一处浴池是将自然形状的岩石原封不动地随便排列,就像多岩石山川的渊潭那样。

"那里脚还可以够到底吗?"女子提心吊胆地抓住边缘的岩石,不能漫不经心地进入温泉。她生怕脚一踩空,扑通沉到水底里。也就是说,这是一个完全省略了在池底埋小石头,或铺底板子麻烦的温泉浴池。

尽管如此,在浴池中央,立着一块有名无实的牌子,分隔开男浴池和女浴池。可是,男的潜到水下,游过去碰到妇女们的脚,砰的一声浮了上来。

"哇!"妇女们大吵大闹。男的又潜回男浴池去。

求旅馆帮忙做饭，人家说为一两个人做饭太麻烦而婉拒了。只好自己动手做饭，除此别无他法。总之，租一个房间，一天两角或三角钱，如果放下五角茶钱的话，那么旅馆的人就会摆出诸如手巾、明信片、肥皂、鱼干等，有的旅馆都将这些当作土特产一无遗漏地拿了出来。全部价钱也许会超出茶钱，而且还会帮你将行李送到某某町，旅馆的人还会觉得过意不去。

这里说的是铅温泉的事。那是从盛冈的花卷温泉再进入深山的山温泉。

伊豆——尤其是里伊豆，更洋溢着野趣。但是，其他温泉没有铅温泉那样朴素。

我还曾听说某地温泉在浴池的正中央搭上一块板当作餐桌，艺伎和客人都泡在温泉水里，隔着这不可思议的餐桌，彼此对斟对饮。

伊豆没有这种奇特的、具有放荡意味的温泉，比如热海温泉，它所在的整座市镇都充溢着花街柳巷的气味。伊东温泉虽然不像都市式的洗温泉法，不过，嫖妓的网络却比热海更加露骨地张开。

历年11月10日之夜，伊东的无音森都举办摘髻祭。祭祀同一氏族神的地区居民，于当天唱歌、弹三弦，很有节制。参拜神社时，却禁止打灯笼。于是，无灯无言地举行祭祀仪式。因此,喝神酒也是按顺序摘臀送杯。

"恐怕送的不只是酒杯吧。"谁都会这么想。

> 不知昔日摘臀祭
> 神威镇力又何在　　　　高崎正风

据说,当年谪居的源赖朝[1]和伊东佑亲的女儿八重姬就在这森林里幽会。因此,忌讳声音。无音森的附近还有无音川和不声不响的急湍。

总之,摘臀祭不是伊东的特产,而是分散在各地的一种奇风异俗。

"近江筑摩的戴锅祭[2]如同万叶时代[3]的歌垣[4]也是很闻名的。然而,也有人说,那是上古的乱婚遗风呀。"

"也许是吧。不过,伊东有这样的祭祀,不是更能

---

1 源赖朝(1147～1199),镰仓幕府第一代将军,1192～1199年在职,是武家政治的创始者。
2 戴锅祭,是日本滋贺县坂田郡筑摩神社的祭礼。属于祭祀同一氏族神地区的妇女们,戴上所持男人数目的锅,陪同神舆出现。
3 万叶时代,日本最早的总歌集《万叶集》收入的歌从形成期到衰退期长达四百五十年,称为万叶时代。
4 歌垣,古代青年男女一起聚会唱歌跳舞,曾经是一种求婚的方式。

体现出市镇的特别感觉吗?"

可是,伊豆没有像雪国那样的温泉,可以说,那样的温泉旅馆也就是娼家。

另外,下田的故老松村春水氏运用中国人的吉传,把下田写作美人国。这是该地自豪的大话。伊豆的姑娘们也只有关东一般农村姑娘的姿色。

如果以为巡游伊豆的温泉所到之处都会有海的少女、山的少女,带着一副等待的罗曼蒂克的神采来迎接旅行者,那就大错特错了。一般地说,你最好还是想象着与此相反的面孔为好。这种事在天城北面狩野川流经的地方,即在所谓的口伊豆则更加厉害。

本来伊豆这个地方,在神龟元年[1]被定为流放之地,流放犯有较重罪的人。可以说,它是个远离都城的发配地。平安朝[2]初年才开拓东海道的箱根道,但人们还是习惯于选择足柄道,所以那时候,这里无疑是杳无人烟的地方。据历史记载,伊豆作为流放地始于天武天皇之时,在麻绩王的长子被放逐此地之后,多得不计其数的名人被流放到这里。

---

1 神龟元年,即公元724年。
2 平安朝,从桓武天皇奠都平安京至镰仓幕府成立约四百年间,即从公元794〜1192年。

这个可怕的流放之地，不知从什么时候起，作为诗之国吸引着人们，这又是为什么呢？

"当然，伊豆开始生气勃勃地活跃起来，那是源赖朝在蛭小岛高举大旗之后的事呀。他从遥远的京都把政治中心转移到这附近的镰仓之后，志贺矧川说，如果寻求一片土地凝聚了日本历史的缩影，那么非口伊豆莫属。"

"这种史迹和传说，在伊豆实在是多得烦人，宛如让你坐在摆满了上百种晒干物的食案前。带着寻访名胜古迹的目的而到伊豆来的人，时下看来有没有千分之一都成问题。有新鲜兴味的史迹，充其量也只有幕末[1]开辟下田港时，同外国人的交往，以及江川太郎左卫门[2]的活跃情况罢了。而这些情况是故老带着当年的孩子心所记下的、栩栩如生地告诉我们的往事。"

毫无疑问，"温泉比这些故事更有意思"。

还有这样的民间传说：伊豆这个名称，是来自"冒出"温泉。在这个海岸线长二百多公里、面积四百多平方公里的半岛上，拥有二十四处温泉冒泉水。另一种计算法，就是有三十三处温泉，在十二个村庄、

---

[1] 幕末，指德川幕府的末期，即公元 1853～1868 年。
[2] 江川太郎左卫门（1801～1855），江户后期的炮术家、民政家。

三个市镇拥有温泉浴场。

有人说，伊豆是名副其实的地理上的温泉胜地，而不是历史上的温泉胜地。例如，如果说把修善寺当作历史性温泉的话，那么热海就是地理性温泉。热海的胜利，无疑就是地理的胜利。

然而，正如开篇所写，那里的温泉并不是能让人大吃一惊的奇特温泉。伊豆之所以被当作诗之国，不是由于温泉，而是在于风景，因为它是一个拥有海之美和山之美的半岛。

"可是，日本三景、日本新八景，伊豆不列在其中，不是吗？"

"尽管如此，但愿人们能把观赏风景的视野更扩大些，把整个伊豆半岛归纳成一处景观该多好啊。这样的话，它也许就成为新三景之一了。有人主张把伊豆作为国立公园，伊豆确实给人以公园的感觉。伊豆具有所有风景美的模型。"

于是，令人感到它是诗之国的第一个原因，就是伊豆是南国的模型。有人说，把纪伊[1]的感觉缩小来看，就是伊豆。如果说，纪伊是南国的大模型，那么伊豆

---

1 纪伊，旧地方名，如今大部分属和歌山县，一部分属三重县管辖。

就是南国的小模型。

伊豆有山茶花、柑橘类、松鱼船、石楠花、海色、鹿、繁茂的温带植物、金衩子……

石楠花虽说是高山植物,不过,它在天城却像在南国似的开花。热海区法院的院子里栽的仙人掌,长得比我还高,似乎是热带性的好不客气的繁茂。

伊豆的海和山,也有似男性的地方,但更多的地方似女性。南国的男性和女性也像木偶似的,很可爱……

二 肌肤触感与香味

洗温泉,当然是赤条精光地泡在温泉水里,肌肤是全裸的。因此,这是触觉的世界,是肌肤触觉的喜悦。温泉水里也有各种肌肤,如同女人一样。

据我所知,伊豆温泉的肌肤触感最好的得数长冈。记得那旅馆的确是大和馆。这温泉水宛如鸡蛋白,光滑而发黏。女人洗这种温泉,确实有一种会使肌肤细嫩、光滑的感觉。据经常去长冈的人说,也许是恭维的话,不过他说:

"似乎是真的呐。"

但是,温泉的功效说明书上,并没有写明会使肌肤变得柔美。

不过，伊东的净池里立了一块石碑，上面写着"天然纪念物净池特有鱼类栖息地"。

据说，净池里栖息着被指定为天然纪念物的奇怪鱼类，诸如温泉鲤鱼、横纹鱼、迅奈良鱼、蛇鳗鱼等。这池水是温水，就是说因为它是温水，因此抚育出了特有的鱼。

例如船原，那里的温泉水面，宛如患皮肤病的人。可是，听说它恰恰对治疗皮肤病很有效，真是不可思议。在铃木屋旅馆的室内温泉浴池里，一眼看去见不到患皮肤病的男人，却看见很多皮肤病似的水垢，温泉水色黄而混浊，我赶紧从浴池里跳了出来。返回房间时，途中只见一个蓬头散发、头顶上大面积剃光并缠着一个冰袋的歇斯底里的女人，用一种可怕的神色，隔着走廊怒目而视。我一来到走廊上，一个正在进行日光浴的患结核症的男人就和我搭话。

我想：我再也不会第二次到船原来了。这同两三年前旅馆刚兴建那阵子的情况完全不同了。这里不是徒有其名的洋房饭店，除了热海以外，大概就只有这里了吧。

汤岛的西平温泉，充满了山中特有的凉爽空气，肌肤的触感也是很强烈的。

在热海温泉的触感里,有黑潮的暖流在流动。

但是对我来说,重要的不是肌肤对温泉的感触,而首先是温泉的香味儿。

谈到汤岛的情况,如果你肯舍弃天城街道上奔驰的公共汽车,步行踏上下山谷的道路,就会闻到阵阵乘着急湍的声响飘荡过来的温泉的香味儿。我满怀眷恋的心情跑了起来。换上旅馆的棉和服,用衣袖使劲蹭鼻子,嗅到那渗透到棉中的温泉香味。全身泡浸在温泉浴池里,大口大口地吸足温泉的香味。

"你是不是不喜欢这种气味?如果你不喜欢这种气味,你就是不喜欢温泉了呀……就像爱抽烟的人,以烟香为乐那样,嗅嗅各种温泉的不同香味吧。"我对同行的友人说。浓烈的香味儿几乎把鼻孔都堵塞住了,在伊豆似乎没有这样的温泉。

不仅是温泉的香味儿,再没有什么地方能比得上温泉浴场拥有如此多的各种气味了,诸如岩石的气味、树木的气味、墙壁的气味、猫的气味、泥土的气味、女人的气味、烹调的气味、竹林的气味、神社的气味、马车的气味……温泉使你感觉到许许多多的香味儿。这与刚从东京的澡堂里出来时,鼻子格外敏锐是同样的道理。

"那女子现在……"我经常这样说而被友人取笑。在温泉旅馆里是能够感受到女人的那种气味的。在温泉待久了,即使离开了温泉,其香味仿佛永留在鼻子里,拂也拂不去。

这就像在浴场里见到过女人的身体后,即便她穿起厚重的衣衫,你依然懂得那身姿似曼妙。

嗅觉特别灵敏的莫泊桑就很喜欢温泉。

三　男女混浴

"一般成为温泉礼品的东西,感觉最不好的是……"我说。

"女人的裸体——就是说染印出浴池女人画像的手巾吧。何况还带上色彩……"

对方露出暧昧的笑,我进一步说:

"在画家中也有精心作画者,例如石川寅治氏还特地到天城的山麓,引诱模特女子呐——汤岛的汤本馆后面的溪流,有一处巨大的岩石浴池,听说他画了正在那里沐浴的两三个女子。这幅画曾挂在银座原春天咖啡店里,我也曾看见过。中泽弘光氏好像也画了许多温泉女子的素描呢。"

当然,这些画家的绘画,也不应该跟染印在手巾上的女人画像相比较。然而,也不应该从挂在银座咖啡馆里的画而联想起在山间温泉所看到的女人的裸体。更不应该从那种荒唐的照片联想到其他。俗话说的千人沐浴——以拥有巨大的浴池而自豪的旅馆,女佣们经常把拘谨地进入这种浴池的明信片当作礼品拿出来。

"但是,即使是温泉,男女混浴不也是被禁止的吗?"

"好像是被禁止了呀。至少在伊豆,不论哪个乡村,哪怕是徒有形式,首先就没有男浴池和女浴池不隔开的公共浴池吧。这是很可笑的哟,不习惯混浴的客人来到旅馆的室内温泉,反而有许多是没有男女隔开的公共浴池。其实,当地人从孩提时就习惯了男女混浴,乡村温泉就有许多这种男女混浴,但是,看见女裸体而感到稀奇的人并不多。"

首先谈到热海,在伊豆的四大温泉中,它不仅能够遥遥领先地扩展,而且距东京也很近,带温泉的别墅和市镇繁华场所的地价,比东京市内非繁华地区的地价还要高,每坪[1]250元至300元。

---

[1] 坪,土地或建筑面积单位。一坪约合三点三平方米。

"热海只有油便宜。"山茶油铺的老板娘所说的确实不假,这里是全国温泉中的胜地。

然而,我却看见只拿着一条手巾的女人,从市镇上的公共温泉浴场走到路边来纳凉。在小径上走,竟感到温泉的热气舔着脚脖子,却原来是由于自己正从地窖似的女浴池的窗前经过的缘故。

一家名叫小泽温泉的温泉浴场的二楼,是一家围棋俱乐部。穿过妇女们立起单膝的更衣场,可以一边俯视底下的浴池,一边上茅房。棋盘上,也带有温泉的气味。

有间歇泉的大浴池、公共澡堂的万人浴池等的二楼,也设有娱乐场。它的大厅经常举办书画古董的展销会,或东京的和服店派来的大甩卖,还有业余爱好的说唱义太夫[1]小调会。还不时地从正下方传来澡堂里人们的沐浴声。总之,即使在热海,女人的裸体并不稀奇。这种所谓的不稀奇——这里就有温泉的男女混浴的味道。

"就算把夏天的海水浴场男女分开,你不妨想想那种杀风景的不自然吧。"我说。温泉浴场就算把男女隔

---

[1] 义太夫,日本元禄年间竹本义太夫所创的"净琉璃"的一派,用琵琶或三弦伴奏。

开,但对于在温泉水里泡大的当地人来说,也许在感觉上还是会接近于男女混浴吧。

夜里一场大雨,使得雨后放晴的美丽的南伊豆有了一个小阳春天气的早晨。山川抹上了浓重的土褐色。正在旅馆室内温泉里的我,发现河对岸的村温泉那边的一个巡回献艺的姑娘,裸露着身体在河岸上奔跑,一边高扬双手,好像在喊叫什么。在阳光的照耀下,她的躯体显得更加白皙。这是汤野温泉的一景。

温泉市镇的气味,使得裸体的惊人光景变得柔和了。不过,不能像在热海那样站在商店林立的街道上来观看这种光景,必须要么隔着山川眺望,要么透过掩映在树荫下的温泉浴池的窗户或者就在波涛声中观看。

母亲带着孩子,还有或男或女不约而同地结伴行走,一起打着灯笼沿着溪谷的路走去洗温泉。于是,浴池就成了村里人天南海北悠闲地聊天的愉悦场所。在山间温泉里的老人们,泡温泉的时间确实够长的。就算有人在无人的浴池里谈恋爱,也是鲜见的。这是若无其事的,而且是悠闲的混浴。即使有男浴池女浴池之分,他们也忘却了这种隔离。再说,越过这种徒有形式的隔板子看到的女浴池,反而是一种风情。我在各处的温泉都说:

"这里的温泉也着实滑稽,浴池有男女之别,更衣场却只有一个。"

在旅馆住长了,旅馆的人就会前来邀请你,说:

"过一会儿就要洗浴池了,请吧。"

深夜三点光景,下到浴池里,就会看到标致的小女佣在温泉水中露出圆润的肩膀,并将脸颊靠在浴池边上睡觉。月光透过树叶的筛选照射了进来,玻璃门内温泉的热气,恍如雾霭之夜的煤气灯,映出了朦胧的亮光。金袄子蛙的鸣声,在月光中旋荡。她那梳成裂桃式顶髻的鬓发,被充足的温泉水濡湿。当我把她摇醒,她就一边用手勉强撑开眼帘,一边微笑着开朗地说:

"那个洗衣铺的家伙又来了。我想在这儿一直待到天亮……"

洗衣铺的家伙是一个商人,每月中旬或月底总要从沼津来收账款,而且一定要喝醉方休,然后一定要钻进女佣的房间,十年来一贯如此,没有改变。他或是将坐垫揉成团,再让它穿上贴身长衬衣做成个木偶,然后让它同女佣睡觉,或是偷偷地将荆棘放在女佣床上,在冬季里则将冰袋放在小女佣的床上……女佣们千方百计地捍卫卧床。门锁这丁点玩意儿很容易地就被揪掉。她们在走廊的门后顶上一根木棍,于是那家伙就爬上晾晒衣服的地方,打破后窗。即使不是小女佣而是旅馆的老太婆躺在床上,直到清晨,他也不知道。次数多了,捍卫女佣卧床的心情就成为一种游戏。这种游戏也怪烦人的。所以神经过敏的新来的小姑娘,不得不在浴池子里睡觉。

不仅是洗衣铺的家伙,在温泉疗养的男客也有这个毛病,不潜入女佣房间就不解气似的。

大概是温泉水的缘故吧,那个小姑娘的胸脯上浸染上了一道红晕。我一边笑那红晕,一边同她聊起她的身世……我在浴池里听到了她这样的身世,她收集客人的烟蒂,裹成小包裹给她父亲寄去。一听到这里,觉得河滩石已经隐约发白,此时已接近鹡鸰鸟开始活动的时分了。

走投无路的私奔者,就躲在深山的温泉旅馆里,令人看了,也感到寂寞。姑娘躲在房间里,一步也不想走出房间。夜深人静时,这对男女在温泉浴池里相互拥抱啜泣。一对同性恋的女教员,白天睡大觉。女佣们悄悄地将格子门捅开一个小洞窥视这些人的动静,她们总觉得很难接近企图双双殉情的男女。姐姐夫妇俩前来寻找他们时,四人一起泡在一个浴池里,显得很尴尬。不一会儿，姐姐发现妹妹的腿上有个小伤疤，说道：

"哎哟，还有呐。"

于是开始欢闹地谈起童年时代的往事。小时候姐妹俩吵架，姐姐用火钳子烫伤了妹妹而落下了这个伤疤。发现妹妹还活着，姐姐落下欣喜的泪珠，她用手巾揩去泪水。由于这个机会而初次见面的这两个男人，也相互亲热了起来。但愿男女混浴都带着这样的心情去进行。

酩酊大醉的两个娼妇，拽着嫖客沿着溪流的石子路悄悄地从后门潜入寂静的旅馆内的温泉浴池。不知为什么，这些人中还混杂了一个农村姑娘。娼妇们开始给嫖客冲洗脊背，姑娘也不亚于她们，跪在一个男人的背后，抬起屁股来。那里已经失去了三个月前那种紧绷的美，成为新的圆形了。她才十六岁。第二年她成了昭津牛肉铺的女佣，待我再次回到村里时，我们在浴池里相遇，她已是一个丰满的女人，体形失去了苗条的线条。如此毁坏美丽的东西，使我感到悲哀和心痛。从姑娘体态看到了一如性爱的通俗医学书上所说的变化，这是温泉的悲哀之一。还有对女子体态的幻灭也是如此。

裸体的女子绝不美。形体美的，诚然是万人中之一人，在温泉旅馆住上一年，如能遇上一个，这是神灵的恩惠——我对她只能低下头来，无法正面注视她。

某报章上刊登了一个叫三助的人的文章，他说：

"女人简直就像白薯，还是穿上衣裳比裸体更具魅力。"

我不如三助那样逞强，习惯于男女混浴者也同样。脱掉衣服或穿上衣服的过程，比裸体富有魅力——我尤其觉得穿衣服时那种柔和的温馨感，比脱衣服时那种微寒的收缩感更具魅力。

然而，看看浅草松竹剧团里表演轻松喜剧的日本姑娘的舞蹈，马上又接着看看电影中外国女人表演的华丽的音乐舞蹈剧，你就会为日本女子体形的贫弱而感到悲哀。不过，在这种悲哀里，夹杂着童谣般的稚嫩、孩子的自由画般的温馨。这种带有稚嫩的温馨，也许就是日本女子体形线条之美。因此，也许温泉浴池中的女人的体形由于不美，也就给人一种亲切感吧。

在温泉浴池里，最令人讨厌的，就是看到熟人的妻子，还有被客人带去远游的艺伎、过分害羞的女人，以及毫不知耻的女人。最喜欢看到的，就是新婚旅行的新娘子。这些新娘子转了两三个温泉浴场之后，多少有点不想再去男女混浴浴池的时候那股朦胧的新鲜劲，也渗透到我这边来了。此外，就是女学生的团体。她们使我变得健康了起来。更重要的是，她们在村里的男女之间若无其事、心不在焉地泡在温泉水里。但是，即使若无其事地给不当回事的男人冲洗脊背，女子的胳膊也未必不会突然颤抖起来。于是，就有人说：

"还不到十二三岁的女孩子，有的反而在温泉水里吧嗒吧嗒地像是要同男子撒娇呢。这是女子的本性嘛……"

四 奇异的温泉

金刚杵[1]温泉

弘法大师于十八岁时至此修炼降伏恶魔之法。后于大同[2]二年再到此地来，雕刻数尊佛像及自像，安置于此。

——（修善寺记）

---

1 金刚杵，日本真言宗用的佛具，用铜或铁制作的两头尖的短棒，手持用以击退烦恼。
2 大同，平安时代平城、嵯峨天皇的年号（806～810）。

这个大同二年就是修善寺创建之年，这时大师正在云游期间，传说他用金刚杵凿开桂川流水中的岩石，温泉就冒了出来。

  岩石洼陷成浴池
  温泉沐浴伊豆人   大口鲷二

  巨岩落坐溪流中
  喷出充裕温泉水   本居丰颖

如今这座巨岩依然作为温泉浴池而存在。岩石上竖立着一个石造的金刚杵。据说这是天明年间[1]修善寺僧大鼎和尚制作的。人们从河岸上搭起一道木板跨到岩石上。大正[2]初年，这里的温泉浴池四面还镶着玻璃。从虎溪桥上、从岸上、从旅馆的窗户，大概都能看见沐浴的人。不过，现在已经安上木板格子墙了。然而，这里就像建立在河中水流湍急浅滩上浮见堂般的温泉浴池。温泉的喷口也在这座岩石上，因此能够看到冒出温泉的情景。总的说来，修善寺的温泉水似乎是由角闪安山岩

---

1 天明，光格天皇的年号（1781～1789）。
2 大正，大正天皇的年号（1912～1926）。

的岩脉两端及其裂口冒出来的。这道宽九千多平方米的岩脉，将桂川南北切断，金刚杵温泉位于其西端，河流下游的白丝瀑布则位于东头。（引自八木昌平氏著《北伊豆小志》）

我觉得在伊豆，位于溪流中的自然岩石上的温泉浴池，可能只有这里和汤岛汤本馆两处吧。汤岛的，犹如石川寅治氏所描写的，是温泉瀑布——只不过是从竹樋向岩石倾泻的温泉罢了，并非真正产生于自然岩石的缝隙。而金刚杵温泉是从河流中水流湍急的浅滩的岩石上冒出来的。另一方面，汤岛汤本馆的温泉是没有浴室的露天温泉浴场，河对岸屹立着杉山，很是凉爽，妇女们都很想利用温泉瀑布来洗头。

"旅馆老板在河流中突兀地开设温泉，人们能够在光天化日之下若无其事地入浴吗？"我在修善寺笑着说。

"不管怎么说，它无疑是伊豆的著名温泉吧。"

"那倒是的，即使从古老的角度来说，倒也是的。在修善寺，具有历史的著名温泉，除此还有别处。例如现在的四方楼的杉温泉，昔日是位于熊野神社院内的神温泉，据说伊势长氏经常前来。还听说源赖家就是在此处温泉——还有一说是在浅羽楼的温泉——遭杀害的。然而，这也像弘法大师那样是无法揣测的呀。"

元久[1]元年七月八日于浴室中被害。(镰仓大日记)

在修善寺，赖家入道，就被对手派善时藤马和云郎党前来刺杀。忽然受刺激头昏脑涨，还听说人家用绳子勒住他的脖子，取掉阴囊，然后杀害的。(愚管抄)

"可能是芥川龙之介的小说里所描写的，有人说他喝过酒后就一直泡在温泉里，直至清晨，这期间就自杀了。深夜去窥视金刚杵温泉，也许会泛起这样的感觉吧。尾崎红叶对新井旅馆那个名叫菖兰温泉的古色古香的温泉浴池，也描写了这样一些类似的故事。"

小鸟的温泉

我想起了溪流的温泉故事。

在夏天的汤岛，不论是旅馆的客人还是村里的孩子，都愿意到溪流的渊潭里游泳或戏耍，身体一感到冷，就到河滩岩石上的温泉浴池里泡暖。如果那浴池

---

[1] 元久，土御门天皇的年号（1204～1206）。

里有人,孩子们就蹲在对岸的岩石缝隙间。

"为什么大家都去那边的岩石呢?"

"那里也有点温泉冒出来。一到冬天,小鸟经常会飞到那里去,我们想去捕鸟,到了那里,只见温泉冒了出来,于是我们就用石头筑起温泉浴池,这就是小鸟温泉。"

当然,这温泉只没到脚脖子。但是,孩子们的回答使我想起遥远过去的温泉由来,那是一首小小的叙事诗。在现今的社会,温泉也是金钱。伊豆的温泉浴场到处都在争夺温泉的权利,还不断地提出诉讼。宛如采矿业者寻找金矿那样,因试掘温泉而倾家荡产者层出不穷。

冒出温泉

宛如这处孩子们做温泉游戏的小鸟温泉那样,伊东松原区的冒出温泉也令人感到温泉水确实很自然地就冒了出来。据说这是宽永年间[1]发现的。温泉浴池的池底与道路在同一水平线上——就是说,不用往下挖

---

1 宽永年间,即 1624~1629 年。

掘，就能看见温泉，这就是此处温泉的稀罕之处。泉水从广阔的芦苇和茅草丛中自然地冒出来，人们用二十多米长的石料将它围成桀形，就成为温泉浴池。这个温泉浴池就是这样建成的。因此，通用名称叫作桀温泉。只见泉水从底部的一大片碎石子里扑哧扑哧地冒泡，涌出温泉来。温泉里长着绿藻般的东西，我一边让友人看一边说：

"只是把石头运来，这种无技巧性倒蛮有趣，它又令人想起温泉丰富的伊东，不是吗？"

伊东的南、西、北三面被天城山、巢云的火山所环绕，东面濒临大海，是冲积形成的海岸平地，虽然仅是四平方公里的狭长地带，但在伊豆的东海岸来说，却也是地开平坦的优质港口了，自古以来就是伊豆七岛渔船的唯一避风港。同时，在伊豆的温泉中，这里的温泉规模较大。不仅如此，伊东温泉的数量也颇多：大正十年温泉喷口共有四百九十四处，到了大正十五年4月，温泉喷口多达八百处。可以说，从松川河畔到海岸，不论捅哪里都会冒出温泉来，总之，仅从这个数字也就可以明白，现在伊东正在成为伊豆一带最著名的温泉城市。而且，它也是今后最有发展前途的城市。

修善寺温泉已经老化。它那种古老的稳重安定，犹如旧东京市高岗住宅区的公馆街，或农村城镇的工商业者居住区一样。温泉旅馆方面，艺伎只进入新井旅馆，现在大概也没有变化吧。就是如此这般地面向家属开放。长冈温泉是明治四十年5月，大和馆的主人挖掘出来的新温泉，今后将会以东京郊外新开地那样的气势，建筑起林立的旅馆。正因为这样，整个温泉浴场，要用廉价去租用房屋，这是不值一提的。热海的古老和服店——越后屋已经成为三越百货公司，那繁华和狭窄，已经接近于满开的花，是懂得金钱的女人，已经很少踏足的卖场了。

伊东开始朝气蓬勃地发展起来，乃是近年来从热海开辟了汽车公路之后的事，但冒出温泉还保留着那丰富的处女地的面影。

吉奈大温泉

骏阳城畔一贵侯累年无子，参礼观音菩萨，睡求一千蒙灵梦，欲得好子者往豆州浴吉奈灵汤。夫妻共欢，来此乡浴汤，经半季得一子。

正如这道古记所说的，此处作为求子的温泉而闻名全国。欲求子者，从东京、大阪长途跋涉前来。这里是女人温泉。

　　白昼不见来佳丽
　　夜里与谁泡吉奈　　　　小出　粲

这里是不折不扣的女人温泉，如果净是男人赴吉奈，会被人误认为他们是去找女客而遭人嘲笑。旅馆里用了许多男侍，很显然，这也由于是女人温泉的缘故。

欲做母亲的女人，至诚得简直像发疯了似的，有时是一种可怕的怪火。我在温泉浴池里曾经听说过这样一个现在还觉得不可思议的习俗：据说，有一棵授子的巨大松树，在天亮以前，女人避人耳目，悄悄地来到这棵树前，随后就像青蛙似的紧紧抱住这棵树（以后的事无法写了）。村里的年轻小伙子就去偷看这番情景。由于此等事伤风败俗、风纪紊乱，十几年前县政府已下令废除了。

"据说砍下这棵松树，足足可以盖两栋房子呐。"汤岛理发店的人回顾往事说。

现在，豆腐屋旅馆附近的一棵小柿子树旁，依然还立着一块告示牌，上面写着"持子柿"几个字。但更重要的是，紧挨其旁边有一棵石楠花的大树——这株花树长得格外高大，号称天城，仰望这座山仿佛只见这棵古树，春天里宛如一把大朵杜鹃花束似的，满树盛开怒放，光看这树盛开的花，去一趟吉奈也值得。可是，不知为什么，这株石楠花树却不能当作名产而流传开来。

"吉奈这个地方，当真是能让人怀孕的温泉浴场吗？"在大阪时曾经有人这么问我。

"这个嘛，毫无疑问那里的温泉非常暖和，很合适女人用吧。其实，具有莫大讽刺意味的是，那里只有两家旅馆：豆腐屋和酒屋，而这两户人家都没有生孩子，只有抱养的孩子哟。"

吉奈虽有七八个地方冒出温泉，可是授子的名温泉却只有大温泉。传说圣武天皇的神龟元年，行基菩萨奉敕令，巡游诸国途中，在此地开辟医王山善名寺，雕刻药师琉璃光如来之像，并写下了这样的字句："然尊容安座后，忽涌出灵泉，异香四溢矣。"温泉浴池是由朴素的自然石头组成，古色古香，从小石子铺成的底部冒出温泉来。但是，泉水微温，不泡上一个小时就暖和不过来，毕竟无法陪伴希望怀孩子的妇女。

这个著名温泉的微温，关系到吉奈的声望问题。两三年前，村里人试图重新挖掘温泉底层。豆腐屋旅馆抱怨说：但愿不要触动我们的室内温泉。确信这里自古以来就是公共浴场的村民们，十分吃惊，以为自己是不是在做梦。经过调查来看，原来以前关于此处温泉的事，曾向县政府申报过，豆腐屋是接受了村里的委任的，可他是以个人的名义申报。迄今村里人都不知道。于是，终于闹到法庭，这是村里人的说法。不知豆腐屋又是个什么说法。

据说，修善寺的新井旅馆也发生过以市镇为对象的诉讼案，汤岛的落合楼也曾与村里相争。那么，已经建成一流温泉旅馆的地方情形又如何呢？在热海，由于大旅馆的关系，贫苦的町民蒙受房租和各种物价的暴涨之苦。为了经济的繁荣，许多地方不顾一切地迫使当地的姑娘沦落为娼。客人泡温泉暖和身子时，旅馆的女佣在用缝针捅手指上的冻疮。她们的卧具和伙食怎样呢？如果了解到这些情况，就没有什么温泉情调了。

世古温泉

吉奈的大温泉微温，现在，伊豆人转而爱上了世古温泉。在猫越、达磨、狩野川一带，世古温泉颇有声望。在两三年前，就有了有田德拉克氏的定评：天下之灵温泉。从汤岛的松崎街，沿着陡峭的台阶，下到猫越川，河畔就是公共浴场。这里最近兴建了漂亮的浴池，山风古朴的感觉没有了。不过，山谷之深、岩石之大、渊潭之碧青、流水之清澈，都是伊豆所谓著名温泉中首屈一指的。

傍晚溪边来张网
月亮投宿岩根泉　　　金子元臣

大岩石上赏温泉
猿猴与月亮共寝　　　也有

稚童一心钓真鳟
湍流碎石蘼苔藓　　　金子元臣

这反映出昔日在温泉边也能垂钓香鱼和真鳟。温泉浴池底下咕嘟咕嘟地冒出水泡来，据老人说，接触这种水泡对身体很有好处。

宝温泉

从天城再往南走，里伊豆也有许多温泉，但没有算得上是特异的温泉。少数的温泉诸如下贺茂、峰、吹上等姑且可以数得上吧。峰温泉是昭和二年发现的，据说喷出的泉水高达四十尺。下贺茂老早以前就有温泉，吹上温泉则是大正十四年光景，由岩崎吉太郎氏挖掘出来的新温泉，喷出的泉水高达三十尺，取名为宝温泉。我从远处眺望，喷泉宛如一把遮阳伞放入箱子里似的，用高高的箱子形状的草帘子还是别的什么东西，把它围了起来，温泉的烟雾从缝隙间冒了出来。

这里还有利用温泉温度而搭建的温室，闻名遐迩。我遇见了园艺学校的学生，他说，他还是愿意在南伊豆，把自己的一生奉献给温室栽培白兰瓜的事业。我说：

"那个温室相当大，但一到正月里，开的净是康乃馨，没意思吧？"

"不过，圣诞节时分，一支康乃馨能卖一角到一角五分呐。"

"如果是那样，可了不得呀。"

在南伊豆，称得上是温泉浴场的，只有吉田松阴[1]

---

1 吉田松阴（1830～1859），幕末志士。

的莲台寺温泉、曾我兄弟[1]的谷津温泉两处,以及河内温泉,但却没有珍奇的温泉浴池。

土肥温泉是洞窟般的矿脉温泉,我没在这里泡过澡。热海的间歇泉已为人所知,我就不赘言了。

我的伊豆温泉记并非以上所述就算了结。

天城的植物、猎鹿、热海出名的殉情、浴衣和女人、温泉浴场的流动娼妇和巡回艺人、下田的港口、日本造船史和伊豆、幕末的江川太郎左卫门、狩野川、里伊豆港口的风习、东海岸与西海岸、作为一大漫步场或汽车兜风场的伊豆、所谓伊豆循环铁路开通后的预想、温泉旅馆女佣的故事等等,我都打算写,不过,现在只好留待新稿再写了。

1929年2月

---

[1] 曾我兄弟指曾我十郎佑成与曾我五郎时致兄弟,他们的复仇故事已成为能乐、歌舞伎的好题材。

伊豆天城

伊豆下田港的小客栈——下田这词儿,不仅是地名,而且用来形容小客栈,确是表现出了一种独特的情趣。唱民谣的、巡回演出的、耍把戏的、街头卖唱的——这些人辗转在相模、伊豆温泉浴场巡回演出,恍如在空中翱翔的候鸟,他们的第二故乡便是下田镇,他们的窝就是下田的小客栈。巡回艺人们来到下田的小客栈,就像回到了同类的窝巢一样舒坦,欢快地从这房子到那房子寻找着熟人,彼此畅谈旅途的见闻。

甲州屋就是这样一家小客栈。屋顶直覆盖到窗户,一站立起来,脑袋就几乎碰在屋顶上。在这样一间顶楼里,巡回艺人从背着爬过天城山的行囊中——他们背着小锅、菜刀、碟子、酱油、道具的剑、假发、舞蹈服等去旅行，活像朝鲜建筑工人搬家一样——给我拿出了碗和漆筷。我用指尖咚咚地敲了敲小鼓，便落坐在火锅旁，小姑娘想起来跳舞似的说：

"它那副模样，居然是'真富士山'的姐姐呐。"

"什么？"

"我是说下田富士呗。"

对了。我刚才正是谈下田富士的事。

"据说，自古以来它就是航船的标记，就是那座小山吗？"

我刚才这样发问过。这小山坐落在下田的西北面。据说整座山是一块岩石。我登这山的归途，曾绕到小客栈来了。秋天的落叶，使我的脚不时打滑，发出单调的响声，仿佛树叶还粘在我的脚板上呢。

"下田富士是姐姐，真的富士是妹妹。不过，妹妹肌肤莹白、身材苗条、姿色艳美，因此姐姐下田富士有点嫉妒，就在当中修造了一堵叫天城山的屏障，自己畏缩在屏障这边，尽量不看妹妹的姿容，就这样她渐渐地越变越小了。尽管姐姐这样了，妹妹富士山还是思念姐姐，每天都往上伸展，越过屏障看望姐姐。所以她就变成了日本最高的山。"

人们把天城山峦说成是一堵屏障。它明显地把伊豆分成了南与北。

蜜橘、凤尾松等南国的植物生长在天城岭南。梅花、樱花以及其他由冬至春的花，则在天城岭北、岭南都生长，但开花日期很不相同。纵令岭北已是白雪皑皑，许多时候岭南却不曾下雪。如今岭北还是俗称外伊豆田方郡，岭南俗称里伊豆贺茂郡，山是分界线。稳稳地坐落在正中的山脉，东西长十一里，南北宽六里，占伊豆半岛的三分之一。古时候，文明要爬过天城山，似乎是相当困难的。

从北面越过天城岭是另一番新鲜的景象。通过山岭的隧道往南跨越一步，天空的色彩就马上不同，现出一派南国的风趣，不禁令人想吸一口空气，舒舒胸怀。绵延的重峦叠嶂的背面，也有海的暖色。从北面越过天城山往南行，就是爬上寒坡，然后下到暖坡。记得有一回，我在北麓见过大象、骆驼等慢腾腾地越过了这座山，大概是流动动物园吧。

"仿佛岭南真的是它们的故乡——热带的地方。"我说。

我觉得整个伊豆半岛就是一个巨大的游乐场，无论哪条海岸，对散步来说都是极好的地方。从箱根爬过十国岭来到通热海的山路，以及从修善寺爬过冷川岭来到通伊东的山路,就会第一次眺望到海的一片生机,着实令人心旷神怡。在天城岭南面你就可以接触到南国的风貌,尤其是伊豆的旅情了。倘使不是徒步翻越天城山,仿佛就不能实实在在地体会到真正的伊豆的旅情。猫越、达磨、玄岳等火山创造了伊豆,在伊豆涌出温泉的火山山脉中,天城火山最大最新,似是在其他火山的灰上又落下了火山灰,因此它是伊豆脸上的一个特大的鼻子。

"天城山谷真大,没料到这溪谷那样壮观啊!"

"那样大的溪谷,的确少见哩。那些杉树、丝柏树的森林形态不也是很壮观吗?"

"谈起杉树、丝柏树,那绿色之美妙,东京附近的山是无法比拟的,是看不到那样的悠悠绿韵的。"

"对啊。"

"我开始也办了件蠢事。我以为天城山无非是座小山岭罢了。谁知道它竟是那样的美,简直是出乎意料之外。它比箱根八里等溪谷不知大多少倍、不知美多少倍啊!"

这是田山花袋在一篇游记中的一段对话。据说，岛崎藤村[1]在一篇题为《旅行》的短篇作品中，也写过乘马车越过天城山的事。

我做梦也没想到这活像具模型的小小的伊豆半岛上，竟有这么一条又深又美的溪谷。但若不是徒步翻过山岭，就无法饱览这种风光。乘坐汽车，只能是"糟踏"了天城谷。

松、杉、丝柏、枞、榉、栂、橡——据说自古以来就把这七种树称为天城的七种宝树。

枯野船烧火煮了盐，
烧剩的木头做了船，
弹起琴来啊，
震撼了由良海底的岩石，
仿佛岩石上摇曳的海藻，
也在沙沙作响。

这是应神天皇的御歌。——所谓枯野，就是伊豆

---

[1] 岛崎藤村（1872～1943），日本小说家，著有《破戒》等。

朝贡的舟船的名字。根据《古事记》[1]的记载，这是仁德天皇在位期间的事。船的木材是由河内国朝贡的。在《万叶集》[2]中也有"伊豆手舟"或"伊豆手之舟"这样的话，年代最近的是安政初年，那时发生了大地震，在下田的俄国船遭到破坏，普察金来到户田造船，其后江川太郎左卫门等人就向他学习，也开始制造了君泽型的船（那时候，户田是在君泽郡内，因而取此名），此外，明治七年建造了天城舰。总之，各个朝代，日本的船同伊豆的因缘匪浅，都留下了记录——当然，因为伊豆是半岛；无庸赘言，也是因为天城盛产优质木材的缘故。

伊豆的绿，绿得带上黑油油的光泽——这里的植物所以繁茂，是多亏得到了包围着半岛的三方面暖流的滋润。背后是富士、足柄、箱根等群山的环境，暖流流经的海面上升腾起来的水蒸气，把半岛滋润得十分富饶，使整个伊豆的火山岩粉碎化作肥沃的土地。

"另外就是天城山自己的雨——这是当地的土话。

---

[1]《古事记》(712)，是日本最早的历史和文学著作之一，由太安万侣奉敕编纂。
[2]《万叶集》(759)，是日本最早的一部和歌集，收集了自4世纪到8世纪四百多年间的长短歌四千五百余首。

就是说,天城山是在伊豆半岛正中央隆起的山,不论哪一面腾升的水蒸气都会碰在它的肌肤上,雨要渡过半岛,先得向天城山打招呼才能通过。雨云只笼罩在天城山的峰顶上,靠时时刮起的山风推动,于是人们就给它起名天城山自己的雨。"

所以山麓雨水多,尤其是月夜的溪流,常常飘忽着美丽的雾霭。

"这里最有名的就是雨吗?"

"这里的有名特产是山萮菜和香蕈。天城最感自豪的,是天城的山萮菜居日本之首位,是在东京高级饭馆上了席的。这里的山萮菜是一笔相当可观的财富,所以有些小偷专门偷山萮菜。至于香蕈,据说宽正[1]年间曾把它作为礼品送往京都,这是蜷川亲元的日记上所记载的。不过,在天城山,植物学家感到珍奇的,是陇见羊齿和净帘羊齿,此外还有米杜鹃和石楠花——记得有一回召开天城山植物研究会的时候,朝比奈药学博士曾提出要对天然资源加以保护。"

如果嫌这"已够多的了",那么……

"可是,不知为什么,很少昆虫……在八丁池里有

---

[1] 指的是 1460 年到 1465 年之间,此时期的天皇是后花园天皇与后土御们天皇。

爬上树来产卵的青蛙。这可算是最稀奇、最出名的了。

"这池子里的青蛙，每年6月左右就爬到池畔的树上，用自己体内分泌出来的黏液将嫩叶缀合起来，附着在上面，像积蓄了雨水似的。青蛙就在这上面产卵，孵化出蝌蚪来。为什么这池子里竟有这种青蛙呢？据土屋校长（汤岛小学）的解释，是因为八丁池里有许多蝾螈，如果青蛙在池中产卵，会全被吃光。所以青蛙就养成了这样一种习惯，以传宗接代。于是，每年约莫6月初旬，池子周围的树上便筑有许多蛙巢，从远处观望，恍如降了一片茫茫的白雪。（中略）有关这种青蛙产卵的故事，饶有兴味的，是雌蛙产卵的时候，除了雌雄一对之外，还有三四只雄蛙协助制造泡状的凝块，布满了卵子的周围。"（波多野承五郎氏）

波多野氏请蛙类研究权威、东大的冈田弥一郎氏给予鉴定，他说：这是"树蛙"，为世上稀有之物。听说这种蛙在世界上只有八个属。当代天皇陛下还在东宫的时候，波多野氏曾将这种蛙呈献给陛下的研究室。

"从前天城不是还有御猎场吗？"

"大正十五年废止了。在这之前，每年冬天东乡大将、上村彦之丞大将等日俄战争时期的武将们也到这里来，曾经猎获过五六十头鹿。后来这猎场由宫内省移交给农林省管理,现在成了国营猎区。从12月起至翌年2月止,每逢星期六、星期日,一般都可以买票入场狩猎。一般是四五人一组前往,据说每人交费二十五元。在伊豆,还有伊东的高尔夫球场,除了交纳三百元会费之外,还要缴纳一百元杂费。"书上是这样记载的。唉,这两项都是奢侈的体育运动啊。

"即使废止了御猎场,但天城十七万町步的山林还是御用林,沿着下田街的群峰上的原始森林,从未被砍伐过,它是作为学术研究参考资料的。这里的绿色和红叶美极了。在这万绿丛中,恍如一大堆白骨高高隆起的,那是挺立着杉、枞的枯树,尤其是岭南格外的多,谁都难免会探问:

'那是什么?'

'那是天城的枯树——是天城有名的。'"这是与我一起翻山越岭的巡回艺人告诉我的。

1929年6月

冬天的温泉

"正月去泡温泉吗？"这句话甚至被当作像寒暄天气一样打招呼的语言来使用了。

再说，仅伊豆就有三四十处温泉。人们都想不知寒冷地度过冬天，但真正作为避寒地的温泉，在东京附近可能也只有五处吧。如果说伊豆的土肥和谷津交通不便，那么温泉还得数热海、伊东或汤河原了。不过，汤河原距离海稍远些，所以较冷。冬天的伊东爱刮风。决不能说修善寺和箱根是暖和的地方。至于盐原和伊香保，已经是围着火炉喝赏雪酒的时候了。既然如此，宁可北去雪国的温泉做冬季运动，心情不知会有多清爽哩。

何况在客人拥挤的正月里，若不是熟悉的旅馆，大多无法自由自在地伸展手脚。如同咖啡馆一样，不论哪家温泉旅馆每年大体上都有熟客。去年来的小姐，今年正月里当新娘前来住宿，或两三年前还是个扎小辫子的小姑娘，今年冬天已完全是个妙龄的青春少女——总之，可以说，一年一度在温泉邂逅，人们就像温泉旅馆的"特别会员"那样有着各种各样的嗜好，然而却给初来乍到的客人添了烦恼。

如果一人前去，更遭人嫌。人家会带你住阳光晒不到的房间。尽管如此，能让你住下来，还算是好的，恳求了半天好不容易才只让你在账房的一个角落里吃上一顿饭。新婚夫妇——毫无疑问他们是带着快乐旅行的梦前来的。可是到哪家旅馆都没能住上，当天夜里的住宿问题没有着落，却弄得筋疲力尽，只得茫然呆坐在旅馆的门前，仿佛连站起来的力气都没有了。在正月的温泉旅馆里，我常常看见这般可怜的姿影。

例如在热海，一流的旅馆首先客满，在那里容纳不下的客人，只好渐次挤到二三流的旅馆去。如果去箱根，客人从入口的汤本和塔泽逐渐向内里移去。另外，修善寺首先客满，客人得逐渐向里伊豆移动。尽管如此，却未曾有人露宿街头，应该说温泉旅馆还是很多的。

从东京到热海的列车，据说带有的还被冠以"情侣车"这样时髦的名称。前年在热海，仅正月，就有七对情侣殉情而死。据说，每年市镇办事处都为支付殉情者的善后处理费而大伤脑筋。就是说，殉情者很多，这是这个市镇的一大特点。作为关东的冬天温泉，没有哪个地方能够与这里媲美的。旅馆也是一应俱全，从最好的到最次的。还有很多出租的别墅或出租的房间。冬天到伊东、大岛、初岛，一般都会乘游览船去。到下田最便捷，也可以换乘轮船前往。

年终岁暮，梅花绽开。有的温泉温度很高，甚至跳入温泉喷出来的人，翌日清晨会化成一堆漂亮的白骨。地底下都是温泉，像我所租用的房子，放在正门的木屐都是温乎乎的。

但是，正因为这样，为数不少的旅馆看惯了贵族和大财主，结果对待一般客人的服务态度就很坏。整个市镇仿佛都是花街柳巷，女人都梳着非常漂亮的发髻，这固然好，不过年轻的男人一般给人的感觉都很油滑。

伊东大概就像给热海加上东京近郊的一半和渔船港口的一半那种情景吧。为了繁荣经济，当地的风习似乎相当混乱。不过，即使同样都是花街柳巷，这里却比热海更具有海的强烈气息。如果说适合于携带家眷的安静温泉，还得数进入伊豆半岛中部的修善寺等地为佳吧。热海、伊东、修善寺、长冈号称伊豆的四大温泉，不过，如果让我选择，我会选热海、汤岛、谷津和土肥。

总的说来，伊豆应该是最好的漫步场所。从热海向伊东，漫步海岸也很好。从下田向谷津，漫步海岸也不错。不过，从修善寺到下田，越过天城，一边走一边造访沿街的好几处温泉，不愧为伊豆的旅行吧。如果是冬天，理应还有天城的狩猎鹿，这无疑是东京附近最豪华的体育项目之一。自从宫内省的御猎取消之后，这里就以高昂的入场券向一般人开放。有的鹿躺在汤岛的小学校园里，有些学校对这种情况习以为常，还让儿童参观等。天城的南与北，日光、草本花的开花期等完全不同，令人感到这里的确是南国的风光，很有意思。

在沿街的温泉中，没有特别出众的地方。尤其是天城南面的里伊豆，除了下河津的谷津之外，都不惬我意。但是，把这些地方合为一体来看时，这个下田街是东京附近找不到第二个的冬天的旅行路线，连风俗人情也带有乡村味道，有很多男女混浴的温泉浴池。

不喜欢男女混浴的人,或对男女混浴感到稀奇的人,都是不懂得温泉味道的城里人。温泉浴池同东京的澡堂不一样。

1930 年 1 月

伊豆序说

世人说：伊豆是诗之国。

一个历史学家说：伊豆是日本历史的缩影。

我在这里添上一句：伊豆是南国的模型。

也可以说，伊豆是有山有水的风景画廊。

整个伊豆半岛是一个大公园，是一个大游览胜地。也就是说，伊豆半岛处处都可以感受到自然的恩惠，富有变幻无穷的美。

现在，伊豆有下田、修善寺和热海三处入口。不论从哪一处进入，伊豆会首先以有乳汁和肌肤之称的温泉来迎接你。毫无疑问，伊豆这三处都会让来客产生不同的感触。

北边的修善寺路和南边的下田路，在天城岭上汇合。山之北称为外伊豆，属田方郡；山之南叫作里伊豆，属贺茂郡。北与南不仅植物种类和花期不同，而且南边的天空和海的颜色充溢着南国的风味。东西约四十四公里、占半岛的三分之一的天城火山山脉，与环抱半岛的黑潮一起，给伊豆着上无边无际的颜色。如果把山茶花称为海岸线之花，那么石楠花就是天城之花。伊豆山谷之深、原始森林之严峻，使你不会认为这是个小小的半岛。它不仅作为猎鹿山闻名遐迩，而且越过这座天城山你会体味到伊豆的旅情。

人们俏皮地把开往热海的火车称作情侣车。男女殉情是热海著名的产物。热海在伊豆就是如此出名，它是关东温泉中颇具近代感的都市。如果可以把修善寺称作历史的温泉，那么热海就是地理的温泉。修善寺附近充满一派寂寥，热海附近则显露出华丽的明朗。从伊豆走向伊东的海岸线，会令人联想到南欧，这是伊豆开朗的容颜。即使同样是南国式的，里伊豆的海岸线，却是多么像一首朴素的牧歌啊！

伊豆有包括热海、伊东、修善寺、长冈等四大温泉在内的二十或三十个温泉浴场，仅伊东一处就可以数出几百个温泉口。这些温泉口都是玄岳火山、天城火山、猫越火山、达磨火山等的遗迹，伊豆是男性火之国的象征。还有热海的间歇泉、下贺茂山峰的吹上温泉、拍击着半岛南端的石廊崎的汹涌波涛、海岸线上的悬崖绝壁、植物的茁壮繁茂，无不显示出非常男性的力量。

同时，伊豆到处喷涌的温泉，令人联想到女性乳汁的温暖和丰富。而且，女性的温馨和丰富，恐怕是伊豆的生命吧。尽管很少水田旱地，但这里有共产的村庄，也有无税的市镇；有海味山珍，也有得天独厚的暖流和阳光；更有呈小麦色的、温馨而胸脯丰满的女人。

只是，铁路只有热海线和修善寺线，也是只开到伊豆的入口处，在丹那线开通和伊豆循环铁路建成以前，交通是不方便的。但另一方面，公路却是四通八达，还可以听到马车的笛声和巡回艺人的歌声，不愧是伊豆的旅行之路。

主要的街道是沿海和沿川修筑的。温泉都分布在从热海到伊东、从下田到东西海岸、从狩野川畔攀上天城，以及从河津川、逆川的河边南下的路上。此外，在从箱根到热海的山道、猫越的松崎道，从修善寺到伊东等的山道上，许多街道成为伊豆漫步的场所和画廊。

伊豆半岛西濒骏河湾，东临相模湾，南北长约五十九公里，东西最宽的地方约三十六公里，面积约四百零六平方公里，占静冈县的五分之一。与面积小相反，海岸线却比骏河、远江两处的总和还长。火山之上重叠着火山，地质之复杂，乃是伊豆的风景之所以富于变幻的原因吧。

有人说现在伊豆的长津吕是日本气候最好的地方，整个半岛像是一个游乐场，但在奈良时代[1]，这里却是个可怕的流放地。这里开始变得生气勃勃，是从源赖朝高举开创大旗的时候起。幕府[2]末期，欧美各国的军舰和轮船曾一度来到这里。此外还有范赖[3]、赖家[4]的修善寺哀史、堀越御所[5]的盛衰、北条早云[6]的韭山城等，史迹是数不胜数的。在日本造船史上，伊豆自古以来就曾起过很大的作用，这是谈到海与木之国——伊豆时，切不能忘却的。

1931年2月

---

1 奈良时代，公元710～794年，凡85年。
2 幕府，指日本源赖朝以后武士总揽军政大权的中央政府。
3 范赖即源范赖（？～1193），平安末期的武将。遭其兄源赖朝所疑，被杀害于伊豆修禅寺。
4 赖家即源赖家（1182～1204），镰仓幕府第二代将军。遭幽禁、被杀害于伊豆修禅寺。
5 堀越御所，位于堀越的足利政知的宅邸。
6 北条早云（1432～1519），日本战国时代的武将。

热川通信

伊豆温泉中我不熟悉的，只有热川一处，尽管早在十年前，我就曾想过到这里来。去年冬天来伊东的时候，赶巧马路破损，汽车不能通过，且与妻子同行，又不能徒步走去。直到现在，好不容易才了却这多年的宿愿……

且说来这儿一看——突然用这种口气叙述，作为旅游通信来说，未免有点扫兴，因此还是先从对热川印象最深刻的一两件事谈起吧。从这家旅馆的房间里，远望浮在近海上的伊豆七岛格外地美。就是从伊豆温泉浴场外来看，也没有这种景色吧。还有，三原山宛如把夜空烤焦的御神火，看上去仿佛还把大海的远方隐约照红呐。不过，这是在空气清新的季节里才能看见，而现在是晚春时分，近海海面上云雾缭绕，连大岛也都模糊不清。

从热海到热川，要乘公共汽车沿着海岸线摇晃上两个多小时才到达。不过，恬静的大海像樱花盛开时节淡云蔽空的和煦天气，比起街衢、山间和野外的那种景色，使人陡然地感到郁闷，水平线迷迷蒙蒙。不仅如此，海面上仿佛到处飘荡着令人头脑混沌的东西，使人不由地变得焦灼起来。大体上可以认为：气候温暖的地区从晚春向初夏转换季节的时分并不美好。现在还是4月22日，夜间伊东的青蛙却不停地鸣叫。

可是，今天在热川的薄暮时分，从海边传来了年轻女子的歌声，听起来她似乎略谙声乐知识。那歌声仿佛与黑夜、与奔腾的波涛声竞赛。她大概是面向大海高歌的吧。我心想：的确，西方音乐果然是充满青春活力的。我被歌声所吸引，走到廊子上一看，不禁大吃一惊，原来那声音好像是娱乐室的收音机发出的。收音机声听起来之所以像带有肉感的人声，乃是因为它伴随涛声传过来的缘故，这莫非是夜间的海与旅行的魔术？说起来也奇怪，不知怎的，紧接着传来的管弦乐声，听着也活像传说中的海里的狸子敲打肚皮模仿祭祀的音乐似的，一股寂寞的情绪不由地爬上心头。

这家旅馆的相当宽敞的娱乐室的一角，竟被辟为舞场，不禁令人吃惊。听说女佣们也会跳舞。房间里连大衣柜也具备。虽然我想说理应不是这样子，但是在我想来又没有来的岁月中，热川也变了。不！是正在发生变化。而我下榻的这家旅馆，可能是变化中的热川断然先行的吧。这里是热海众所周知的樋口旅馆的别墅。女佣大多是从热海的樋口调来的。这里的情景，如同在静寂的渔村或山村里突然盖起东京富有小资情调的别墅一样。

七八年前我在热海租赁了一幢别墅，过了一冬，整个市镇都着上了性爱的色彩，小卖店的妇女们都梳扎头发，装扮得很漂亮。很多年轻人，游手好闲专跟女人厮混，只有名士和有钱人才踏足其间，是块令人讨厌的土地。尽管如此，当时名噪该市镇的或传闻四起的新走红的女子，原先还是很稚嫩的，之后乘坐公共车往来，似乎一次比一次变得庸俗化了。在这当中，已经不是好恶的问题，而是一种都市力量的发展，对此，毋宁说令人感叹。

一流旅馆进行激烈的设备竞争，这恐怕是旅客所意料不到的。不论新建的或改建为流行式样的旅馆，都互相攀比规模之巨大。这不仅是一种虚荣的表现，而且也有经济利益的驱使，老字号或格调高雅之类的法宝逐渐变得不管用了。因此，哪怕硬着头皮借债或使出别的什么招数，好歹都不能败给对手。这与东京商业竞争的激烈程度不相上下。不仅澡堂子大，那里还设有体重秤、电脑按摩器，甚至连厕所的设备和旅馆的女佣也一一竞争。热海号称是东京的入口、东京的大门，可是，市镇的尽头处，有家像是百货店又像是医院的大旅馆，刚盖了半截就停工，宛如当年荒废了许久的日本剧场，看上去活像一家闹鬼的宅邸。那种景象可能也是如今热海的一大特征吧。据说建筑物的主人因为经济方面的原因落入了法网。

热海饭店已拱手交给根津嘉一郎。听说热川这一带也已成为地产公司分片出售的土地，诸如此类的事大概傻瓜听了才吃惊吧？不论哪处温泉浴场，早已司空见惯了，不是吗？村里人廉价地出卖了土地。我说：他们做了件傻事。女佣却回答说：可是，老百姓没有钱嘛。就算村人拥有土地，勘探温泉也不是轻易就能出手的，更何况建造一家旅馆，谈何容易啊。这里的海滨水浅、石多，船只到不了，所以没有渔夫，只有极少的农户散居各处。

地产公司，在樋口别墅的下方增盖了温泉旅馆，据说连艺伎屋也盖好了。现在这家旅馆简直就像一户人家。距此五六条街处，有五六家带风土气的温泉旅馆，裸露在海滨上，寂寞而又古雅。这就是热川温泉。早在十年前，我经常从徒步旅行的学生那里听说这几家旅馆。它屹立在树木奇缺的重重小山上，那是个毫无情趣的地方。这家温泉旅馆的四周，几乎没有人家，这点也越发令人觉得它的乏味。不过，据说荞麦面铺和寿司铺里，倒是有五六个女人。这是热川温泉的本来姿态。

我还听说在热海，艺伎和女招待总共有三百五十人。昨日清晨，伊东的三业[1]工会的妇女们一起参观了下田的黑船祭。更不用说伊东的女招待现在还到马路上去招揽客人了。不过，据说那里有十名艺伎，有室内温泉浴室，还备有西式的客房，远比东京的这类场所高级得多。在旅馆主管人的陪同下，我也去看了看这种市街，这主管人是个走快步的汉子，借着夜间街头的灯光，似乎也可以看到比较标致的女人。这些人成群结伙乘上公共车鱼贯涌入下田的情景，可能也是一种颇有意思的景观。

---

1 三业，即饭馆、艺伎馆和专供招妓游乐的酒馆等行业。

为给读者提供参考，不妨再说说这家旅馆，歇一宿四元、五元、六元不等，废除小费而收百分之十的服务费，而早先热川的旅馆，充其量收两三元，这可真是没有辜负热海别墅的名称啊。这次旅行，本打算住农村旅馆的我，却误入了城市式的旅馆歇宿，从今井滨温泉经峰温泉去观看黑船祭，然后再折回来。今井滨号称是出伊豆舞女的地方，旅馆只有今井庄一处，外观还是像城市式的，住宿费与这家樋口别墅一样。不过，这里的温泉据说是从峰那边引进来的。峰的温泉宛如河流一般水量丰盈。我待在汤岛温泉的那阵子，曾见过那里喷出的温泉。当然了，当地已有类似霓虹灯的东西自不消说，汤岛也已有艺伎馆，与《梶井基次郎全集》中所描绘的已大异其趣了。

1934年6月

浅草——东京的大阪

我们的目光逐渐从银座移向浅草。银座是东京的神经,也许是嘴唇。不过,浅草则是东京的肌肉、胃肠。由美国输入的爵士乐、轻松歌舞剧、性爱、无聊充斥着浅草——尽管由于这些东西而引起了消化不良,但浅草活像一头猛兽,没有因此而丧失大胆的食欲。

银座某些地方有京都的味道。当然,浅草则有更多的大阪的面影。然而,在大阪的任何地方都找不到像浅草那样的厉害。大阪没有阴暗底层的旋涡,没有不可思议的人群。

但是,在东京可以听到大阪方言的地方,除了浅草,别无他处。例如,吉本演出部的对口相声——他们有的人坚持用东京调表演,可是一不留神全都冒出大阪腔来，使我忍俊不禁。因为我刚到东京那会儿，想去听大阪方言才去看浅草的喜剧的。

提起对口相声，据说大阪现在正是全盛时期——为了给东京人，实际上也是为了给不屑一顾浅草的上等人作介绍，遂在帝国饭店的演艺部举办正月相声大会。这也是由吉本演出部的艺人们表演的。我是属于喜欢在浅草欣赏的人群。

又例如，新浅草名胜地隅田公园——以言问桥为中心，虽是钢筋水泥的河岸公园，但这些景象能使我联想起大阪中之岛公园。现在正在浅草的广岛羽田舞蹈团表演类似宝冢少女歌剧。就是松竹座的歌剧部，也比大阪落后两三年。

然而，浅草领先于大阪的东西，当然不只是地铁和钢筋水泥的寺院建筑。

1930年2月

新版浅草导游记

一　公园七区及其他

浅草公园划分七个区。

第一区——观音堂所在的一带。

第二区——自仁王门前至寺院内的商店街一带。

第三区——传法院所在的一带。

第四区——观音堂西边的水族馆和木马馆一带。

第五区——观音堂后面的照相馆和饮食店一带。

第六区——有电影院以及其他的表演场所的一带。

第七区——公园东南部，包括马道町头条、二条、三条、五条一带。

马道町四条、六条、七条、八条则成为公园的附属地。

首先简单地说——浅草被从田原町电车站至吾妻桥电车站的市营电车线、从吾妻桥西电车站至言问桥西的市营电车线、从言问桥至入谷公共汽车站的柏油马路、松竹座前的柏油马路等这四条大街围了起来，形成一个长方形的地域，不妨也可以把这个地域看成是大浅草公园吧——之所以称为"大"，是由于内中包括了少量非公园的土地。

描绘这个长方形地域的轮廓，四条粗线——其中除了从吾妻桥至言问桥西的河岸大街以外，其他三条线上，那些行迹可疑的招揽顾客的人，简直就像公园的篱笆或像公园的值班人似的，无处不在地分散在各个角落。

但是，这天吉原的酉市——六区的表演街上的任何一家小屋里，都特别大地书写出"代为保管竹耙形吉祥物"。

从浅草到吉原一带，人山人海，形成了一股人的洪流。这种情景，不限于在酉市。从浅草流向吉原，又从吉原流向浅草互相会师的人，不只是不良少年和可疑的人力车夫。

昔日江户时代的川柳[1]，试图把浅草的所有景物都牵强附会地同吉原扯上关系。如今主要在演艺馆内的艺人，还在流传着这种遗风——虽然如此，但现在还谈论浅草同吉原的因缘未免愚蠢了吧。不过，所不同的是，江户时代有吉原的浅草，而现在则有浅草的吉原。

"新浅草，公园后面的道路宽阔了，路灯也明亮了，充满了地震前十二阶后面那样的、无底的青白色沼泽般的空气，不是吗？"我说。

对此，浅草的一个不良少年回答说：

"请你研究一下吉原附近吧。"

昔日像千束町那样的私娼街，并不是在吉原附近。而吉原附近的不可思议的街上，隐约飘荡着类似千束町那样的气味。

"吉原，墙外的情景很有意思。"那个不良少年告诉我说。

昔日千束町的私娼街，现在成为艺伎街。即所谓新艺伎。东京市内外，艺伎的数目、专供招妓游乐的酒馆，数浅草最多。多，并不奇怪，不过，出入艺伎管理所的女人之类别中，据说有浅草的不可思议之处。

---

[1] 川柳，由十七个假名组成的诙谐、讽刺短诗。

因此这里当然笼罩着浅草的龌龊，是公园的延伸之地。吉原也是其延伸之地。

应该把千束町或吉原都视作浅草公园的附属地。

也可以说，玉井和龟户的私娼街与此同时，例如，去玉井的三种交通工具——都是从浅草的吾妻桥畔始发的。

第一，东武铁路线——最近建成的、从浅草乘车经过的铁桥，那副涂朱红色的丑陋姿态，有损于隅田公园的难得的风景。据说，现在已被广为诟病。

第二，千住吾妻轮船公司的轮船——从吾妻桥向上游驶往千住大桥。

在这里附记一句，隅田川轮船公司的轮船则是从吾妻桥向下游驶至永代桥。

乘坐这两种轮船，可以观赏东京最现代式之花——能够眺望好几座大桥，甚至大桥下面的部分，这无疑是一种新的观赏东京的"摩登"方法。所谓"大桥下面的部分"，并不是俏皮话。大概是复兴局颇感得意的这几座桥梁，从正下方抬头望时，最能够感受到它那种力学的、机械的结构之美吧。

然而，隅田川轮船公司于明治三十一年[1]8月，千住吾妻轮船公司于明治三十三年8月，也就是都在接近中日甲午战争而不是日俄战争的时候才开辟这条航道的。其后，是不是新造了轮船，不得而知，但这轮船正是甲午战争的废马，它处在被加鞭抽打的可怜状态。

浅草观音堂正面左右两侧，由六角形或八角形的石块堆砌起了一座塔，看似教会的钟楼，又觉得它像一座奇怪的石灯笼，却原来是征清军凯旋纪念塔。

"这塔刚建成时，可能是很时髦的西洋式建筑物吧。可是现在看来已经是明治时代的异国情调的往事回忆，上面都长满了藓苔……"R氏对我说。

与这塔的情况相同，从隅田川的轮船上参观昭和[2]的桥，不能不令人感到这是太悲哀的时代错误了。若是这样，那么隅田川沿岸的一户户人家、一个个市镇又怎样呢？它们是不是同这些桥那壮丽的近代式建筑很协调呢？哪儿的话，桥只不过更凸显了市镇的凄凉罢了。这样一来，新东京引以为豪的十座大桥，实际上如果是东京悲伤感叹号的话，那么该怎么办呢？不过，这恐怕也不是复兴局的罪过，而是这个时代不好吧。

---

1 明治三十一年，即公元1898年，以此类推。
2 昭和，指昭和时代，公元1926～1989。

贫民街的孩子们喜欢漂亮的钢筋水泥建筑的公共厕所，每天都高高兴兴地打扫清洁……我撰写了《浅草红团》。这是虚构的故事。但是，就算是浅草公园附近吧，只有小学校的建筑物威严地压抑着周边一带，简直就像乘坐军舰进入泥舟之间的情景，令人觉得甚至连教育本身都值得怀疑了。

题外话暂且不谈，却说第三，从吾妻桥至玉井之间的私营公共汽车。

当然，把浅草与私娼街联系起来的，不仅是交通工具。如果说，吉原是浅草的延伸，那么从各方面说，玉井和龟户也是浅草的飞地。

本来，拆除公园后面的私娼街，造一个飞地，已经多少显得不自然了。这种不自然的余波，用尽了种种办法在公园的内外表现出来，警察即使知道也佯装不知。

另外，也不妨将新东京的名胜隅田公园和关东大地震纪念馆，作为浅草的附录来感受吧。《浅草红团》中的一个人物，一边从地铁食堂塔眺望隅田公园，一边精彩地说：

"瞧！那里是浅草的凉台、浅草的阳台呀。"

的确，那里很凉快。再说，有朝一日樱树茁壮成长，会满枝怒放樱花的吧。复兴节快到，如同新闻杂志的红人一样，那里也是近代式的河岸公园。但实际上，那里总是很寂寞，没有来往的行人。除了学生划艇比赛时节，哪里会有什么日本人到这种钢筋水泥地和柏油马路来散步呢。它不可能像大阪的中之岛公园那样热闹，其原因，只要看看两岸的一个个市镇的情况，就会明白了。

在浅草公园里建筑五分钱入场券的民众剧场，比什么都要好得多吧。

二 十一时的一例

3月4日。这是3月，下了一场前兆的春雨，如果是11月，它也是前兆的冬雨吧。这天夜里，就是这样一种温度。

浅草季节很敏感。每周更换的不仅是电影馆的放映节目。比如说，我想在小说里写一个季节而往来于浅草。但是，没等我调查完，这里的季节景物就已经完全变换了。

谷崎润一郎氏说：

"浅草公园与外面的娱乐场有明显的不同，其容量不仅大，而且容器里存在着这样一种特征：那就是有几十、几百种要素在不断地激烈流动，在逐渐发酵。如果说，浅草有什么伟大的东西，那么就非这个特征莫属了。不消说，整个社会总是在流动着，总是在沸腾着。但是，没有哪个地方能比得上浅草一带流动得那么激烈。这个地区在缓慢的潮流中划出旋涡，是某种特别的旋涡。而且这个旋涡，年复一年地扩展年轮，扩大波纹，不断地顺带吞并和抚育着周围漂过来的东西。可以说，但凡在这种潮流内的东西无不被它卷进去，至少是一次。然而，刚刚被它卷进去的东西，不知什么时候又漂向哪里了。那里依然有旋涡，可是被卷进去的东西早已不见踪影！浅草正是这般情景。

"频繁地不断流动的东西是不可能退步的，流动在流动本身的内里产生进步。我们只需那样想，只需那样眺望朝气勃勃的生机就行。如果有人执拗地非要问（它对社会）'究竟有没有用'，那就只能做这样的回答：'这种事我们不得而知，但是，请你看看那种流动的姿影吧！'

"那里存在着足以成为新的文明基础的盲目蠢动。虽说盲目是盲目、蠢动是蠢动，但轻蔑它的人，就是轻蔑民众。"

浅草的旋涡是如何错综复杂，又是如何激烈的呢？不妨听听在那里生活的人讲述浅草的故事吧。出乎意外的是，他们大多数不了解浅草。阔别一年又重访浅草的人，也许对浅草的变迁不太感到惊讶。但是，反而在这里长期生活的人，对浅草的变迁肯定会感到惊讶的。

从这样的浅草看来，它对季节的变迁表现出非常敏感，这也是自然的。当然，任何繁华街——比如银座，对季节也是敏感的。不管怎么说，银座给人的感觉是，街道和人都是老字号的，不像浅草那样大胆。再说，浅草首先对季节敏感——它必须敏感，它有露宿者群、表演节目者、摊贩、伫立街头的叫卖贩等，制造季节氛围是当然的，另一种是露宿者是浅草的准确的寒暑表。如果说，银座的季节速报机是妇女衣裳的色彩，那么浅草的季节速报机的确就是污垢和沾满灰尘的褴褛，它在敏感这点上，是遥遥领先的。

比如，水族馆的游乐狂剧团[1]的舞女，不穿袜子，赤着脚，冬天小腿冻得通红。如果遇上稍暖和的夜晚，那红色就淡些。而在贴邻木马馆的入口处，则躺着

1　游乐狂剧团，原文作 Casino folie，1929 年由梗本健一在日本建立的轻松戏剧团，于浅草的水族馆高举大旗，成为日本滑稽剧的母体。

四五个流浪者。男男女女坐在长椅子上。但是，如果第二天夜晚气候又冷了起来，就看不见他们的踪影。

却说，3月4日，下了一场前兆的春雨。入夜未停，却成了蒙蒙细雨，像雨停息了似的。还有，已是夜里十一点，如果是11月，可能是下了前兆的冬雨的缘故吧，公园里会是人影稀疏的。为了要看看露宿者——我从区政府大街来到寺院内的商店街。

一个乍看起来行迹可疑的四十岁男子，头戴鸭舌帽，身穿短裤子，上面套一件旧西式长外套，脚蹬一双高齿木屐，带着一个可爱的十六七岁的姑娘走过去了。他们不是父女，不是情侣，不是邻居相识，也不是姑娘的客人。

我注意到这两个人时，只见他们的后面尾随着一个扎着围裙的男人。我又跟随在这个男人的后面，他中途折了回来。原来他是旅馆的掌柜。公园内外有很多歇宿一晚收一元钱的旅馆。这个掌柜一踏入旅馆，就听见有人说道：

"我想乘坐街头揽客的出租车去哟。"

姑娘是被带进这家旅馆里来的。

两人乘坐揽客出租车上哪儿，去干什么呢？——这不是我的小说所要写的。

寺院院内的商店街已经盖有马口铁屋顶的房子了。我向观音堂的方向走去,只见一个人倚靠在仁王门的门柱上——实际上看不见他的手脚,是一堆褴褛,因此谈不上什么"倚靠"。总之,是一个人不住地在颤抖。不是因为寒冷,仿佛是什么中毒。

钻进仁王门,从东边——也就是五重塔的方向绕过去。果然不错,门旁边躺着许多流浪者。我数了数,足有十四五人。有的铺着草席子。其中讲究点的,就在所铺的草席子上再盖上一张席子。

前些时候,就是2月的寒夜,这里没有一个露宿的人。

浅草流浪者的所在地,在各种书籍中都写到了。但他们似乎是随着年龄、随着季节一起不断地变化着。在不同的季节里,他们四处寻找最适宜居住的地方——即使不是所有人,至少是一部分人,是浅草公园的候鸟。

暖和的季节——在仁王门旁最容易看到他们滚在一起的睡姿,还有,想从冬天到春天观察他们的吃饭问题,还是在这附近——最好是在久米平内祠的后面、仁王门延伸的顶上盖瓦的土墙南面。那里阳光充足、暖和。他们十人一簇二十人一堆地架起篝火,用瓦片和石头垒成炉灶，煮些类似杂烩粥那样的东西。也有饭碗。

"流浪者不做饭吧。"

也有人这么认为。然而，流浪者在这里早晚两餐都做饭。据说，在一般的统计里，很少有妙龄的女流浪者或露宿者的。此外，比电影院打的折扣还要便宜的女人——女流浪者们，大多要么是四五十岁以上，要么就是十四五岁以下。我所看见的她们也是这样一些年龄层的人。

如果有人想看，与其在深夜，不如清晨更好。清晨是流浪者的节日。不知是从哪里起来的，那里一簇这里一堆地围在观音堂周围。

但是，那难得一见的妙龄女流浪者，也有两三人混杂在顶上盖瓦的土墙南边的人群中。服装与男的几乎分辨不出来，不过，她们——正因为是女的，所以她们的言辞总是充满豪侠的气概，朝气蓬勃地生活着。

流浪者中十之八九都是残疾人。他们不是被某种病毒侵害，就是有点疯癫。绝对不能大声说话，绝对不能跑步。他们中只有女人才能够高声朗笑。

"女人即使处在最底层也是强悍的。"公园里的不良少女对我如是说。

但是，乞丐是流浪者，那么流浪者是不是都是乞丐呢？不是的。乞丐不一定是残疾人。毋宁说，是过分智慧的人。

却说，这回我从仁王门的东侧试着绕行到西侧。没有一个人在这里露宿，因为这边刮的是西风，警察派出所又能一目了然，再说行人也多。

只有一个算命先生在葫芦池的东边。人群中有一个像是小工商业者居住区的男性居民，他高声嚷道：

"管它来年爱发生什么事就让它发生好啰，我要的是今晚呀——请你给我看看今晚的命运吧。"

我觉得无聊，就进了公共厕所。一看，也有人睡在那里。他们在女厕所前铺了一张草席，是一对流浪夫妇。丈夫倚靠在钢筋水泥墙边，手搭在妻子的肩膀上，嘴里不知咕哝些什么。妻子发出不清晰的笛音般的鼾声，慢慢地，慢慢地，她好像不觉得是在动似的，把脸儿轻轻地落在丈夫的膝盖上。这简直是无比美的爱的动作。

沿着池畔走到北边的葡萄架下，有七八个咖啡店的女佣和牛肉铺的女佣来到葫芦街上，喋喋不休地聊天——那是迷途的人。

昭和剧团的屋檐下，也躺着五六个流浪人。它的对面是江川大盛剧团。我正在观望那里的招贴画时，一对奇怪的男女走了过来。女的怪怪的，十分粗鲁，浓妆艳抹以遮掩她的年龄。男的像是戴着假发，穿着整齐的大衣——我也经常在池畔遇见这种女人。

女的像是在搂着男的走路，但昭和剧团的拐角处同男的分手后独自走了。片刻，女的又向我这边折了回来。另一个男人刚走近这个女人的身边，就说：

"喂，刚才那个小伙子怎么啦？"

"走了呀。"

"往哪边走了？我正在找他，要好好地教训他一顿。"

"算了吧，太无聊啦。"

两人一边说着一边双双向对面走去。我目送着他们。

"呸！嘎塞霹雳，游游荡荡的想干什么，畜生。"有人在我后面情不自禁地脱口骂了一声。我回头一看，第三个男人对我说：

"你知道那家伙吗？"

"不知道。"

"那是嘎塞霹雳的男娼哩。这附近出现了两匹那种东西呐。"

"嘎塞霹雳？"

"就是夜晚在街头等客的娼妓啊。这是公园的黑话呐。"他说罢就匆匆地走了。

于是，这回是两个五十出头的、有点时髦的老板娘，像是刚从澡堂里出来，迈着急匆匆的脚步回家走，一路上高声说话，好像是在说刚才的迷途人的事。因此我也一边走一边偷听她们的谈话。

"你说有这种可恨的迷途人吗，你问她多大，她就回答说：七岁了……"

于是那妇女模仿嘶哑的声调说："七岁了。"

"用那种令人讨厌的声调说话……瞧那肮脏劲……一不留神抚摩一下她的头，白头发马上就露了出来，那种东西……是真的哟，有过这样一桩事，前些日子，一个像是迷途人样子的人，听她说她没有父母兄弟，我觉得她怪可怜的，就把她带回家里，还以种种理由向警察提出了申请，让她住在家里。她说她十二岁呐……刚来不久，就过3月3号女儿节，她要求给她买点心供奉古装偶人，我就给她买了。可是，没等过完4号，她就偷窃了我们商店的货款，逃之夭夭，不是吗？"

"哎哟！可不能麻痹大意呀。"

"真是的。我和丈夫简直丢了脸面，我们再也不想对人亲切啦……告诉你吧，公园里那些人表面上装成迷途人，其实都是些骗子呐。"

这是一段写生。晚上十一点过后，公园里人影最稀少——这时刻，我只走了一段短短的路，就拾掇到这些情况。即使是只鳞片爪，多少也有些浅草的气味吧。

三　旅馆的行话

既已提到"嘎塞霹雳"的黑话，顺便介绍一下浅草的旅馆行话吧。

当然，在浅草是普遍存在"嘎塞霹雳"这类意思的黑话的。根据女人地位的高低不同、使用人的种类的差别各异，行话的新旧也有所不同吧。她们的数目众说纷纭。如果再夸张地说，上面提到的男人"二匹"，是多得不计其数的。总之，浅草的她们就像银座"沿街拉客的私娼（street girl）"和"陪伴男人散步或游玩的女人（stick girl）"，这确实不是文学家的修饰。

可是，她们即使有许多黑话，大家也都明白——浅草的售香料人、不良少年、人力车夫，都拥有各自不同的黑话，也还有一些共同的、伙伴们的行话。这些在各类书籍里都有所介绍。但是，我还未曾见过将旅馆的行话印刷出来的。我承蒙某人的好意，得知一些，在这里列举出来。

当然，所谓行话不单是隐语，它也是通用它的世界的象征。因此，旅馆的行话，同时也未必不是解开浅草之谜的钥匙。

哒拉（一元钱）——从美元转化而来

哒拉哈夫（一元五角钱）——由英语一元半转化而来

玛滋（二元钱）——出自松叶一词的谐音

雅利（二元五角钱）

雅迷（三元钱）

雅迷汉（三元五角钱）

哒利（四元钱）

哒利根（四元五角钱）

带部（五元钱）

带部娜拉（五元五角钱）

龙机（六元钱）

塞南（七元钱）——（据说这些与人力车夫的行话相同）

秦开（一角钱）

戈斯（五分钱）

基瓦（九角钱）

开塔（金额）

开塔奥奇（金额少了）

乌奇（茶钱）——出自宇治一词的谐音

嘎玛（女人）

拼（男人）

拼嘎玛（男女同行）

奥索纳嘿（男女相伴）

德莫科（小孩子）

科布兹基（带孩子的客人）

莫基（乡下人）

拉姆（农村人）

空桑（脾气古怪的家伙）

奈基普兹（爱发火的家伙）

拜羌（卖淫）

雅奇（——）

雅奇莫罗（美人）

娜奥（女人）

穹（刹那间）

帕兹卡利（刚来歇宿）

汗（带一顿饭）

玛尔（带早晚饭）

巴西塔（妻子）

罗库（丈夫）

沙利兹库（吃饭）

奇斯希库（喝酒）

急奈（刑事警察）

根治（人力车夫）

鲁迈（浅薄的家伙）

哈希达西（房租没谈妥就走了）

——其他从略

表演的节目、鸽子、饮食店、野狗、香资、射击游戏场、纸屑、招妓游乐的酒馆——浅草是东京第一或日本第一的东西，多得不胜枚举。例如咖啡馆——把浅草划成一个长方形地带的一侧，松竹座街的松竹剧团一侧，与广阳轩并排的就有十二家，即使这不算是浅草式的；长方形地带的另一侧，绕到宽街，可以看到最浅草式的摊床饮食售货车，就并排着四十个摊位——而且，我是在天要下雨的夜晚数的数，也许比晴天稍少一点。再说，现在观音堂正在修缮中——据说它那屋顶上的瓦片都是善男信女们一块一块地捐献的，总数达十二万块之多。

然而，公园内外多得惊人并引起我注意的东西有三种：荐头店、算命所和经济旅店。说不定这也是东京第一、日本第一的吧。这三样东西仿佛潜藏着什么。我现在想知道的，不是公园的不良少女或女艺人的品行，而是这三样东西的秘密。

旅馆大体上打出一宿一元钱的广告，也有收五角钱或七角钱的。

"啊，这是……的专业呀。"旅馆的人说。

……似乎是指咖啡店的女佣。尽管如此，浅草公园的咖啡店女郎比想象的少。不管怎么说，在现在的文学里，写咖啡店女佣的事也并不稀罕。不过，剩下四成的女人是什么呢？我想，其中浅草的气味会很浓重吧。

四　新花魁旅行途中

帝国电影院现在是常盘剧团，正连续五周上映藤森成吉氏原作《什么促使她这样？》。最近三周在正月的帝国影院里，连续上映非常叫座的鹤见佑辅氏原作

《母亲》,而帝国影院和常盘剧团,与演出棚子的大小情况不同,据说五周期间票房打破了电影界的纪录。

却说那些小伙计一边观看《什么使她那样》,一边说:

"不能再看阿百的照片了。得像他那样才行呀。"

给人看孩子的小保姆则在哭泣。额外的公安人员则在出差。

但是,坐在二楼特等席上的人则在嘎嘎地笑,或喋喋不休地聊天。他们时而站起来,时而到吸烟室去。还有一群特别欢闹的女子,约莫十人,是吉原的艺伎。

当然,我一点也不喜欢《什么使她那样》的原作。即使不是这个原因,我向来对这部影片也是无动于衷,证据就是我对她们的无知一概不表同情。相反,倒有一种悲壮美的感觉。

"但是,花魁旅行途中却闯入了左翼电影里,这是很有意思的呀。"我对常盘剧团的S氏说。

"因为广告的宣传单也撒到吉原了。"

总之,一群艺伎前来观看,在浅草来说,这无疑也是很稀奇的事。白日里,她们三五成群——不用说,像监督那样的人是跟着她们的,不过,偶尔她们也会在公园里散步。

浅草没有阶级——这是对浅草的固有的赞美。然而，就算浅草寺院的僧侣、乞丐、流浪汉，也都具有阶级的。

表面上，浅草的流动性非常大，但是其底层犹如雾夜的沼泽地——飘荡着传统的霉味儿。因为那里有自推古天皇朝代以来，历经一千三百年的浅草观音。因为那里有久保田万太郎[1]氏所描写的《浅草》市街。

就说衬领店吧，浅草比银座、新宿、人形町都多吧。假发铺、发撑铺，没有哪个地方能比得上浅草那么引人注目。还有女义太夫表演的小屋。寺院内的商店街也有卖花簪的银花堂。在浅草，我们觉得美丽的姑娘一般是头梳裂桃式顶髻，身穿带红衬领、黑衣领的和服，并插有花簪。从大年夜到正月初一早晨，浅草和柳桥的艺伎，几乎一无遗漏地都去参拜观音堂。

但是还有另一种情况，公园的底层，有盘踞的坏人、香具师、无赖汉、不良少年、乞丐、流浪汉——这些人无形中遵守着一种远离现代社会的、江户时代[2]

---

[1] 久保田万太郎（1889～1963），日本小说家、剧作家、俳人，以描写浅草为中心的江户下町情趣和义理人情而建立独自的风格。
[2] 江户时代（1603～1867），德川家康在江户建立幕府起至王政复古政变约二百六十年期间。

赌博式的义理和人情。这又是飘荡在浅草的传统之雾。

所谓没有阶级，当然是骗人的。不过，所有阶级的人都杂乱无章，宛如在一个抽签的笼中，无论谁都被浅草的空气所熏陶，然而，就像一等签少，而十等签多一样，这是民众的胜利——因此，一般的服装不显眼，对一般的职业并不觉得不如别人，这是事实。

因此，穿着和服短外罩，那袖子比自己的手还长的雏妓，同浅草非常相配。私娼模样的女人，也同浅草十分相称。只是，理应是传统的陈腐的最美的花——吉原的艺伎——她们即使在浅草也是极其醒目的。如此看来，也可以说，她们在现今的社会里是遭受蹂躏最厉害的女人。在浅草与她们一起备受注目的，是银座式的小姐。如果把浅草当作一种尺度来判断的话，那么这种艺伎和小姐就成了在女人中是最不行的人。

最美的陈腐的花——如果想在浅草寻找这种东西，那是什么呢？恐怕就是少女艺人吧。一个十三四岁的女艺人，同一个四十岁的男人在千束町的招妓游乐的酒馆街，或者在阴暗后街的小巷里走着——她那一种特别的肌肤色泽、脖颈化妆和体态举止，的确恍如浅草的磷光般的萤火。

然而，上面所写的都是病花。在浅草也有健康体魄的姑娘们，她们是表演节目的、小屋里的女佣。还有更健康的，就是经济食堂里的女服务员。她们简直就像干粗活那样，站在工人的餐桌前劳动。工人和着已经坏了的留声机，认识的不认识的人都一边齐声吼着流行的爵士乐小曲，一边喝得酩酊大醉。

一对对情侣似的男女在饮食售货摊床相对而坐着议事似的。寿司铺是安静的。小菜馆价格高，女人是诱惑物。因此，现在在浅草最兴旺的就是经济食堂。那里是劳动者的天下，很少有店铺的人、手艺人。经济食堂有野口食堂、须田町食堂、亚玛尼酒巴、大黑屋酒馆、伊罗哈酒馆、辰巳食堂、本乡酒巴、三岩食堂，以及其他等等，形成浅草式的惊人的繁荣。

不妨列举一些饮食品的价格：

须田食堂——咖啡，三分钱；洋酒、鸡尾酒，一角五分；酒，一角五分；炸肉饼，三分；牛肉、咖喱、牛扒、凉拌菜以及其他，五分；咖喱饭、炸肉排、肉丁葱头盖浇饭以及其他，一角钱；凉菜及其他两分钱；蚬酱汤及其他，五分钱；油炸虾及其他，一角钱；凉拌金枪鱼、赏月薯、浇山药汁的生鱼片以及其他，一角五分钱——以下从略。

三岩食堂——清酒，一角二分钱；火锅类，一角钱；生鱼片一角钱；醋拌凉菜，五分钱；大碗盖浇饭，二角钱；西式副食，二角钱——以下从略。

大黑屋和伊罗哈酒馆，清酒、火锅类、生鱼片等，价格同三岩食堂一样。

本乡酒巴——凉拌鱼肉、文蛤汤、泥鳅汤，五分钱；鱼糕片、烤墨鱼、汤类、鸡蛋汤、生鱼片、中国面条，一角钱；炒鸡蛋，一角五分钱；米饭加西式副食，两角钱——以下从略。

大致上就是这样的情况——因此吃一角钱的火锅，喝上一瓶一角二分钱的酒，再看打折扣的一角钱电影或听一角五分钱的安来小调，然后在摊床上给妻子买两条一角五分钱的和服衬领，再给孩子买三分钱的手套等礼物，总共才花了五角钱。如果是小孩子的话，就可以吃一串一分钱的杂烩串或鸡肉串，再看一场击剑的电影，尔后回家，有五分钱就够了。最近在浅草出现了很多商店销售家庭用的小型放映机。店员一边运用电影解说员的声音讲解，一边放映旧胶片给大家看。

但是，即使是电影馆或经济食堂的女佣，也如同磷光一般的萤火的小姑娘一样，无疑是在浅草燃烧的火。再没有什么比到繁华地区，而且是接近社会底层的繁华地区去更能毁坏美丽女人的了。不，不仅是标致的女人。浅草那激烈的旋涡过早地把她们吞没了。

也许是由于这个旋涡的缘故吧,浅草连警察也与别处的警察不同。五六个观看了水族馆的轻松歌舞剧的姑娘,围着一名警察一边轻佻地聊天,一边向公园后面的宫户剧团的方向走去。

"你们每晚都去,是不是有自己爱上的男人啦?"那个警察问道。姑娘们各自数了自己偏袒的男演员。警察就一边取笑她们,一边同她们一起走了。

逢年过节,表演节目馆一般都为警察准备酒肴的……于是最后……死乞白赖地要求了。

"也许用表演节目票可以令小保姆就范呐,这还算是好的,听说更厉害的,把小保姆卖给人呢。"有人说。

浅草公园和吉原的小保姆都在谈论什么呢?浅草对她们也点火。在浅草小小的女孩子也在化妆。浅草的病态魅力之一,就是少女们的早熟。

在吉原——有一种儿童游戏叫"献杯游戏"。还有二楼的毛玻璃上,映现出脱掉衣服的女人的影子。有的男孩子就去看这种景象。举这两个例子,已经足够了吧。

五　表演节目一览

"一谈起浅草就喋喋不休。因为浅草是个无穷尽的地方。我还有许多话要说。"这是武田麟太郎氏在《浅草，太浅草式了》一文中最后的一段描写。在这里，我也只好重复同样的话。

只是，最后让我们走马观花地浏览一遍节目单吧。

浅草表演节目的小屋，总共三十三家；电影院十二家，其中上映西方电影的六家，上映日本电影的六家，正好一半对一半。上映日本电影的，宛如派出各自的选手似的，松竹拥有两家，日活、帝国电影、东亚、河合，各自分别拥有一个放映馆。

上演戏剧的有七家，上演正统歌舞伎式戏剧的，只有宫户剧团一家——而且它是座落在公园外面的，可以说歌舞伎在浅草已经消亡。演武打剧的有两家，昭和剧团和公园剧场，戏剧也是武打电影的翻版，河部五郎、大谷友三郎、酒井淳之助、尾上多见太郎等，就像在电影中出现的主要演员一样。上演曾我乃家风喜剧的有三家。五一郎、十次郎、泉虎等三人分别是各馆的盲人乐师。

现在广岛的羽田舞蹈团正在观音剧场演出，不知以后情况会怎样。比如,这个从广岛前来演出的轻松歌舞剧、新筑地剧团式左倾剧,以及其他各种东西,都涌入浅草。不过,首先如果谈到眼下浅草当地戏剧的话,那么就是电影式的武打剧和曾我乃家风的喜剧。但是,这两种剧可能都在走下坡路。首先,它们都是在戏剧小屋里演出,没有建成正式的剧团,只有昭和剧团自称拥有正式的建筑物。

一艺一馆的,有表演浪花小调[1]的万成剧团、说评书的金车亭、讲滑稽故事的橘馆、洋式轻松歌舞剧的水族馆、女演员演唱义太夫的初音馆。这里定员是一百零二个坐席,可是,天气稍不好时,观众只来约莫四十人光景。

此外,与销售食品的经济食堂一样,最浅草式的表演节目有四家——安来小调、浅草式"爵士化""轻松歌舞剧化""和式变种"等演艺。让我们来看看它们并排立着的各自的广告板上所写的演出节目吧。

江川大盛剧团——舞蹈作派、对口民谣、音乐与色彩、大神乐、即兴滑稽小剧、通俗歌曲、陀螺杂技、

---

1 浪花小调,一种以三弦伴奏的民间说唱小曲,类似我国的弹词。

都都逸[1]、相扑、讲滑稽故事、评书、义太夫曲、安来小调、魔术、小曲、轻松歌舞剧、爵士乐、乐队、杂技、常磐津小调、清元小调、三弦曲、"新内"[2]曲、追分小调、各地民谣。

帝京剧团——爵士小曲、杂技、相声、滑稽轻松歌舞剧、交际舞、安来小调、小原小调、吹奏笛子、响板通俗小曲、追分小调、魔术。

玉木剧团——通俗小曲、安来小调、民谣、轻松歌舞剧、相声。

游乐馆的种类,有很多是相似的。

从上述情况来看,大致上可以想象得出那些小屋内的情景了吧。

1930年4月

---

[1] 都都逸,一种俗曲,用口语由七、七、七、五格律组成,主要歌唱男女爱情。
[2] 新内,日本的一种说唱曲艺,是"净琉璃"的一派。

浅草

一

我想把浅草观音的神签上的词句，写到小说里。心想：神签上会不会有妙文呢？于是我一连十五天都去抽了神签。起初的三四天抽到的净是吉签，我对观音菩萨的可爱劲儿多少有点轻蔑，于是立刻就产生报应，此后出来的净是凶签。1927年里有一千三百年祭，现在菩萨还须修缮大雄宝殿，估计经费得花六十一万元，所以哪还顾得上玩弄什么区区的小说呢，实在是不好意思。

这且不说，就说抽签现场的繁忙劲儿，如同有折扣时的活动戏棚的售票现场一样，这倒使我感到有点意外。还有，当我漫步公园四周的街衢时，看到荐头店和算命铺的顾客意外地多。我想：如果挨家地调查一下这些地方，浅草的一个方面准能鲜明地浮现出来。然而我岂止不能这样做，就连我想询问艺人许多问题，我也既不能轻松地进入后台，也不能模仿时髦的做法请他们到客厅里来。这样下去的结果，必将落得个名副其实的"经常出入于本地的人"的下场而告终吧。经常出入于本地四处转悠的，只有地理了如指掌。

就算这是无可奈何的事，我也想至少在浅草待上一年的工夫来写写浅草。如同盘踞在浅草附近的算命者们不懂的人生一样，在所谓"浅草通"中间，也有人认为浅草是不可解的，这已成为公认的看法。住上五年十年的人也宣称不可能"捕捉毕竟是现实的浅草、活生生的浅草的真相"。它就是这样活脱脱的、流动着的、搀杂不清的、见不到底的。所有世相如此露骨而又复杂地形成旋涡的一角，这样的场所，恐怕整个日本国土上再也找不到第二处吧。

日本是警察发达的国家，浅草尤其如此，其网眼很小。犯罪的空气不会露在表面，甚至使良家子女也无须害怕浅草后山的夜晚。然而在这里面，仿佛隐藏着浅草似乎有治外法权般令人震惊的东西。举个高级的例子也可以看出其端倪，当局对小说和戏剧的检查虽然不那么严厉，但是人们却忽视了浅草戏棚子方面的苛刻。对我们这些人来说也是难以理解的。关于这方面的情况，我曾向一个十一二岁的女孩子打听，她露出了会心的微笑。

银座这种地方，如同法律一样，是好说话的。

自从我来往于浅草之后，银座的明暗或变化看起来都显得贫乏而浅薄，我逐渐不想去那儿了。为了调查河岸，我曾不时乘上"一分钱轮渡"，从浅草千住间的江东上岸，在工厂地带四处转悠。就是那里也比银座有意思。我感到不可思议的是，为什么无产阶级作家不运用那里的风景和生活写成作品呢？对我来说，只要有力气渡过这条大河就是好的。

不过，当然，银座轻蔑浅草，浅草却尊敬银座。如今浅草的一大流行就是"去银座！去银座！"尽管如此，浅草决不以银座那样的形式来接受所谓美国主义，也可以说它更加俗恶。然而正是在这点上，令人感到日本大众的血液在流动。虽然我未必是为了收集大众的材料才去浅草的，不过现代风俗画卷之一倒是收集到手了。

1930 年 1 月

二

浅草就是浅草

浅草是"东京的心脏",又是"人的市场"。万民同乐——是日本数第一的热闹区。但在欢乐之花的背后,又飘忽着罪恶的气味,它也是黑暗的市街。话又说回来,首先浅草就是浅草。

再也找不到第二块像浅草那样的、每时每刻都在敏感而又大胆地反映时代的土地了。演出节目自不消说,就是从摊贩的言词、从街头演唱者的歌声、从路旁叫卖的玩具、从饮食店里,人们无疑都会感觉得到仿佛看到了一幅幅强烈的时事漫画。不过,浅草在接受任何新鲜事物的时候,都是浅草式的。也就是说,把它整个变形为浅草型的。例如"摩登"的所有流行,当然也都是以迅猛之势不断地传入浅草,然而这里不像银座那样是美国直译式的,而是成为大胆的"和洋混合酒"。

这里还有一点——虽然浅草朝朝暮暮都是激烈时代的潮流、欢乐旋涡的所在地,但是浅草令人感到在它的潮流的底流里,有一种隐约的积淀,又像霞霭般的悲哀，一股青白光般的怪异。这大概是因为浅草既是大众欢乐场所的同时，也是歪门邪道的职业者、身世没落者、失业者、不良少男少女、犯罪者——再下一等的遁世流浪者、乞丐等再好不过的乐园。

公园七区及其附近

浅草是浅草区的浅草，不过一般称呼的"浅草"，大概是指浅草公园加上公园周围的范围吧。且说浅草公园分成七个区。

第一区——观音堂一带。第二区——从仁王门前到寺院院内的商店街。第三区——有传法院一带。第四区——观音堂西面有树木和泉水的庭园、有灌木丛、水族馆、木马馆一带。第五区——观音堂北面一带，附近有照相馆、饮食店。第六区——公园的西南，那一带有电影院及其他演出场馆。第七区——公园的东南，马路头条、二条、三条、四条、五条、六条、七条、八条则成为公园的附属地。

大体上说，南面与东面是电车道，西面和北面是柏油大道，大致上可以认为，被这些地理条件围成的一个四方块，就是浅草公园吧。

还有，当人们前往以言问桥为中心的河岸公园——隅田公园、被服厂遗址即关东大地震纪念堂这些新东京名胜参观的时候，恐怕没有人不顺便去附近的浅草公园的吧。因此，它使人觉得这两点和东本愿寺分院仿佛是浅草的附属品。

演出节目的现状

浅草的演出场馆有三十三个，其中除了宫户座、水族馆等两三处之外，全部集中在第六区。因此一提浅草，一般甚至认为指的就是这个第六区。这三十三个场馆的电影业者、演出节目组织者、演员、艺人等之间，不断地进行激烈的争夺战，昨天是戏剧小剧场，今天又成了表演安来小调的场所，明天又成了电影院，如此不断地转换，简直令人眼花缭乱。这是既无义理也无人情的资本战争，同时也是对民众娱乐方向敏锐觉察的表现。

今天不消说是盛行电影压倒一切。1930年3月的此刻，是这般的情景：

日本馆（首映东西影片）、常盘座（首映帝王影片）、松竹（上映松竹半旧片）、帝国馆（首映松竹影片）、富士馆（首映日活影片）、千代田馆（首映牧野影片）、电影俱乐部（首映河合影片）——以上七家电影院都是上映日本片。

松竹座（首映西方片，有声电影）、浅草剧场（上映半旧西方片）、电器馆（首映派拉蒙公司的影片，有声电影）、东京俱乐部（上映西方半旧片）、大东京（上映西方的半旧片）、东京馆（自由配给）——以上六家电影院上映西方片。

松竹座、帝国馆和富士馆这三家电影馆的定额座位都是一千三四百人以上，远比市内的一流馆邦乐座和武藏野座大得多。遇上星期天和节假日，馆内可容纳两千人以上，一天上映五场。据说仅一家电影院，今年正月初三的票房收入就达一万三千元之多。

然而，浅草的电影院最大的特色是它折价的混乱。排着上百米的长队等待着八点的铃响，围着电影院团团转的事，也是司空见惯，并不新鲜。而且东京俱乐部等处，由于有折扣，仅花一角钱，就能看到一流的西方电影，纵令它是二手货。还有，最近在常盘座连续四周上映藤森成吉原作的《什么促使她这样？》。这样一来，平日前来观看打斗片的近半数观众改为学生和公司职员，就是说同知识阶层相对调。但是，给人当小保姆的姑娘边看电影边哭泣，而小伙计和工人则叫唤。

至于戏剧的情况……

公园里唯有一家宫户座死守歌舞伎剧，结果不上座儿。在浅草，现在正统的歌舞伎剧或所谓新派剧已经完全绝迹，由格斗片和喜剧取而代之，这与大众的兴趣有关。

如果这些是以戏棚子来划分，那么公园剧场是河部五郎、尾上多见太郎一派的根据地，昭和座则是酒井淳之助、大谷友三郎一派的根据地。话虽如此，可是公园剧场里也举办柔道和拳击的对抗赛，还有名叫蝎座的轻松歌舞剧剧团的演出。此外，在昭和座里，既有砂川舍丸的相声大会，还有新筑地剧团也不时进出这里，远山满、小原小春的一座也经常在这里出现，并不像电影那样是"常设馆"。直到前一阵子，还是上演武打电影的观音剧场，现在正由广岛的羽田舞蹈团演出节目。

音羽座演的是十次郎等的喜剧，金龙馆演的是泉虎等的春秋座的喜剧。不过，这些曾我乃家式的喜剧，或类似电影的武打剧，很可能逐渐落后于群众的步伐。

作为特殊的东西，可数上演浪花小调的万成座、有女义太夫的初音馆、说书的金车亭、讲滑稽故事的橘馆和演轻松歌舞的水族馆，这些"专门戏棚子"，毫无疑问都分别是旧浅草的遗迹，或是新浅草的前奏曲。

比如，去年秋天，在水族馆发起组成卡基诺·弗里的轻松歌舞剧团，既有舞又有歌，虽然令人回想起昔日日本馆和金龙馆的歌剧华丽辉煌的情景，可是，这决不是"浅草歌剧"的复活。这是爵士，是轻松歌舞剧，是现代式的性爱主义，是滑稽逗乐，是速度。一句话，是西方电影的轻松歌舞剧的模式。

轻松歌舞剧与爵士——从1929年到1930年的浅草，演出节目的广告牌上，再没有比这个词组更受到滥用的了。尤其是应该称为"变形的曲艺场"的江川大盛馆、游乐馆、帝京座、玉木座、江户馆等的文艺表演馆里，奇怪的"日本产轻松歌舞剧"竞相出台，连续不断。唱安来小调的歌手，身着声乐家式的和服底襟花样，脚蹬毡草屐，钢琴伴奏，而且在安来小调之间，还插入用藤原义江式的唱法唱《起航港》——就是说，独唱安来小调。还有，跳安来小调舞的舞女身着长袖和服盛装，不，有时梳日本发髻却身穿西式连衣裙，弹三弦、敲大鼓以及奏洋乐——在"和洋爵士合奏"的《东京进行曲》声中，跳爵士舞。可以说，流行爵士小曲的喧嚣，首先就是1930年的浅草。

曲艺场的艺人们受到这种空气的进逼，各自不得不绞尽脑汁标新立异，或挂羊头卖狗肉，或耍假招子，看了着实令人不胜痛心。安来小调、小原小调、相声、魔术、杂技、笛子、都都逸、口技、交际舞——还有其他应有尽有，在宛如百艺大会的演艺馆里，土木工程工人、手艺人、小工等浅草式的人们，简直就像在他们的宴会上请来了艺伎一般，或喝倒彩、或欢呼，酿造出十足浅草的气氛来。

浅草的分析

"就算住上五年十年，毕竟无法捕捉现实的浅草、活生生的浅草的真相。"连精通浅草的添田哑蝉坊都这样说。不知怎的，浅草总有些有意思的地方，总有些魅力，这倒是真的。即使在令人眼花缭乱的都会东京也是流转得特别激烈的一角。在这里，人们忘却了阶级，恨不得把肝肠都暴露出来，这里是人的旋涡。在浅草没有理论而有行动，分析之类是绝对不行的。大百货店以及大舞厅——除了这两种以外，浅草什么都有吧。

不过，似乎可以说，一流的东西浅草一件也没有。如果要在浅草寻觅一流的东西，那么浅草观音、走江湖者、小流氓、乞丐、流浪者和野狗——这些是否能称得上呢？

譬如就说浅草吧，有"一直"和"草津"等出色的餐馆，有包括金田鸡在内的各种"美味佳肴馆"，有梅林堂的烧红梅和蛸松月的豆馅糯米饼等，著名产品数也数不尽。然而，浅草的浅草式食品是"寿司"饭馆。据说浅草的"寿司"饭馆，多得甚至能支配"鱼河岸"的金枪鱼的时价。因为吃"寿司"既快又便宜。还有，在宽街一带摆成一排，在传法院后面、池子的一头星星点点地布满了饮食售货车。有一钱或两钱一串的杂烩串、"烧鸡肉串"，还有中国面条、肉汤面、牛肉饭、面疙瘩汤——莫名其妙的东西和电器平面图就是浅草。在这种大众餐饮的摊上，要寻找美味的炸虾的人恐怕是浅草的异端者吧。而近来不断出现繁荣景象——咖啡三钱、正宗酒十二钱、饭菜五钱起、火锅类十钱，这样的简易食堂是新浅草。在这里酩酊大醉的大众，和着低廉的留声机，合唱爵士小曲。就以年糕小豆汤来说吧，什锦甜凉粉式的"舟和"以及"下总"要比老铺子梅园以及松村强些。

再则，我们不妨数数公园里里外外多得惊人的东西，由此可以看到浅草的光明，同时也能嗅到黑暗的气味。诸如算命者、媒人、一宿五十钱至一元钱的廉价客栈、存自行车处、射击游戏场、摊子等。

仅以警视厅掌管下的不良少男少女的数目来统计，据说眼下就有四五万人，不过他们当中的大半或是从浅草离巢出飞，或是流进浅草里来。

此外还有乞丐、流浪者、走江湖者、扒手、恶棍、失业者、诱拐者、犯罪者——浅草又是参观善男信女参拜情景的参观地、民众的娱乐场，并且决不止这些。这里有无底的黑暗深渊。清晨七时早已人声杂沓。这里有人们通宵达旦来来往往的情景。不仅如此，许多人睡在活动棚子的入口处、隐蔽处、垃圾箱里。下雨天里，小旅店的老板就招徕这些露宿人做房客。流浪者则以到处乞讨饮食店的残羹剩饭为生。这些流浪者剩下的东西，穷苦人和劳动者又来买。

总之，分析起浅草的繁荣昌盛，演出节目和饮食店等是主要的，另一个就是浅草观音吧。现在募集了六十几万元的捐款，正在修缮大地震时蒙受的破损。不景气的 1929 年 10 月 1 日，人们投的香钱一万六千零二元，神牌神签的收入是五千零六元，据说比 1928 年同月的香钱增加一千元，神牌和神签增加一百元。

1930 年 4 月

初秋旅信

8月末,爱山的大学生吉村君仰望着后山,说:

"你不妨爬上那座山试试。昨天中午我在那里睡了一觉,舒服极了。秋草如茵,阳光也不灼人。"

夏日里,各方面的朋友都到我下榻的旅馆来造访,而且一个个都把折扇落下来走了。这些折扇在我房间的一个角落上,发出了微微的霉气味儿。

放在壁橱内筐子里的冬大衣、冬和服、斜纹哔叽等衣服,全都发霉了。昨天请旅馆的人代晒干的冬天的帽子也长了霉。

我带着冬季服装到这处温泉来了。打算待到明年初夏再返回东京，特意请当铺送来的斜纹哔叽衣服，却一次也没有穿过。做好的仲夏用的单衣，也是一次也没有穿过。我到附近的温泉、修善寺、吉奈等处，都是穿着旅馆提供的夏季单衣。

现在已托东京方面做好初秋的单衣。我想穿着它回去。

此地流传着一句话，叫作"天城自己的雨"。的确是天城自己的雨。天城山始终处在只有自己的雨中。由于这个缘故，山麓下雨的日子多。8月中旬连续下十天雨时，我患神经痛症，想写字，可笔却从手中抖落下来，于是按摩了三四天。

横光君说，他在伊贺的上野还是什么地方，因下长雨被闭锁在家中，不能出门，这时获得了"碑文"的构思。可是也有人说是由于连续下一个月甚至下一年的雨，使人们都像发疯似的，想一个不剩地统统自杀掉。此处温泉，在下雨的日子里，作为一种实感，我也能感受到了。

山虽不太高，但由于忽雨忽晴的缘故，可以看到许多美丽的雾霭。月光洒落在笼罩着溪流的雾霭上，美极了。

月夜，泡在河岸边的温泉里，可以看到月光透过大树的树叶，洒在树叶背面呈灰白色，又从树叶的缝隙间筛落下来，活像几道光的布条投在温泉水上。对岸的山腰隐约发白。我迷惑不解，心想：哎呀，难道那种地方也会有山崩的痕迹吗？这时却见那白色的东西在慢慢地移动。原来那是雾霭。

一天晚上，女佣关上挡雨木板套窗后说：着火啦！果然天空明亮。从旅馆里的客人到厨师，都跑到室外去了。

什么事也没有发生，原来是别墅的电灯照亮了天空。

雨停之夜，大概是水蒸气多吧，小小的电灯也能把天空照得通明。

魔的狩野川——人们这样称呼狩野川。报章的地方版，偶尔也刊登魔的狩野川这样那样的消息。去年秋天和今年8月底，我在此地期间，修善寺桥也曾两次塌落。

这一带位于狩野川的上游，没有发生过什么了不起的事，不过河对岸的温泉口有导水管架到河流之上。这里水流急速，不时传来岩石被冲走的轰隆声，奇怪的是水面上没有看见漂浮的死香鱼。尽管如此，香鱼无疑是躲在河岸凹陷的地方避难了。手持渔网的男子不把涌流当回事,下到水边,在流水缓慢的地方捞鱼。

茅绸早就已经不鸣叫了,现在是蝍蟟蝉和寒蝉逞能的时候。即使那样,蝍蟟蝉这种自暴自弃的喧嚣又怎么样呢?难道不这样闹得不可开交,就不能达到繁殖的目的吗?

同样是啼鸣,如果像金线蛙或金琵琶那样啼鸣如何呢?或者更进一步像蝴蝶或百合花那样默默无声不行吗?

造物主制造蝍蟟蝉时,肯定是因为女子而动肝火,失去谦虚谨慎而乱骂一通。造物主哟,知道点羞耻吧。

小白花绽放,看似贝壳般坚硬。我带着这种心情把它握在手里试试,它却像棉花般柔软。我感到震惊,心情变得无法形容。

这种微不足道的小事,却使自己大动了感情。在这里待下去,刺激感情的事一件也没有发生。

"在山上,岩石就是岩石的样子。"这句话就写在横光君的旅行记中。

"女人就要像女人那样化妆。"

我蓦地这样自言自语,这句话对于住在山中的我来说,颇具魅力。

这个村庄有一家铺着马口铁皮房顶的剧场小屋,号称天城俱乐部。我在那里观看了各种节目,惊险的杂技最有意思,我喜欢看那种一失手就会丧失性命的危险绝技。在表演这种绝技时,任何女子或孩子都会聚精会神,脸上挂着一副认真的表情。这张脸闪烁出意外的美的光辉。正在观看节目的我,精神上也感到紧张。

上演安来小调时,尾崎君和宇野千代氏也来观看了。宇野氏说,她第一次听这种小调,觉得很有意思。

正月里,中河与一君一家前来时,这里正在上演所谓的女演员歌舞伎。中河君在其旅行记中也写了,那身穿红色和服出场的女孩子角色,在舞台上尿裤子了,把舞台都染成了红色。还有,那时候这家剧场小屋,从观众席可以望见后台和后台洗澡间。女演员们在舞台上,比普通的男演员更能胡闹,可是一退场到了后台,只见她们那贫弱的乳房下面微黑的肋骨都可以数得出来。

表演惊险杂技的演员带着猴子和狗。一个十八九岁的姑娘化妆成木偶般的脸，发出木偶般的声音，她让狗倒立着走钢丝。

"算了吧，算了吧，怪可怜的。为什么让狗遭这么大的罪呢。"一位观众老太太受不了似的脱口说了出来。

姑娘装出一副木偶般的不愉快的神情。

这半年，我在乡间温泉做了些什么呢。我经常往返于吉奈温泉打台球，还对死后的生存之类的事做了种种思考。

更重要的是，我真正懂得了竹林之美。

1925 年 10 月

西国[1]纪行

京都

早晨来到衣笠贞之助氏的宅邸，宅内备有上海产的绝佳麻将牌，从附近的正面可以遥望大文字山的"大"字。我说焚烧大文字之夜，一定很好看吧。衣笠氏回答说，看见焚火人就很扫兴。这里是净土寺马场。

按照同行人池谷信三郎的愿望，在衣笠氏的陪同下，到下加茂、日活、牧野等电影制片厂转了一圈。在四条、新京极和菊水，也会见了许多电影界人士。

提起菊水，我不禁想起去年5月同前田孤泉君在

---

[1] 西国，上古奈良朝以大和近畿地方（今关西地方）为中心的区域，称为西国。

三楼吃饭时,东山的新绿投影在窗上的情景。这是一种清爽的惊喜。我在东京几乎逢人便说:"要说京都嘛,我跟你说吧,走在四条大街上,猛然抬头,眼前就有山哩。"从四条大街的东山,以及去年造访下加茂电影制片厂时,从那里的窗户眺望葵祭的游行队伍,同从糺之森林[1]的糺之园仰望青瓷色的晨空,这是我近来对京都画龙点睛的印象。

去年在糺之园,与主演《疯狂的一页》的井上正夫氏为邻,泊宿了十天。今年6月1日,他去南座演出,我和片冈铁兵、池谷、衣笠氏等人去后台访问他,我们观看了他上演的名叫什么《亲友》的独幕喜剧。他说过,特意安排在上演《平将门》之后,神色显得十分凄寂。我从居住在大阪的堂兄弟那里听说,井上氏应邀出席了大阪青年绅士们社交俱乐部的聚会,在会上他致辞说:"泽田正二郎君是初升的朝阳,而我则是西沉的落日。"据说连大阪人听了这席话之后,都不作声了。

我们与铁兵相遇,是在我完成了在改造社讲演的任务,并与池谷返回京都之后的事。我和池谷乘坐出

---

[1] 糺之森林,指京都市左京区下鸭神社的森林。

租车，穿过木屋町旁边时，被今东光给叫住了，他为了内弟草间实而被卷进了万人对阪妻骚动的旋涡中。这真是奇遇。阔别许久，又听到了今东光那雄壮的厮杀故事了。我们四人再加上衣笠氏和木村普门氏，在园山公园的左阿弥餐馆用餐。这里似乎从织田时代[1]起就是个有来历的茶馆，它对面就是风景优美的公园。

在太秦电影制片厂，我听说一个朋友的前妻在新京极的高级舞厅任职，于是我同池谷前往看看，但她已于一个月前辞职，不在那里了，后来却在四条大街上突然遇见她。她说因为她加入了牧野公司的缘故。舞厅里有个异国的、瘦削的著名舞女，当我们去大阪堂大厦歇宿时，没想到她带着某君来饭店，可能是她的情人吧。他们和我们同乘一辆电梯到了七楼，这就是旅行。

京都的夜晚是灯的海洋，从鸭川边的栏杆到生驹缆车的车灯，活像一片群星。四条大桥边上的仁丹广告太大了。但是，听说在京都禁止广告灯的闪烁和回转，这样，夜间的京都一定变得更美吧。

---

[1] 织田时代，指贡院1573～1600年织田信长、丰臣秀吉掌握政权的时代。

我们三人离开京都前,在骏河屋[1]采购了豆平糖、八桥脆饼、京都的石子等分别送给各自的家人和亲友,这是值得称赞的。

大阪

我们从京都乘坐京阪电车奔赴大阪。池谷对京都街头排成一行的出租车和本宫家的牛肉赞不绝口。由于是5月底至6月初这段期间的缘故,在关西旅行无论走到哪家餐馆,都会给你上漂着莼菜的一碗菜汤、香鱼、沙锅蘑菇、茄子、南瓜等时鲜菜肴。池谷从菊池宽那里听说叫鹤源人家的油炸虾味道鲜美,就驱车去找,可怎么也没找到这个地方。当然会找不到地方了,因为那里是放关东杂烩小便桶的露天场地。

讲演结束后,第二次来时,在蒲生的表兄家歇了一宿。恰巧东京的表姐来了,八幡的表妹正好回家来分娩,连表嫂的弟弟也来了,在女校走读的表妹也在,阔别许久我又感受到了血脉相连关系的亲情。表兄开玩笑说,要让我看看分娩时的情况,可是,当天晚上

---

[1] 骏河屋,是纪州德川家御用的点心铺,以羊羹、本字包子出名。

没有分娩。表叔生前设置的兰虫金鱼的养渔场已无踪影，在新的鸡窝里喂养着时下流行的两百只小鸟。我即使看了叫千圆蓝什么的黄背绿鹦鹉，也完全不会欣赏。一个约莫八岁的男孩子成天纠缠着我。这个孩子是一个每天只对当天的新来者感兴趣的摩登少年。

另有一人前来造访在岛之内拥有商店的表弟，他已渐次变成魔术师般的大阪商人了。

承蒙大阪《每日新闻》的渡边均氏、《朝日新闻》的太田梶郎氏的尽心尽力，在江商大厦举办了片冈铁兵的新著《走钢丝的少女》发布会。到神户来的三宅安子氏，还有两个女学生也出席了发布会。

在每日新闻社，我遇见了山崎斌君，在松竹剧团则遇见了正冈容君。松竹剧团音乐部长松本四郎君一无遗漏地领我到处参观，让我看到了"丰富多彩"的景象。我还遇见了中学时代的旧友田宽上治君。

奈良

泷井小作君在奈良。我同泷井君是于东京大地震之前在大阪相遇的，我们去了天王寺的电器食堂，又从道顿堀走到天神桥，此后就没见过面。尽管如此，虽说不是前辈，但我始终觉得他确实是我的挚友之一，这就是他的不可思议之处。这次我们也相遇了。此外还有舟木重雄氏、木村庄三郎氏，我们到了公园中之家，池谷他们搓麻将，我们则下围棋，玩个通宵达旦。初夏拂晓的奈良公园，没有鹿的影子，但见薄雾洒落在铺满新绿的地上，感到一阵像改邪归正似的清爽。但是，饭店大门的门扉却是紧闭着的，我和池谷两人想不出什么办法。恰巧一个过路的男人过来，但我们再怎么呼唤对方都不回应，原来他是个耳聋的伙夫。他清早起来就给炊事员打开水管、煤气管等管道的开关。

奈良饭店，不论是镀金的台阶、装饰灯，还是走廊上的红地毯，都是日本式的中国东西以迎合俗不可耐的洋人的趣味。

在奈良的京城大道上碰见鹿，如同在京都四条望见东山一样，令人感到惊奇。鹿也在花街柳巷那潮湿而昏暗的露天背巷的垃圾堆里蓦地站了起来。

津市

从奈良到津市，我对沿线的山，诸如木津、笠置、伊贺上野、拓植等山都有所感触，可是对津市，除了感到一生当中还有没有可能再来一次之外，就没有浮现出别的感触来。我请书店的小伙计领着我逛街，可是走到哪里都没有出现引人注目的场所，城里的池谷只让人感到无聊和疲惫。

四日市的福山顺一氏一个劲地鼓动说，哪怕只为了品尝冈仓的连皮烤的龙虾，来津市一趟也是值得的。因此，我就和池谷去了，没有虾，却有新鲜的鲍鱼。

女人则有一种汲取京都流派的美感。

桑名

同样在福山顺一氏和佐藤昌胤氏的鼓动下，在津市讲演结束后，我们一行就奔向桑名市，下榻舟津屋旅馆。旅馆登记簿上出现了许多著名人士的芳名，诸如田中义一、长田干彦等。

与桑名联系在一起的有《歌行灯》[1]。这是一座有帆船倒影的渡口市镇，整座市镇给人的感觉像是青楼区似的。伊豆的下田也是作为港口的花街柳巷而闻名，尽管是南国，但是市镇却昏暗而凄怆。桑名则有方形

---

1 《歌行灯》，是日本作家泉镜花的小说题名。

纸罩座灯的光照亮,古老的小曲节奏在市镇上流动。

连高须梅溪老人都非常喜欢这座市镇,他用漂亮的手势啪嗒啪嗒地扇扇子,扔下又捡起,捡起又扔下,就着五香蛤蜊肉喝酒。像我这样的人从围棋友那里,早已上千遍地听说过这样的话:"这一招是桑名的烤蛤蜊肉串嘛"(意即:可不会上你的当的——译者注)。如今,据说桑名已经没有烤蛤蜊肉串了。据说"按摩产业"也是当地"名产",在你的窗户底下随处可见,光是词儿就充满了性爱的成分,名产中出名的奇特人物就非常激越。

次日清晨,歇宿在河对岸佐藤氏家的福山氏和佐藤氏乘船来接我们一起沿川游览,观看走在路上的行人的姿影。

岐阜

比约定的讲演会时间晚了,我们就从大垣车站坐汽车赶路。虽然我一直留意窗外——岐阜的加纳镇有很多有名的雨伞作坊散布在路边,但就在不知道是否已经通过了的时候,终于抵达了玉井屋旅馆。在我撰写的小说《篝火》里有加纳镇的往事回忆。岐阜县很像京都，而玉井屋则很像京都白天也略显昏暗的名门世家。

5月30日，八点在下鸭饲。我的讲演于八时结束，我独自赶赴长良川。过了长良桥，到了北诘的锺秀馆。《篝火》中所写的观看鹈饲的地方，就是在锺秀馆的二楼上。尽管关东一带还在禁止捕捞香鱼期间，可是我们还是吃到了味道着实鲜美的香鱼。

不久，金华山的背后开始燃起篝火，这篝火分别在六艘用鱼鹰捕鱼的船上，六根火柱流动过来。在旧作《篝火》里我是这样写道：

> 篝火，随着急流加快地荡进我们明亮的心，已经看见黑色的船体了，开始看见火焰在摇曳，也可以看见渔夫、鱼鹰和船夫了。响起了船夫用橹敲击船舷的激越声，也传来了篝火熊熊燃烧的劈啪声。船儿沿着河滩漾到我们旅馆所在河岸这边来。船儿飞流，我们站在簇簇的篝火之中。鱼鹰在船边拍打着翅膀。突然间，流动的东西、潜流的东西、渔夫用右手扳开鱼鹰的嘴让它吐出来的香鱼，全都像魔鬼节那些又细又黑的身体灵便的怪物一样。水上的一叶小舟上就有十六只鱼鹰，真不知先看哪只才好。渔夫站在船首，利落地解

开了拴住十六只鱼鹰的绳子。船首的篝火烧着开水，从旅馆二楼看去，很像是香鱼。于是，我拥抱着红彤彤的篝火。

今天也一样。公园里的人名和昆虫馆也有我的往事回忆。不过，我在报上看到了那里的人名和姓氏已于前些时候辞世了。

回到旅馆，只见高须氏一人。于是，我们两人走出门去。高须氏对柳濑的热闹情景感到惊讶……这是聪明的虚无的优美。

和歌山

南海电车设有食堂，这真有点稀奇。高须氏把和服短外罩落在电车上，我把它捡了起来。这已是第二次了。据说，来到和歌山市，如果不登上天主阁，就感受不到百万石[1]的城下工商业者居住区的氛围。大概是我没有登上天主阁的缘故吧，在公园里，充其量我只看见了马的铜像之类的东西。

---

1 石，谷物、液体等的容积单位，一石等于十斗，约合一百八十升。

在新和歌的海湾、望海楼，我们眺望纪伊的姿影，不断在我心中旋荡着旅情。我们倾听了田边小调，并从箕岛通过御坊来到了田边市，又从那里坐游览船，到了白滨和汤崎的温泉。我想起了两三年前的往事。如今来往熊野的轮船就出现在我的眼前。

翌日早晨，我们去参观小艇拖网。归途中，池谷扑腾一声跳进海里去了。同高须芳次郎、新居格两位分手后，池谷同改造社的芥川氏还有我就去车站，途中参拜了纪三井寺，还参观了西国三十三所名刹[1]，但见第二首巡礼歌曰：

从迢迢故里来到了纪三井寺
花之都近在咫尺

神户

我和旧友片冈铁兵，在《新新闻》的冈成志氏的陪同下前往神户，奥屋氏夫妇出来迎接，还招待我们用晚餐。我们漫步元町，在大野屋旅馆歇宿。翌日，

---

[1] 西国三十三所名刹，即西国安置观音像的三十三寺院。

片冈氏、奥屋、山下、池田夫人和长尾小姐等人,在和平楼召开了庆祝铁兵的《走钢丝的少女》茶会。

我按时去参加了东方饭店的茶会。

以上是5月25日至6月7日的纪要。

东京

7月4日报章上报道说东方饭店毁于火中。

两个女子在楼下演唱西国三十三名刹的巡礼歌。

 普陀洛伽山浪涛拍击着岸

 熊野三社的那智御山响彻瀑布声

 从纪三井寺来到了逅逅故里

 花之都近在咫尺

 父母之恩惠深厚

 唯有向粉河寺佛爷祈愿

 只要拨开松柏丛林步入深山路

 就见牧野寺院骁勇的马驹

 ……

我的故乡——三十三名刹就在胜尾寺附近,这些巡礼歌就成了故乡的摇篮曲。我眼前浮现出村里人在铺着十铺席的榻榻米上转动着大念珠的姿影,我内心中充满了往事的回忆。

1927 年 8 月

仙石原——原箱根

在绿油油的高原上眺望——昨日我们抵达仙石原温泉的仙乡楼,没想到岩根的箱根山中,竟展现这样一片绿韵,很像轻井泽的高原。若降雪,这里就是一个很漂亮的滑雪场。可是,诸位友人从旅馆二楼眺望,却没想到这些,而只见火山喷口周围的原野悠悠的绿,今早我们一致决定去湖尻——既没有人听见昨夜杜鹃的鸣啭,也没有人问及今时山、长尾岭、少女岭的情况。

我们一行由一辆汽车分两次运载。同行的有:三宅安子女士、宇野千代女士、菅、池谷、中河和我。在汽车里,我想:

"如果人也是以吃草为生的动物就好了。"

的确如此,小山被柔和的绿草所覆盖。行走在这条路上，可以随时随地躺到青草地上——这样的风景看来可以使人变成少年。但是，在绕了一个大弯的下坡上，则看见杉树的树梢和湖水。

在湖尻的乘船处，霜田史光君已经钓上了两尾小鱼，他得意忘形。佐佐木房女士在商店里买了可爱的神签道具，她一边露出美丽的微笑，一边在玩弄命运。宇野千代女士则买了绕线板。

我们乘坐轮船去箱根市镇，渡过芦湖。

　　清晰的富士山群峰
　　倒映芦湖中
　　鱼群悠然地漫游
　　大鸟舞凌空

　　箱根芦湖如玉盒
　　富士山景映镜中

大概由于风波的关系，无法看见富士山的倒影。不过，我们一行人中谁都没有察觉。不知什么缘故，森川宪之助氏竟随便躺在船的顶蓬上。池谷君则模仿朝鲜糖果铺捻纸条子。宇野女士在玩轮盘赌，好像是刚才在商店里买来的，只要一揭开红木桃的盖子，小木球就咕噜咕噜落下来。船上除了我们一行人，没有别的乘客。湖深处达五十尺，水色是那样的清澄。

左边可以望见塔岛的离宫，活像西方的废邸。我们抵达箱根的市镇，立即前往箱根关所考古馆。这里格外有趣，神妙地聆听遗物古文书的说明。

馆里收藏着各种手印、证明书，诸如马的掌印、威吓的面具、草笠形盔之类，此外还有大石内藏助东下的文书、胁坂淡路守赤穗城授受的通关文书、明治大帝御用印等等。比这些更有甚者，就是女通行证文相异备忘录。大家对"严禁妇女出逃、枪支流入"这些语言很感兴趣。所谓"妇女出逃"就是指从关东越过关口去关西的女人。检查女人通行十分严格，据说女官员检查，连发髻与和服都要拆开或掀开。还听说通行证写着头上有三个小肿包的伤疤而实际上有四个也不能过关。长途旅行途中，如果产了一个婴儿，成了两人，也不得通关。

如果我们在箱根附近的旅馆里投宿，调查古文书，据说可以尽情地挖掘出庶民的许多悲喜剧来。

我们带着考古馆的氛围，通过了关口的遗迹。从那儿进入杉树林，大家不约而同地唱起"箱根之山天下险"的歌来，恰巧这个时候下起雨来，催促着男人们加快脚步，妇女们远远落在后面。在原箱根，我们沿着雨中人家的屋檐拾步而走。松坂屋旅馆的人打着雨伞来接我们，大家十分高兴。

从松坂屋旅馆的二楼，眺望雨中的湖水，只觉心平气和，凉爽宜人。

1929年8月

嵯峨与淀川堤

从东京前往京都,你会感到京都与其说是一座古典式的都市,不如说是古典式的郊区。从四条大街的繁华中,猝然举目眺望东山的新绿,你会感到惊讶:这里是都市吗?祇园的舞伎也是当今社会郊区的一种美。京都市是郊野的古典式的理想,有很多美丽的地方。

我特别喜欢嵯峨的闲寂,以及祇王寺内等处充溢的空寂的氛围。从该寺院抄岚山的杜鹃亭这条道走,感觉很好。这里的静寂与深山中的寂静迥然不同。这种寂静是那样令人流连忘返、那样妩媚,虽然这样,却飘逸着一种古老日本佛的芳香。用凝望东京和大阪农村姑娘的目光来看嵯峨的女子,可以感受到那种类似古老文化之美。

在大阪郊外的奈良公园也很美。初夏黎明时分去散步，就会涌起一股绿色早晨洗脚的爽快感。奈良饭店看似是洋鬼子的东洋趣味，一文不值。不过，从那里眺望大和的郊野、可怜的鹿，却另有一番景象，给人一种无与伦比的、典雅的、轻松快活的感觉。

在少年时代的往事回忆中，我十分怀念箕面和从箕面走到胜尾寺的山路，还有淀川畔等地方。从长柄桥沿川边走不远，淀川堤一带，日暮时分深沉的静寂，真有点非关东平原莫属的感觉。淀川之美，虽然无法捕捉，但它被更广泛地认同就足矣。

神户一带，我喜欢舞子之滨，在湍流底看见的小石子很美。夏日的一天，我看见一群异国的尼僧在松树丛生的平原上行走，这种景象难以忘怀。大阪、神户间的文化住宅小区，无疑充满近代式的明朗。不过，如同不能突然说棒球场比嵯峨更美一样，它的那种美是令人怀疑的。

1931 年 3 月

上野之春

上野公园

博物馆后院有只真鹤。我这样认为,我第一次去,本馆已经建成,那只鹤我是从二楼上望见的。当时我是大学预科生,我邀请酒井真人到有鹤的地方拍照。走近一看,原来是只瓷鹤。每次到博物馆,我都想起这只鹤的事。

后来又忆起我曾想带情人到这庭里来的事情。这不是古典式的建筑,也不是那么古典式的庭院。只是像这样寂静、这样一尘不染的地方,恐怕东京市内再也找不到第二处了吧。

我来到上野公园后园,已是夏末时分。夜间我在大街上往返散步,都穿过公园,看见幽会情侣之多,实在令人吃惊,心想:世上在恋爱的人有这么多吗?一对对情侣长相多么相似,步法又多么相像啊!

不仅夜间,就是白天里也有带着情人上街的,处在众目睽睽之下,还落得满身尘埃,他们为什么不知道博物馆里有这么宽阔的碧绿的庭园,还有寂静的树荫呢?没有人通过,也没有警察。

姑且不谈情侣们的事。市内竟有如此安静的场所,这是令人感到不可思议的。现在的博物馆只有表庆馆[1]才有陈列厅,与其叫作馆,不如称作庭园更贴切些。看来很少有人知道博物馆有这个后园的。

例如,行人极少走到博物馆后园德川家祖祠那边去吧。到那里的人都得留下地址和姓名,缴付二角钱的参观费。宽永寺的小和尚打开了好几扇沉重的门扉作向导。里面陈列着定信的牡丹图、唐狮子的书画、光琳和一蝶描绘的花天板等等。元禄年间原件毁于火劫,据说光琳的画可能是临摹的。

坟地并排着五代将军、七代将军和十一代将军三位将军的墓。纲吉的墓,除了基座以外全部使用了青

---

[1] 表庆馆,上野公园内的东京国立博物馆的一部分,为纪念1900年皇太子成婚而修建的。

铜；另两座都是石造，看起来十分粗糙。寺僧这样说明：可见幕府势力已经衰微。庭园里只留下八座灯笼基石。据说仪仗队都把青铜造武器了。

看到依次渐小的坟墓，我带着寂寥的心情回到了家中。这时刻掌灯夫早已四处奔走点燃煤气灯了。据说龙胆寺雄在秋雾浓重的黄昏，误把在移动中的掌灯夫手中的火看作是人的精灵。夜间公园里简直是黑漆漆的一片。即使不是公园里，去年夏天露宿的人也非常地多，过路妇女常常遭到他们的威吓。而且他们经常清早起来就无所顾忌地闯进公园附近的我的家里来。

我觉得夜间的上野公园是倾听街衢杂音的好地方。假使说爱听虫鸣是老派作风的话，那么倾听街衢的杂音就是一种新的爱好吧。汽车在附近疾驰而过，猛兽也在吼叫——好像是幼兽，这些声音混杂在一起，从距离适宜的远方传到静谧的高处，这种杂音比白天的公园更有意思。

樱花最美的时刻，是在一日之晨。据说，夏天在不忍池畔还可以听见荷花绽开发出的清爽的声音。但是近年来池子竟辟出一条奇怪的水路，弄得不忍池现出一派清凄的景象。去年夏天，传说要出租小船，又说从今年 4 月 1 日开始。动物园里大部分都经过改造，相当现代化了，那池边也被柏油马路所环绕，经营游艇游乐场的人不知有多高兴啊。

动物园的水族馆太窄小，活像家庭中的装饰品。这水族馆里没有海鱼，它比浅草的水族馆还差。观赏放养在玻璃池里的游鱼，就像一首古典抒情诗，也像一曲近代抒情歌，实在美极了。除此处外，东京没有其他水族馆，多扩展几处就好了。倘使这是一种奢望，我倒有点恼火，要对动物园提点意见，那是小卖店的事了。

园内只有一家小卖店。它的寿司和面包味道不佳，且价钱太贵。莫非动物园官员只考虑动物的食物，而不考虑人的食品？我也想就图书馆提点类似的问题。图书馆官员大概只考虑书籍，而不考虑人的问题吧，食堂和吸烟室竟是这般惨淡的景象。对于长时间读书和学习的人来说，吃饭和吸烟是休息一下疲惫的脑筋所必需的，难道他们没有意识到吗？这些要求并不奢侈，难道就不能让人吃到味道多少可口一些的食品吗？图书馆当局也许会说：因为价钱经济，没法子呀。可是，现在浅草一带不是也有许多比这更经济的食堂吗？如果官商垄断是件好事，我觉得这些官商的感觉也未免太迟钝了。美术馆的食堂不行，博物馆的也不好。不过这里的客人不多,可能是无奈吧。最近即将开馆的科学博物馆如果办食堂,希望能办成与这建筑物相称的、具有现代化水平的,哪怕仅此一家。

去博物馆观赏"能"[1]的戏装和岩佐胜以的绘画那天,科学博物馆分馆在举办精密仪器展览会。我对有关仪器知识比古美术知识更贫乏,但我总想写点有关这方面的东西,科学博物馆开馆我就觉得是件愉快的事。古老的博物馆,只是散步时路过顺便进去看看而已,对陈列目录并不是始终都格外注意的。

就以美术馆来说,不仅是秋天的美术季节,就是一年之中,多时一下子就举办四五个展览会。我虽住在附近,也不常进去参观,日子就这样白白地流逝了。仅近半个月举办的展览会就有:中国工艺展、反正统派画展、槐树社展、浮世绘综合展、日本画会展、朝鲜名画展、日本漫画展、全国工艺联盟展、新灯社美术展等等。

帝展[2]的展品搬进博物馆的最后一天晚上,那热闹的情景,与其说像博物馆庭园里的恋爱故事,莫如说像通俗小说的开场白。许多美术青年和女画家都聚拢

---
1 日本的一种古典乐剧,演员戴假面具随着伴奏表演。
2 帝展,即帝国美术馆展览会的简称,现改称"日展"。

在美术馆的各个进口，从服饰来看，他们的生活远比文学青年更凄惨。一些贵妇画家驾驶着两三辆小卧车，带着的从学仆[1]到狗，说不定还有年轻的情夫，威风凛然地开进了这人群之中。

狗展

从3月20日起，以庆祝东京市动物园建园五十周年纪念赞助会的名义，在动物园前广场举办爱玩动物展览会，会期五天。

展览会当然以狗为主。不过，除了狗之外，还有安哥拉俱乐部、国产珍种豚鼠、美声金丝雀协会、东京饲鸟商协会、东京小禽商同业工会等团体提供的展品。

我尽管没有孩子，但眼下家中有二男、四女和九条狗同我一起生活。我讨厌人，却不怎么厌恶狗，希望在家中饲养众多的动物，并同它们一起过日子。犹如喜欢孩子的人为孩子盖房子一样，我要是盖房子，就首先为动物设计。

三天以来，我都去参观这个展览会，不厌其烦地

---

[1] 学仆，寄食别人家中，一边照料家务一边求学的学生。

观赏各种可爱动物。我的脸都晒得黑乎乎，以至有人问我是不是去滑雪了。没有鉴别能力的我，对展品不能评头品足，但光了解到美声金丝雀鸟笼制作之精美，还有豚鼠的褐色和灰色的珍贵品种之获奖，许多鸡也超越实用而变成观赏用之变种等，也是饶有兴味的。

举办斗犬展览会那天，同这展览会相对照就更有意思，黄鸟、胡锦鸟、日青鸟的毛色多美啊！

不是在这展览会上，而是在动物园的小禽温室里，有一种墨西哥产的黄胸巨嘴鸟。它不时地张开它的大嘴。嘴的运动形成一条遒劲的直线，这是它的性格的表现。倘使将它放在家里饲养，也许会像观赏存在某种倾向的画集一样受到感染。对于我这样一个神经质的人来说，最不堪忍受的，是动物园里的北极熊严格地反复做着同样的动作。那家伙的神经简直迟钝得不可思议。

狗展的日程是：3月20日展出斗狗，二十一二日展出一般家犬，二十三四日现场售犬。我感兴趣的是一般家犬，但展出的品种和头数都很少，我大失所望。比我想象要多的是丹麦种大狗和西伯利亚种萨摩耶狗。还有两只俄国种狼狗、两只短毛狗、两只英国种叭儿狗、三只苏格兰种黑牧羊狗。只有一只德国种短毛猎狗我最感兴趣,剩下的全是普通猎狗、叭儿狗、牧羊狗、日本种猎狗、英国种猎狗和日本狗。例如灵猩犬一只也没有。猎狗除了上述以外,还有英国约克夏种猎狗和马耳他种狗各一只,仅此而已。

久迩宫在德国种短毛猎狗和纯白长毛大牧羊狗前,驻步了好一阵子。我对德国种短毛猎狗的情况早有所闻,据从加拿大把狗带来的人说,要配对的,没有上千元的价钱绝不卖,他所指的是公狗。苏格兰种黑牧羊狗也到我家来了。日暮里一个名叫阿部的狗店老板,经由藤井浩韦占的介绍,把狗卖给了田村,那是只澳洲产的公狗。

太宰一郎和中野正刚的德国种短毛猎狗对我最有吸引力。它生性凶暴,易出危险,不好饲养。不过,它那种凶猛劲儿倒令人痛快。据审查员说,倘使设立名誉奖,两只狗都应得奖,不能让一方落选。

除了纪念节赞助会举办这次展览以外,3月21日牧羊狗俱乐部还举办一个展览会,地点在上野公园自治会馆旁边。这展览会展出的狗确很齐全。

说到齐全,动物园前的展览会第一天完全展出斗犬,看不见真正土佐产的狗。但来自奥羽地方的展品倒是很多,仍可以说是齐全吧。也许东京也在悄悄斗犬呐。我曾听闻浅草一家咖啡馆，半夜就把二楼的桌子收拾一旁，展出斗犬，住在店里的女佣都受惊了。我参观了这个展览会之后，才第一次感到相当多的人狂热于斗犬。人们在自治会馆旁边的会场里修建了一个斗犬场，当然没有开斗，只让一只只狗进入斗犬场，由主持人通报狗的名字。冠军的背上驮着冠军的装饰物。如同各地方每年举办摔跤仪式那样，都按狗的本领顺序编号。中量级冠军大江户号等，就有十来人跟随侍候，在阵容上也集中表现了美。要举办一场出色的斗犬，费用相当可观，这是可以理解的。

斗犬场旁边贴着告示，说明不准斗犬赌博的几条理由。

但是，跟随侍候狗的人也像斗犬那样，耀武扬威者居多，莫非这就是斗犬的自然风貌吗？东一堆西一簇的人在温酒，还有人站在人群里随地小便。偶然为一点点小事先让狗互斗，尔后轮到人一对一地吵起架来。也许赏花饮酒才是上野之春的信息吧。

墓地

明后天将迁居的房子就坐落在谷中殡仪场的正后

面。打开后院的大门,只见那空地上扔着许多旧花圈。颂经声和念悼词声大概也会传到我们家里来的吧。小狗肯定要在竹篱下挖出一条通往殡仪场院的通道。

我只到过谷中殡仪场一次,那是去参加芥川龙之介[1]的葬礼。这回每天都可以从后院眺望,或许会有所感触,但恐怕很快就会习惯的。

大概是不景气吧,许多人都在自宅里举行遗体告别仪式,最近殡仪场一个月顶多举行一次葬礼仪式,显得十分冷落。难道还会有什么比殡仪场不举行葬礼仪式更令人扫兴的吗?一看见那种扫兴的场面,就深切地感到葬礼式也是人生的盛大祭礼啊。

遗体的处理不同,就会产生各种不同的感受。地震的时候,大河里的无数尸体在漂流着。我觉得溺死的马尸要比人尸更催人悲哀。遗体的处理办法,自古以来就是宗教的关键问题。尽管今天宗教的精神渐渐泯灭,然而宗教的遗体处理办法却远远没有消失。人们就是不求医治病,也要请和尚念经呢。

稍走近殡仪场前,右侧路旁并排着许多的墓,其

---

[1] 芥川龙之介(1892～1927),日本小说家,代表作有《罗生门》《鼻子》等。

中有：高桥阿传[1]之墓、川上音二郎[2]的铜像、云井龙雄[3]之墓、市川右团次同施主相马大作[4]之墓、成岛柳北撰文的假名垣鲁文[5]的爱猫之墓等，它们都是排列在谷中墓地的入口处。

一来到高桥阿传的墓前，我的苏格兰种黑牧羊狗就一定撒尿。石碑的紧后面是公共厕所，那里传来了阿摩尼亚的臭味。

去年秋天以来就没有下过雨，我早晚都去墓地遛狗。许多时候，我彻夜伏案写作，累了就等待天明，常常等得很不耐烦，就从坟场内眺望江东工厂区的日出。秋分和春分举办彼岸会[6]时，在五重塔附近出现了出售孩子玩的气球的商店。如今东京扫墓的人少了，这是很自然的。事务所在许多墓前张贴了条子，提请家属注意告知地址。因而偶尔发现一些人把守墓当作日常事务，也就反而有点不可思议了。

---

1 高桥阿传（1850～1879），上州人，因杀夫及作恶多端，被判处死刑。
2 川上音二郎（1864～1911），明治时代名演员。
3 云井龙雄（1844～1870），米泽藩的志士。
4 相马大作（1798～1822），江户后期南部的藩士。
5 假名垣鲁文（1829～1894），明治初期剧作家、新闻记者。
6 彼岸会，每年春分、秋分加上前后各三天，举行法事祭祀。

谷中墓地比想象的狭窄，却比想象的亮堂，只有在秋雾弥漫的时候，才变得有点虚幻，却无墓地的感觉。每天散步经过墓前，从花期大体可以了解到季节的变迁。霜柱的壮观情景，实在叹为观止，不由地让人回忆起童年时代的乡间。比起这些，墓碑的颜色更是随季节的变迁而变换着颜色。我在伊豆温泉旅馆里曾发现河滩的石头颜色可变幻出五光十色。但我还是觉得墓碑在叹息。我偶尔也曾在黎明时分到上野公园去遛早儿。公园渺无人影的时刻，我就特别加快了脚步，显得很愚蠢，而在墓地里倒是格外沉着，忘却了自己。再进一步深入探索这种精神时，我就觉得内心底里也许流动着关于墓地的传统感情，也许感受到许多人的隐约的影子，心神才能沉静下来。

其证据是：看到石碑上的红字时，内心就不由地感到温暖。我经常伫立在粗糙的墓碑前，凝视着刻在上面的红色的新谷原仲町某某艺伎的名字。

本应写"春天的随笔"，想不到竟写了墓地的事。不过，今年即使花节到来，还是一片霜一片薄冰，似乎没有春天的迹象。再说上野墓地的樱花徒开得早，也没有尘埃把它弄脏。连动物园里的动物也会觉得春天是沾满灰尘的。例如公园入口有只名叫大牡丹的鹦鹉，它的胸毛呈浅桃红色，如果有个女子的肌肤像它的胸毛色，我就要不时凝望着她，4月8日我见她时，就会想到她是不是已经卖春了？

1931年5月

从海边归来

一　女性的本色

妇女们的眼睛，不断与夏日海上的亮光争斗，瞳眸的色泽或眼帘的线条都变得有点厉害，失去了女性的妩媚。柔嫩的肌肤由于沐浴在海水与日光之中，变得粗糙，呈栗色，很壮实。

海水浴会使女性的体形变美，但其触感就像是男性的。虽说这是夏日大海的健康，但男人们还是希望探寻女人身体上的女人味儿。于是，发现什么了呢？——嘴唇、指甲和脚心。

嘴唇、指甲和脚心，身体上的这三个部分是晒不黑的。

经过在海边生活一个夏天，嘴唇显得湿润而生动。指甲有光泽，呈粉红色。脚心经受潮水和砂子的洗刷，反而磨练得更白了。于是，在夏日海边的姑娘的健康身体上，增添了一种意想不到的艳丽。

初秋，姑娘们行走在街上已不穿浴衣、不打赤脚了。绢袜子和白色的短布袜子把她们的脚藏了起来，她们全身淹没在化妆品里，顷刻间恢复了女人的本色。这时候，让她们把袜子脱下来，夏天那健康艳丽的脚心已经散发出病态疲劳的气味。

她们穿着濡湿了的泳衣，群聚在海边市镇的肉铺前，她们忘记购买镰仓火腿了。

二 泳衣

为什么穿泳衣呢？

聪明的情侣大概会笑着不答。

大胆的姑娘也许会回答说：为了做最大胆的化妆。

游泳衣在胸脯上画出白色的半月，在脚上也画出白圈。在夏天的海边，藏在泳衣里的这种白线条，是最美丽的秘密之花。观赏这种花，是海之恋的战栗。

在婚礼的日子里，女人也不会化如此大胆的妆容。

大概是这个缘故,年轻的姑娘会感到寂寞,如果不趁着在身体上描画出这种白色的秘密时谈恋爱,仿佛一生都不能恋爱了似的。就是说,青春是会同避暑胜地的夏天一起消失的。

三 人工的季节

避暑胜地与妇女杂志,对季节是头等敏感的。

自古以来日本人对季节就很敏感,但是,难道城里人已经到了如果没有人工的刺激,就无法感受到季节的程度了吗?妇女杂志竟连篇累牍地告诉人们季节的到来。

8月中旬光景,妇女杂志已经带着初秋到海边来,召唤海边的人们上百货商店和美术馆。

人们从海滨的海藻、贝壳和死海蜇等东西里,也可以感受到秋季的到来,感受到季节是多么短暂。但是,他们没有察觉到他们的季节是人工的季节。

像被驱赶似的回到城里,只见出售明信片的商店前还是摆满了电影演员穿游泳衣的姿态的相片。季节的率先者,现在却成了季节迟钝者,虽然是图像的姿态,但还是略有寒意地呈现一副佯装不知的可怜相。

四　晒衣物防虫蚀[1]

从海滨归来，就立即晾晒衣服和书籍等，这些行动嫌晚了些，已经嗅到了冬天的霉味儿。冬季的衣服颜色深，现在已经不可能感受到闷热了。那华丽使人联想到秋天空气的清澄。

那空气中夹杂着冬季的气味，还有夏日海潮的芳香。在那芳香中仿佛听见海涛声、看见游艇，还让人有一种晒热的沙子触及肌肤的感觉。但是，呼吸着海风，夏天的薄衣衫使人感到多么发黏啊！这单层的腰带，这疲劳的模样……

于是，她在内心底里找到了那种像这单层腰带般的海的疲劳，也不可能在一两天内就找到干完晒衣物防虫蚀的感情。

不知道是哪里的一个业余摄影家，在海边给我拍了一张照片，拿出来一看，连自己都觉得一点也不美。

1　原文为"土用干"，即每年在立秋前十八天左右，晒衣服或书籍以防虫蚀。

五　季题[1]

祖父慵懒，连海边都不想去，成天价地坐在家里写关于海的俳句，度过了夏天。我从海边归来，在祖父的房间里，任务是清理这个房间，我捡起桌面上有关俳句季题的书翻阅，有诸如：露、月、闪电、流星、花草盛开的秋天原野、猎小鸟、猎人用的诱鹿笛、伐竹、腌萝卜干、鹌鹑、沙丁鱼、蓑虫、秋蚊、葡萄、具有代表性的七种秋花草[2]、鸡冠花、芭蕉、丝瓜、爽朗、天河、初风、不知火[3]、二十六夜[4]、安房祭、六道祭、西鹤忌、八朔[5]、白小袖、秋扇、别鸟、秋萤、梧桐果实、一叶、芙蓉、秋海棠、荞麦花等。

---

[1] 季题即季语，日本俳句、连歌中表示季节的词，如"莺"表示春天，"金鱼"表示夏天等。
[2] 七种秋花草指胡枝子、狗尾草、葛、瞿麦、败酱草、兰草、桔梗等。
[3] 不知火，夏季阴历七月末，在日本九州八代湾海上出现的神秘火花，一说是夜光虫的光，一说是渔船的灯光。
[4] 二十六夜，阴历正月和七月的二十六日夜半，跪拜等待月亮出现，传说阿弥陀佛、观音、势至三尊佛会在月亮中显灵。
[5] 八朔，阴历八月一日，农民祝贺新谷丰登的节日。

六　毛病

　　折断庭院里的枯枝，扔到泉水里。猛然间清醒了过来，庭院的枯枝并不是海滨漂流的木材，泉水不是晚霞映照下的大海。往事回忆就是这样的吗？模仿一两个人在场时的动作，有什么用？到了明年夏天，谁还会记住今年在海边的约定。

　　三天不洗头，就觉得仿佛满头积满了毒素。自己会像所有男人一样，漫不经心地洗净每次被海水濡湿过的头发。
　　尽管如此，在海水浴场上，全然忘却了女人头发之美。
　　一天进两三回浴池，或洗清水淋浴，但仿佛没有好好地把身体洗净，很留恋过海边的日子。回到了城里，还是大摇大摆地走路，这个毛病没有改掉。

　　一对情侣身着盛装在晌午的沙滩上行走，看似风尘仆仆的人造花。
　　那双眼睛的毛病不知丢失到哪里去了，从海边回来，最先失去的海的毛病，就是这双眼睛。

七　家庭临时女佣

那天晚上，她们也打算在初秋繁华街的人行道上漫步，火车站上变得热闹了起来。她们深知要趁火车站还没变得寂寥的时候，从海边的市镇撤回，这是夏天最后的喜事。因此，在车站上找到夏天使唤的家庭临时女佣时，她们也像接受别人赠送的令人怀念的花束那样，让家庭临时女佣同乘一辆客车。家庭临时女佣不是家住海边市镇的，而是夏天出外打工的。小姐们与她们交往，像是讨好似的与她们搭话，讲了许多有关夏天的故事。尽管如此，火车一启动，家庭临时女佣就立即靠在有汗臭味儿的包袱上，呼呼地入睡了，仿佛要睡足一个夏天似的。

1931年9月

轻井泽通信

先前河上彻太郎说：你是误入轻井泽了吧。从感觉上说，的确简直就像误入了此境。早先我想象夏天的轻井泽是个令人讨厌的地方，做梦也不会去那里落脚工作的。

清晨，我一边写稿，一边眺望神宫寺的庭院。但见卷毛狼狗叼着木饭桶戏耍，洋人小女孩抱着小弟弟骑骡，更有意思的是西方女人千姿百态地打我眼前走过。这时，好像是河上君的夫人从房后横穿过来，于是我站起身来把她叫住，果然是她。她是向通向邮局的路走去。

文学家来轻井泽大都是来避暑，我却不知道他们住在哪里，也没有打算要见他们。不过，意外地看到夫人打我眼前走过，蓦地想念起河上君来，于是跟着她到河上君家去了。路程并不远，坐落在爱宕山林中。河上君好像在为《文学界》杂志撰写文艺时评。

我首先谈到"误入轻井泽来"的缘由，事情是这样的：承蒙明治糕点公司的内田水中亭氏等人的特别好意，自《文学界》改组以来我一直获得广告，可我答应的约稿总是没能写出来，因此，我终于受命去该社经营的神津牧场写一篇见闻记。对方既然连让去旅行都说出口了，再怎么偷懒的人也要写了吧。内幕情况就是这样。我老早以前就想去神津牧场，因此，首先在美津浓购了背囊，在吉野屋购买徒步旅行穿用的胶鞋。但是，穿不到二十二厘米长布袜的我，只好在妇女用品店购买妇女用的鞋子。妻子甚至借用了邻居林房雄夫人的裙子和毛衣。妻子的洋式打扮，我的背背囊模样，都是有生以来头一遭。我登山用的拐杖，是用今年春上在镰仓由山本改造社长送我的葡萄藤蔓做成的。松板屋美容部的芝山夫妇陪同我们前往。

这样于8月28日出发，翌日从下仁田上牧场，断然越过七曲，徒步旅行至轻井泽，路程还不到十六公里，这是妇女儿童都能走的山路，说"断然"未免有点小题大做。从深田君和小林君等登山爱好者来说，可能算不了什么，可是作为徒步旅行的处女作，它首先是芥川奖候补作品。文坛首屈一指的虚弱者（从外表上看）的我和美容师芝山美代佳女士，只要能够平安地徒步走，那么对明治糕点公司来说，也是一种最好的宣传吧（《神津牧场纪行》将在《甜美》杂志上刊载，这里从略）。这次尝到了甜头，今后还打算继续作徒步旅行。但是，另一方面我也很明白，我不可能稀里糊涂地与深田君或小林君一同上山（终于在徒步之后，今夜买来神津牧场和轻井泽的地图，看了肩膀都觉得酸痛起来。我不知道要受到撰写《一边看地图》的深田君的什么责备，不禁独自苦笑了）。

傍黑前，我们抵达旧轻井泽，鹤屋客满，我们碰了壁，遂在稍往前走一点的旅馆藤屋下榻。这里也没有客房，我们被领到据说是供爱好登山的学生用的三楼奇妙的房间。令人吃惊的是，夏天的轻井泽，在繁华街上的饭店里，歇一宿外带吃两餐，只花两元钱。昨日从千泷又回到了藤屋，这里只有两个女佣：一个是自称自己在山里只管烧炭的女佣，另一个则是烧饭的老太婆，剩下的杂务好像是由亲戚前来帮忙，有点像简易公寓式的。不过住得倒蛮自在，招待是极其郑重的，甚至令人感到过意不去。女佣每餐都说给您再添一碗酱汤或菜汤吧。我住过不少客栈，问客人是否再添一碗汤的，这儿还是第一家。这里地处轻井泽的中央，是令人感到高兴的事。听说南轻井泽放牧场入口处的那家粗点心铺，其布局是二楼建成出租房间式的，那里歇一宿外带三餐只花一元。

我们只穿着浴衣出去散步，路上很少看到打赤脚的日本人，人们不仅穿着布袜，甚至在盛装上还罩上一件短外褂，我们似乎成了个傻瓜。还有人模仿洋人说着只言片语的日本话，我心想：日本人真是愚蠢的国民。但是，稍习惯下来，就会觉得这个资产阶级的国际避暑地，似乎也变得挺有意思的。第二天清晨，我们从联合教堂向万平的方向散步，为了寻找我的工作地点，我们乘上了开往草津的公共汽车。在盐壶温泉（矿泉）下车，太阳毒辣辣地晒着屋顶，看上去很热，所以我们又折回星野温泉。可是，这里没有房间，我们就到了千泷的绿色饭店。展望高原，无限辽阔，仿佛荡漾着一派静寂的氛围，十分地美。不过，总觉得洋式建筑的日本间并不宽敞，所以我们只在八角餐厅用了午餐，就转移到同样经营的日本旅馆观翠楼。这个千泷温泉的手巾也染上了矿泉的黄色。

大船电影制片厂五所组的一行人，为拍《新道》

的外景，前来这里歇宿。黄昏时分，我们从二楼的走廊上可以观看摄影队的人们依次返回的情景，由于《新道》是我每天清晨爱读的书，可能有这种亲切感的缘故，总觉得当身穿裙裤式的分腿运动服的田中绢代小姐轻松地从小轿车上下来的瞬间，宛如看到了实在的朱实。相反，人们把签名本摆在"伊藤句会"的五所亭的一行人面前，硬要他们作同一个水中亭的牧场的俳句，他们在乒乓球室里苦吟，脑袋也发胀了，连谦让的五所亭都穷于寒暄应付。我看到这番情景的时候，想大概作不成句了吧。所谓"伊藤句会"就是有上述两位人士参加，还有PC亭森岩雄氏、宝亭秦丰吉氏、德川梦声氏，以及其他神通广大的一伙人，十分奇怪。宗师是久保田万太郎氏，以道玄坂的伊藤旅馆作道场，最近还出版了挺不错的《伊藤句集》。我们也请他们题了字。五所亭题字曰：

山雾转晴鸟啼鸣

我的题字不披露岂不显得卑怯，所以也露了一手，曰：

似鹿子牛食秋花

下牧场歇秋蚕家

牧场之秋夫下厨

其他从略。不了解牧场的人，大概不懂得吧。

当天夜里，我与五所导演、小原让治摄影师、田中绢代、山内光诸氏聚在一起，坐在走廊的藤椅上，聊了一会儿。此外，在座的还有斋藤达雄、吉川满子、扮一平角色的佐野周二、扮演朱实之妹的高峰秀子等人。看惯了高峰秀子演童角，如今都长这么大了，不禁吃了一惊。她使我们想起身材苗条的、神津前牧场场长的千金。另外，我遇见川崎小姐的时候，就想起与福田兰童氏从这条路一起去草津旅行的情景。池谷信三郎君也同路。适值岸田国士君落座在北轻井泽的别墅刚修建或落成的时候。直木三十五氏在高崎车站迎接了我们回来，并与池谷君和我一起去法师温泉。我们三人中的两人，已先后成为故人，因此，这是多余的追忆。兰童氏在草津旗亭让人把电灯关上，吹奏起秘曲来。我也曾同山内光君去草津旅行过。当时的同行者之一、三宅安子氏如今也已作古了。尽管那么贫困，但我却赖活长寿啊，这种思绪令人非常难受。

拍摄《新道》的人们，从雾峰、富士见高原折回来之后，一个个晒得黑黝黝的。听说外景已经拍完，他们明天就要回去。田中绢代小姐腰围胖了三厘米，据说出发前的洋服已穿不了。我也于上个月在水上温泉量了一下体重，增加了近两公斤，这个月大概又胖了。日历上也反映了夏天将逝，31日早上，在旅馆的庭院里我参加了摄影队的纪念拍照，他们走后留下我一个人，颇感寂寥。占领了旅馆一半以上空间的摄影队，一旦撤走，那股匆忙劲宛如避暑地的夏天将匆匆结束、或洪水过去后的情景，我也不得不同我的伙伴分手。将这样一个我留在千泷太可怜了，我们去藤屋打听了住房的情况，又回到旧轻井泽来。芝山夫妇与我妻子乘上了名为"白桦展望车"的电车，送走他们后，归途中，我只见浓雾从浅间那边飘忽过来，不久神宫寺的庭院也笼罩在雾中，窗前单瓣樱花的树梢沙沙作响，飘零着早就变黄了的病叶，雾的彼岸那闪电的色彩，也显示秋天到来了。大甩卖的一家家商店关上玻璃门，以防物品被濡湿。

翌日，即当年今天的日子，河上君的夫人从樱花树下通过。以上就是"误入轻井泽"的故事原委。轻井泽夏天出现穿布袜的女人，也常见清扫别墅廊道的夫人身穿丝绸、脚蹬布袜子。当我提到不能穿着浴衣随便走动的怪地方时，河上君笑着说：男人则没关系嘛。这里避暑团体的势力，连警察那里都活动到了，听说饮食店不能雇用十五岁以上三十五岁以下的女服务员。轻井泽没有供秋季从北方飞来的大雁停留的地方，也没有供情侣们消遣的设备。对我来说，也许是稀奇的缘故吧，过路人似乎是西方人多些，妇女们的着装早午晚都有变化，这是很有意思的观赏光景。不过，虽然我不是横光君，也不曾遇见过自己觉得长得标致的西方女人。还是日本姑娘漂亮，尽管她们模仿西方女人的装扮显得不自然。不管她们怎样欧化，可总觉得在某些地方还残存着无以名状的伤感的情调。再加上日本山村原本就存在的哀伤情调，所谓轻井泽避暑团体的文静、物品质量好，又带有异国情调，都是活脱脱的，也自有其乐趣。

听说两三天前，久米氏前来打高尔夫球，河上君他们在碓冰岭一边赏月，一边大喝威士忌酒。他问我要不要到高尔夫球场去走走。穿着袜子和木屐的我，借了河上君的大鞋穿上，模样就像卓别林，我跟着转了半圈，但我参观高尔夫球场毕竟还是头一回，不懂得判断河上君自豪本领的标准，只顾佩服他把球打得老远，看不见球的去向，从半途上与别人比较，承认了河上君的球技大有潜力。但也不觉得有什么太大的意思，不知不觉间我竟一味想起这宽广的一片绿韵的往事。回想起来，那还是与池谷君等去草津的路上呢。那次旅行是接受草津电车公司的邀请，前去参观北轻井泽一带的别墅区。

虽然是值班编辑，却如上所述地逃脱出来，我从高尔夫球场回来正在写这篇同人杂记的时候，式场君半夜里在河上君的陪同下出现了，我了解了稿件收集到的情况，结果只能写一篇编辑后记了。我们去旅馆贴邻的阿庆逗子铺，谁知这家铺子今晚歇业，把酒放在河上君处就回来了。从东京、横滨，远至神户前来经营的诸家商店也实行特卖。我看到了许多有关日本的洋书，如果我有钱真想买一套带回家。

今天（9月2日）一大早，式场君同星野的芹泽君出发前往北轻井泽的岸田君那里取稿件去了。神宫寺那边，身穿绯红色衣裳的僧人，在主持居室正面的台阶上送走避暑客。在他们背后的昏暗中，点着一盏灯。想来从昨日起，堀辰雄君等《四季》的诗人们就在追分的油屋里聚会吧。我真想去拜访这些友人。我思忖着明年夏天早点来，哪怕会话不妨也学学嘛。

1936 年 10 月

话说信浓

我的讲演题目叫"文学"。从某种意义上说,如今文学仿佛成了我的躯体。我站在这样的地方,站在前来避暑的诸位面前,赤裸裸地暴露出来是否好,我没有把握。再说,平日我是尽可能不谈文学的。然而,冒失而来要同我谈文学的人,我是很难对付的。

就说诸位吧,在这种地方听我谈文学,不如到碓冰去观赏月色,无疑那里更富于文学色彩。高原早已是秋花烂漫,比如那些细茎上稀稀落落地绽开了地榆花,像结着小桑子似的。哪怕是三分钟,仔细地观赏那些花也比阅读千百篇无聊的小说更富有文学性。所谓文学,就是这么一种东西。即使在一片叶或一只蝴蝶上面,如果能从中找到自己心灵上的寄托,那就是文学。轻井泽一带,确实到处都是文学,人们的生活无处不是文学。由我来谈什么文学,未免有点可笑,我是谈不好的。

现在谁都认识地榆花、败酱草、秋天的七种花草,在这些花草地上散步、学骑自行车,偶尔也摔倒在上面。那里的草原固然很好,可在座的诸位又有谁能把绽开着的簇簇野花的名字全部叫出来呢。轻井泽秋草的名称,恐怕很少有人能认上二十种吧,我也认识不了多少种。

去年夏天,我和室生犀星、堀辰雄等四五人曾在这里散步,走进教会联盟的庭院,我们在议论庭院里的各种树木的名称,连关键人物室生也弄不准确。他虽说对庭院的花草树木颇感兴趣,但并不认识它们——这些倒不是因为遇到了珍奇树木,或是什么外国树种。于是我们向打扫庭院的老太婆探问。她虽是本地人,可回答也是吞吞吐吐的。也许诸位有人几个夏天都到这集会堂来,倘使我指着这庭院的树木请教诸位叫什么,恐怕谁也不认得吧。肯定会有人询问:庭院里也有这种树吗?能注意到集会堂的庭院里有这种树吗?这也是文学。

即使不认识枞树、青桐树、朴树这些日本平凡的树木,只要看一看轻井泽,也会准确无误地记住诸如落叶松、洋槐树、白桦树等多少带点异国风采的树，而且对这些树还有新的感触。这也还是文学。片冈铁兵的夫人和我的妻子都是三十出头了，由于在轻井泽的关系，前些天开始学起骑自行车来。这些比起我们为人夫的在当地写小说来，也许更是伟大的文学。我妻子骑车撞在一个德国人的婴儿车上了。

从我们散步的碓冰路上攀登，万绿丛中传来了美妙的歌声，我们还以为是什么美人，原来却是一个外国老太婆在歌唱。她高个子，姿势优美，婷立如一根竖着的棍。她脚蹬日本屐，十分飒爽地走下山来。她穿的是男人的木屐，推着一辆像婴儿车的车子。车上的婴儿不是她的孙子，而是她的儿子。她一边走一边歌唱。同我们相遇也若无其事，她确是个乐天派，继续唱着歌子走了过去。在水端附近，我妻子骑车撞着的就是她。其实还没有到撞着的程度，而是险些撞着。不管怎么说，这是精力充沛的老太婆和可爱的孩子。于是，我妻子便设法同她搭话。老太婆一再表示她不会说日本话。妻子又不会说德语，只见老太婆兴致勃勃就随便聊开了。

了解到西方老人和年轻人一样快活，这也是文学，何况轻井泽，不仅是年轻姑娘，就是年龄相当的家庭主妇，即使是暂时的，也重新唤起了生活的感情。我从此也想学骑自行车。今年夏天同去年相比，穿浴衣和打赤脚的人急剧增加，镇子似乎起了很大的变化。过不了多久，轻井泽也许会像夏季的镰仓一样，将变得非常庸俗，或者大众化了。至于喜不喜欢这样的变化，那是其中一个问题。轻井泽是会像新宿、高圆寺一样发生变化的。这也还是出色的文学。日中战争长期继续下去，明年轻井泽之夏也许会发生更大的变化。不过，这种变化，不是诗意的，也不是文学性的。我们向来到这里的人探询日中冲突的事，这也是文学吧。

我事先声明不谈文学，结果谈什么都联系文学。诚然，这或许就叫作自作自受吧。我本想马马虎虎算了，可是我刚才拉扯上了室生氏，说他不晓得教会联盟的庭院里的树名，尽管如此，这丝毫无损于室生氏是一位兴趣庭园的权威。室生氏不是木材商，也不是栽树匠，即使不晓得树名，照样可以感受到这棵树的美，照样可以接触到它的美的生命，叫不出庭院中的一棵树名又何妨呢？记得住树名并不是文学。这道理是不言自明的。

然而，一个作者不知道这棵树的树名，就把它叫作青枫树，还描绘了一番树干如何如何，叶椭圆形，像只倒立的鸡蛋，上尖，边呈锯齿形，叶背白色，长满柔软的毛……即使这样精细地描写了一番，也只能给人以烦琐的感觉。首先，类似这样的树很多，容易混同，若写得能让读者一目了然，明确分辨出是青枫树，那就要有非凡的本领。读者好不容易弄懂这是青枫树，他们就会嬉笑说：什么？那不是青枫树吗！与其煞费苦心，费尽唇舌，莫如用"青枫树"一个词儿将就着，不是会更快领会吗？又如夜来香、百合等一些常见的花，假使不写花名，而要让人记住这就是百合、这就是夜来香，无疑太麻烦了。也许轻易就能把花的颜色和形状写出来，说这是夜来香和百合。若是忘记写花的大小尺寸，类似大小的花种类繁多，容易弄错。当然，这些可以随便用长短不等的自由散文去写，倘若用十七字俳句或三十一字和歌去写，不懂青枫树和百合花的名字而要吟咏青枫树和百合花，首先就很困难。如此看来，植物有青枫、百合等名称，对我们来说，确实值得庆幸，应该感到幸福。幸福是幸福，可是在我来说，假使我写轻井泽，不懂树木花草的名字就太不方便了，就是说没有沐浴到这种幸福了。倘使你们的信净写落叶松也不好办啊。

其实，这里面就有微妙的文学问题。植物有青枫、百合等名称，这是值得庆幸的，可是我却从没听见过植物自报姓名的。要是狗、猫，人们唤它"波吉""三毛"的名字时，它就会答应。假如植物也会答应的话，那就成了鬼狐故事哩。这种鬼狐故事比比皆是，银杏精什么的，并不稀奇。

这是不是妖精不得而知，但长野县内的银杏远近驰名的叫得上名字的，有下高井郡瑞穗村神户的"乳垂银杏"、上水内郡长沼村西严寺内的"袈裟大银杏"等。松代町、上水内郡神乡村和上高井郡绵内村则有"枝垂银杏"。乳垂银杏或叫乳树，这种银杏叶子微黄，从四里地以外都可以望及，称得上是棵大树，它的枝枝丫丫上结满瘤子似的东西，长长地耷拉下来，就像妇女的垂乳，常常没有奶水的妇女就向这棵树虔诚地祷告。据说，耷拉着瘤子的树就像根立柱，直垂在地面上，是一副奇姿异态。

《万叶集》里一个叫神户的地方，种有这种稀世的奇树，也被吟咏为"立神古菅"，是小菅日本神的神地，从头一个牌坊到庙祠，近四公里长，其间有所谓七石、八木。这些石和木都有其固有名词，如同叫"波吉""三毛"那样。七石我省略不谈，只举八木来说，就计有：五本杉、鞍子架松、牌坊杉、太平杉、连理松、凳子松、实取松、乳木等八种。御神是素盏鸣尊。登山草创的修行者好歹也来了，还一起祭祀了熊野、金峰、白山、山王、立山、走汤、户隐诸神。这神社确实是雄心勃勃。这就是八尊日本神的八种树的缘由。

谈树的故事比谈文学轻松多了，这里顺便谈谈信浓的二三种被指定重点保护的名树奇木吧，它们计有枝垂栗、枝垂朴、重瓣黄花、石楠花，这些是八岳中的横岳顶上附近生长的植物，传说其雄蕊化为花瓣，变成了重瓣。上高地的梓川有一种化妆柳，这种美丽的柳树，也许有不少人在上高地见过了。一到5月，雄花和雌花分别在不同的树上开花。这种化妆柳是从朝鲜北方发展到中国、堪察加和蒙古等地的。可是在库页岛、北海道以南却看不见这种植物。不知为什么，它竟跳离这些地方而在高地生长。这种跳离现象，从植物分布学的角度来看，是很有趣的。据说，因此而指定为重点保护。

注意力终于被吸引到树的故事上来了。也许有人要问：微妙的文学问题都溜到哪儿去了？绝不会有这样的事。绝不会是谈树的故事，文学就那么轻易溜走了。

大家听我讲树的故事，多半也觉察到了，人们给树木起了诸如乳垂银杏、连理松、化妆柳种种名字,都含有人的情意,这就是文学。这里有个问题,也请诸位好好思考一下。平静地回过头来看看,给树木起了诸如乳垂银杏、化妆柳等名字本身,实际上就是人的哀怜之心,也是人的朴素之行为啊。天地无限而永恒。给树木起名字一类事,从大自然的角度来看,就如同防空演习的夜晚,从飞机上看到萤火虫的亮光一样。文学的背后不着边际地展开着这样的悲哀。就是说,不是植物本身具有名称,而是人们给植物起了名字,文学就是从这里出发的。这里又有文学的永恒的悲哀。当然,悲哀的另一面,也有喜悦。我们文学家就是要为大家、为生活在这世上的所有人,献上一个新的、真正的名称。科学家也是在做着这样的工作。

不仅是植物,人也如此。比如以桃太郎来说,他从桃子里出生,不是呱呱坠地就自报姓名说"我是桃太郎"的。而是老樵夫和在河边洗衣裳的老大娘给他起的名字。或许是附近的人自然而然地把他称作桃太郎的吧。总之,一定是有人把这个从桃子里出生的孩子叫作桃太郎,别人也觉得的确是个漂亮的名字,于是就在人们中间流行起来的吧。这的确是个漂亮的名字,可第二个人把他的婴儿叫桃太郎,就已不具备文学家的资格了。

就以轻井泽为例，前些日子我看了觉着有点意思的景象，就是那个外国天主教修女吧。她头戴黑巾，面对神宫寺庭院里的石灯笼和石雕"不动明王"在写生。还有就是那个典型的国际老太婆、著名的拉库萨·阿玉[1]，也是以神宫寺庭院里的大枝垂樱树干为主，添上带青苔的石灯笼，在描绘一幅像是明信片似的美丽的油画。远景是萱草修葺的屋顶和大雄宝殿发黑的板墙，画面昏暗，很有日本色彩，可是其中却点缀了鲜艳的红色。我以为是什么东西，仔细端详，原来是西方女子的西服颜色，从画感来看，总觉得有点供出口的味道。总之，这是个国际性的地方。众所周知，这里有西方人起的名字，也有自古以来就是日本的名字。细细体味洋名和日本名这两种地名，也会让人觉得西方人和日本人存在种种差异，也可以认为代表着两种精神吧。堀辰雄使用西方人起的地名，写了许多以轻井泽为活动舞台的名作，文章散发出像西方人给起的名字的气味。另外就是服装的颜色，西方妇女衣衫的颜色，夏天在这高原的新绿映衬下，确是格外引

---

[1] 拉库萨·阿玉（1861～1939），日本女画家，原姓清原，是意大利著名雕刻家拉库萨（1841～1928）的夫人。

人注目。我一边看画一边思考西方人和日本人自古以来生活方式的不同,以及对大自然的欣赏方式的不同,虽然有点漠然,但是颇有实感。

秋风萧瑟越后山

一茶[1]的故乡距越后很近,位于野尻湖畔的柏原。他对自己的故乡是这样描绘的:

> 信浓是在彩云之下的面积最小、人口最少的地方,我的故乡虽是在信浓,也只是居住在里信浓的一角、黑姬山的山麓。那里的树叶籁籁地飘落,山峰上的暴风雨声令人感到寂寞,世人的目光和草原都已枯萎,从阴历十一月开始,白雪纷纷扬扬地飘落,众人异口同声地诅咒说:降寒,降恶。

初雪纷扬一腔愁

(大伴旅人[2])

---

1 一茶,即小林一茶(1763～1827),本名弥太郎,日本俳句家。
2 大伴旅人(665～731),奈良时代的歌人。

积雪三四尺，牛马往来突然终止，人们麻利地勒紧雪橇的绳索。眼看就到岁暮，鸟在奇怪的菰蒲中栖息，核桃树环绕屋宇的四周，顿时远离暗无天日的世界。白天纺线捻绳也要掌灯。老人日夜守候炉火，手脚被烟火熏黑了，胡须竖起，目光炯炯，体态宛如一尊阿修罗佛，他活像饥饿的叫花子、瞪大眼睛的讨债鬼，穿着草鞋就这么闯入人家的炕炉边，咬了咬钱币分辨真假。栽在炉炕边的葱长着青青的叶子。一切都与南国的风习全然不同，尤其是那妖精小屋的情形更是如此。

那种情形，简直像天津和上海的贫民被战争所侵扰一样。一茶不懂滑雪和溜冰，恐怕做梦也不会想到野尻湖畔竟会建成外国人的村庄。雪上和冰上运动，是一种学习西方人利用大自然进行游乐的方法。古代西方大概也没有这种运动吧。一茶观赏雪景的群山，如今变成了滑雪场。岂止不是"降恶""一腔愁"的地方，而且应该说是"降善""可庆贺"的所在呢。

际此年终岁暮时，
金钱添翼满天飞。

一茶甚至顺口溜出这样无谓的句子来。对一般人来说，这反而具有一种魅力。现在若是观赏雪景，这首诗该是这样吟咏吧：

际此年终岁暮时，
金钱添翼从天降。

然而，现在除了从都市前来滑雪和溜冰的人，以及因此而赚钱的少数人以外，当地老乡在隆冬季节里，同一茶所说的"尤其是那妖精小屋的情形"，恐怕没有太大的变化吧。也许老乡的生活比一茶时代更艰苦。现在依然是：

叹息终做栖身地？
故乡归来雪五尺。

六岁时——所谓六岁是不太准确。总之，俗话说六岁的时候是：

麻雀无爹又无娘，
寻找游伴来我旁。

一茶写出这样的名句以后,又吟道:

> 空空荡荡庙庵堂,
> 苍蝇戏耍静悄悄。
> 别拍打,
> 苍蝇已经在作揖。

就这样,一茶对苍蝇也表示了同情。他写了许多偏爱孩子、乞丐、老百姓的诗句,写了继子、流浪汉、乖僻人、富有乡土人情者、穷人、叛逆者的诗句;假使他活到今天,他一定会成为讽刺诗人,讽刺城市人的冬季运动和避暑,也许连大家也会遭到他狠批一顿呢。至少也会留下一首诗,这是无疑的。

提起留下一首短诗,使我回忆起上次讲习会的翌日,即防空演习日,我和山崎斌、片冈铁兵三人拜谒了一茶的墓和他寿终的仓库。众所周知,此地的草木匠山崎是信州人,他同长野县犀北馆的年轻主人过从甚密,颇有交情,这次犀北馆承担经营县的野尻湖饭店。他们邀请我们前去参观,我们便去饭店,顺路从长野绕户隐山,然后去柏原参观一茶的遗迹。请了犀北馆的主人给我们做向导。所谓一茶的坟墓,没有什么特别，十分简朴，坐落在一茶家世代先祖的朴素的墓群中。不仔细寻觅，恐怕连墓碑也难以找到。也许是为了寻找方便，人们在他的墓旁立了一块堂皇的石碑，碑上由泽柳政太郎写了"一茶之墓"几个字。

对现在东京的年轻人来说，提起成城的泽柳，也许比泽柳政太郎更容易懂些。他是信浓出身的文教三君子之一。这三君子是：高远出身的伊泽修二、松本藩的医生子辻新次，以及同是松本藩的士族泽柳政太郎。他们是建立日本教育基础的功臣。这位泽柳能一边站着写信，一边同客人对答如流，是个精力充沛的人。他死后，做了尸体解剖，据说脑浆重一千六百克。明治四十四年，他就任东北帝大校长之后，立即允许女子入学，震动了整个教育界。我们也曾承蒙他关照过。第一高等学校的有名的舍监谷山初七郎先生，虽持有中等教员证书，但没有什么学历，只不过是个乡间小学教师，而泽柳担任校长时期，就大胆将他提拔到第一高等学校来任教。泽柳做事就是这样果断，他不计较对方的头衔和学历。

泽柳是信浓出身的大文教家，在上林温泉又拥有别墅，因此信浓的许多纪念碑都是由这位泽柳氏题字的。在一茶的墓旁，立了一块比"一茶之墓"高出三四倍的碑石，似乎很是重视，可是人们一不留神，就会把一茶的墓置之一边而去拜谒这位泽柳政太郎。这不是笑谈，这种情形我住在热海时就目睹过。在贯一皇族散步的海岸边上，立有一块小栗风叶题字的石碑，碑文曰：

　　春之月，
　　　像是贯一的背影。

　　一位老太婆在这块碑前供上橘子，合十膜拜起来。这里也可以放上一个香钱箱。或许是逗子的浪子不动佛前放上了香钱箱，一茶墓前也设置了香钱箱。

　　正如一茶自己所书的："安永六年出故里，漂泊三十六载，日数一万五千九百六十日。千辛万苦，一日也无真正的快乐，不觉间终成白头翁。"他五十岁那年的 12 月，终于回到了柏原，住进一间租赁的房子，题诗曰：

　　叹息终做栖身地？
　　故乡归来雪五尺。

他五十二岁上才迎亲，相当晚婚。五十二岁的一茶，娶了个年仅二十八的叫阿菊的女子。妻子先他故去。他们两人生下四个孩子，都没有成年，婴儿期就夭折了。他娶了第二个妻子，又离婚，直到六十三岁上才又娶了第三个后妻。六十五岁那年，即文政十年6月发生了一场大火，家遭焚毁，他赋诗一首曰：

火烧场上劈劈啪，
烧得跳虱乱跳啦。

于是他住进了仓库，11月19日就死在这仓库里。

我并没有打算在这里谈一茶的故事。在信州，尤其在北信，从落雁、布巾，不管什么都挂上一茶、一茶，真有点烦人。连割草用的镰刀，也叫什么一茶镰刀。不仅对俳句诗人一茶，还有对井月、南画家长井云坪也是如此，的确信浓人有喜欢这样做的一面。信浓出身的现代日本画家有：菱田春草、菊池契月、池上秀亩、矢泽弦月等，洋画画家还有：中村不折、丸山晚霞、山本鼎等人，以岛崎藤村为首的，包括木下尚江、孤雁吉江乔松、中泽临川、藤森成吉等人的文章，岛木赤彦、太田水穗等人的诗歌，都充分表现了信州人的气质。我所写的东西，是否被认为是相当非信州风采、反信浓风采呢？我想试写信浓，我就计划用三四年时间学习有关信浓的情况，从去年起，我时常到信州来，这绝不是因为我喜欢信州的风俗人情。

信浓的荞麦也好，或像荞麦的一茶也好，我还没体味到喜欢的程度。不论一茶、云坪，还是涩温泉的南画家儿玉果亭，艺术家们生前的故乡都不受重视，这种例子是常见的。例如，明治二十九年，云坪、果亭，还有也是画家的加藤半溪都曾到过别所温泉来。那时候，云坪六十四、果亭五十八，已是高寿之年，还举办了绘画发布会，大多是画在半截纸上的。据说，卖价一张从二角到五角不等。如今，这些画大概能值从前一百倍的价钱。当地人，也就是户隐温泉一带的人曾说，果亭的画白给我都不要呐。他们把他的画张贴在厕所墙上或隔扇的破处。可是卖到好价钱时，他们就感到震惊，觉得胡乱张贴太可惜了，于是就又揭了下来。所以，果亭的好画，几乎留在故乡。格外偏爱云坪的长野人如今大吵大嚷地说：云坪比当代大画家小室翠云之辈要出色得多。先前我在这礼堂里看到了国际文化振兴会举办的《日本画家一日》的拍摄实况，典型人物却是翠云氏。从这位翠云氏的豪华生活的角度来看,云坪那间坐落在户隐和善光寺的宅邸,就简直近于乞丐的栖处。众所周知,在这点上,一茶也是有名的。前些时候,有人在杂志上发表文章,把一茶的"挨着碰着都是刺"这样一句家乡诗句,同啄木的"拿着石头紧追赶"这样的家乡诗句并列起来了。

在一茶寿终的仓库里,四五头猪在呼哧呼哧地拱动,还乱糟糟地堆放着老乡的农具。有的书就是这样记载的。实际上,一茶的小孙好像把这仓库当作猪圈来使用了。这回前去,只见那里堆放了农具,没有猪,没有窗户,也没有地板,只有一个窄小的入口,墙上只剩一层底灰泥,地面非常潮湿。总之,是间堆物的小屋啊。一场火劫之后,一茶无家可归,临时住在这里时,是否已没有窗户和地板了呢?我忘了打听。这房屋门面多宽多深,也忘记询问。据山崎斌说,假如老百姓拥有这么大的库房,生活可能不会那么艰苦的吧。当然,那里也并不是间像样的仓库。首先,真不愧是一茶的屋宇。旁边盖了幢称为一茶牌位堂的非常土气的建筑物。小学生们难得假期旅行来这里参观,看见这么寒碜的库房,不会感到庆幸,而是会失望的,所以去年便盖起这间新房子——一个像是一茶的后代是这样告诉我们的。总而言之,这间牌位堂虽是新建,但不成格局。屋里悬挂一茶的肖像——一张不值钱的画——还好,可牌位堂两侧屏风上和匾额上却贴满了拙劣的俳句,真叫人难以言状。牌位堂里放有香钱箱。我们去参观的时候,看见有人往箱里扔了两三个铜币和施舍物。一茶要是还活着,少不了要对上几首俳句呢。不过,建造这种牌位堂本身也还是文学。兴建牌位堂的一茶的后代是很有意思的。这种事例俯拾皆是,就是在轻井泽也没有什么可值得自豪的。

> 落云雀,好安闲,
> 自由自在把三弦弹。
> 依依不舍轻井泽,
> 北来飞雁亦停落。

也许一茶在轻井泽仍把它当作旅次吧,他表现出相当的宽容。这俳句把旅人比作云雀了。现在看来,在轻井泽弹所谓三弦琴就未免有点太不像话了。当然,这是指那时的轻井泽的女招待来说的,那时的轻井泽号称有沓挂、追分和浅间根腰三处宿驿。贝原益轩也这样写道:"三处宿驿之间,南北半里余,东西二三里,乃是一片茫茫荒原,气温酷寒,五谷不长,只生长稗子荞麦。所以旱田甚少，民家没有栽树，可以说是不毛之地。"纪贯之[1]也曾咏道：

逢坂关[2]水投影清，
如今牵来望月驹。[3]

吟咏进贡牧宫的，也是远古时候的事了。也许那里比一茶的居处柏原更加荒凉吧，现在已经没有诸侯轮流谒见将军的事了[4]。同时，由于当时通了铁路，轻井泽作为宿驿已经变得寥落，人们无奈只好迁往附近的村庄去当农民，成为计日工，奔波谋生，恍如候鸟一样。据说，有个时期连近乡邻村，人们一提起轻井泽人，就嗤之以鼻。山林无限制地乱砍滥伐，土地极度荒废，幕府末期原有二百户人家，曾一度减至三十户。如今这荒原已成为避暑胜地，迎来了三四十个国家的

---

1 纪贯之（870？～946），平安初期和歌圣手，《古今和歌集》的主要编辑者。
2 逢坂关，是从山城（今京都）到近江（今滋贺县）途中的一个关所，所谓"三关"之一。
3 平安时代诸国每年八月满月之日进贡马驹，日语"满月"亦称望月，所以叫望月驹。
4 江户时代，诸侯每隔一年来江户谒见将军，并留在幕府供职一年的制度。

客人观光，这是做梦也没有想到的。"轻井泽"这个名字听起来到底令人有今昔不同之感啊。

展览会的纪念碑前，立有芭蕉[1]的俳句碑文：

清晨飘雪勒马吟

像这样的诗句，今人也会明白的。一茶也有这样的诗句：

浅间晨雾爬书桌

他还有这样一诗句：

浅间山烟飘落叶

这些诗句，今人也是会明白的。可是"三弦""新雁"的诗句，对不了解轻井泽昔日原是宿驿的人来说，读了是一点也不明白的。再仔细琢磨，在观者看来，芭蕉俳句中的"马"，同现在前来避暑的女士们乘骑的

---

1 芭蕉，即松尾芭蕉（1644～1694），日本俳句诗人。

轻井泽的马，是迥然不同的。一茶俳句中的"膳"，也是如此。

轻井泽不仅是个固有名词，连"马"或"膳"这样普通的名词相同的词，其感受也会因时因地因人而异。也就是说，具有文学性的差别。然而，无论怎么差别，马还是马，马只有马一个词，这倒是很方便，但同时也很不方便。文学就经常要同这种不方便作斗争。例如把一银杏树叫乳垂银杏，或给一婴儿取名桃太郎，以区别其他银杏和婴儿，这也是文学的精神。上面也谈到种在路旁的树，我们记住了这种树叫桉树，这种花叫百合花，就马上在文章里应用，写上桉树和百合花。诚然，读者读了，脑海里可能立即浮现出桉树和百合花束。然而，在脑海里所浮现的桉树和百合，确有种种不同的感觉。于是，作者要想让读者对百合花产生与自己同样的感觉，就得对百合花加以详细的描绘。描绘开花的气氛、赏花人的状态，来限制读者对百合花的感受。

倘若这样，事情也就简单了。可是，就百合花来说，与其费千言万语写下名文，莫如只说一句百合花更为单纯，更觉美丽。就是说，百合花这种植物曾被成千上万的大诗人所吟颂过，它却没有折服，还是绽开得那样地美。这是不朽的花。不然,今天我辈就搞不了什么文学了。母亲让一个无知的婴儿赏花,并教给他这是百合花,同对百合花所有情况都了如指掌的神,这两种精神结合起来去观赏百合花,这就是文学。正如刚才所说的,光记住树的名字不是文学。谙记名字的时候,眼睛的闪烁就是文学。这是珍奇的花,这叫什么花呢?这叫山紫葛花是吗?经过这样一番探索就记在心上了。这就很好嘛。

明月啊,
江户众生真无知。

一茶这样吟咏。但这不仅限于明月,即使有所谓恶月、脏月,那就更是"江户众生真无知"了。我们连轻井泽的草木也全然不知道,自不用说,对信浓过去和现在人们的生活工作情况就更无从了解了。就全国来说,信浓的乡土研究工作是最先进的,文献多,使用方便,而且了解乡土也就是了解日本。纵令诸位不读这样的书,我也劝诸位至少要去看看,并了解一下碓冰的月色,这比听我的演讲更有文学性。这是我在开场白里就声明过的。说到赏月有名的地方,舍姨山比碓冰更负盛名。《新古今和歌集》[1]以来，在和歌以及俳句中，也可以读到许多这类的描写，甚至可以编成一部小文学史。我本想在讲话结束的时候，谈谈这些问题，可是没有时间了。最后连话说信浓都没有切入正题，我的讲话就此结束了。

（1937年于轻井泽礼堂，文化学院夏季讲习会的讲演）

---

[1] 《新古今和歌集》，镰仓前期的敕撰和歌集，系由藤原定家等人编选，共二十卷，收集和歌一千九百八十余首。

小花纹石

浮岛弹正战败,浮岛城被烧塌时,早百合姬企图逃到对岸的麻生,但她不像昏君的父亲,她是一位心地善良的公主,她爱惜岛民,她要成为龙神以保护这个岛屿,遂投身入水。只有公主的一段小袖子被海浪冲到岸上。人们便将那里叫作小袖海滨,城址也就称为小袖城址。不久,小袖海滨的小石子出现了小花纹。这就是公主的小袖子的小花纹。岛民们认定小石子里都附有公主的灵魂,于是就给它们取名为小花纹石。直到今天,人们都把它们尊为平安生产和走运的护身符。

我们听着水乡轮船公司的人叙述这个传说,每人还得到一块小花纹石。小石上的细花纹,像是被虫咬过似的。据说,它们是一种空晶石,可是除了这个小袖滨一地之外，寻遍整个霞浦，都找不到这种石。根据小花纹石的传说，姬宫祭祀早百合公主。根据铁道省的《房总与水乡》一文，说是祭祀岛司的女儿，她同因保元之乱[1]而被流放的藤原教长相恋。江户时代，还为公主供奉了一字一石的观音经。我们还看到了留有墨字的小石子。现在轮船公司都具备了"水之家"等设备，渔村也似乎充满了诸多传说的古典情调。德富芦花已在《渔师的女儿》中描写过岛上的四季风光。

我们从土浦乘坐游览船在这个岛上聚集，又渡过潮来，还过了加藤洲十二桥，然后从与田浦登上大利根岸的津宫。没有时间去参拜三社，也没能参观佐原的市镇。这是梅雨季节的阴天日子。富士山当然看不见，连筑波山也望不着，近于"烟霞渺茫"，没有遇上湖面上阳光辉映的霞浦的明朗的天。不过，倒是看到了一望无际的辽阔海岸线，仿佛比白帆还要低，使人在虚空的哀愁中，涌上一股心旷神怡的悠闲感。从十二桥的狭窄河流，来到暮色苍茫的与田浦时，这种情调越发渗透到我心中，不禁令我想起《枯萎芒草》之歌。这里的月夜和日出无疑是很美的。从覆盖两岸

---

[1] 保元之乱，1156年崇德上皇和鸟羽法皇围绕皇位继承之争和藤原赖长与关白忠通的权势之争结合，因而造成保元之乱。

的葳蕤树丛钻过去的十二桥，看起来是那样地深沉静寂，古色古香。正是"两岸有桥墩，当中架着一块板"，这一块板的桥，古老而有雅趣，却像是腐朽得快要塌下来似的，这是充满水乡情调的梦。一棵巨大的无花果树，枝繁叶茂，呈现出水灵灵的色泽。

由于行程匆匆，在潮来只观看了菖蒲舞。据说，这种舞蹈的妙趣就在于潮来女郎身穿睡皱了的衣裳起舞，并露出了蓬头散发的姿影，但1932年12月取消了这种带有青楼痕迹的舞蹈，现在艺伎所跳的舞，只停留在把"哀愁的青楼，怀古的都城"揉进水边的菖蒲了。

听说去看看水乡也没什么了不起，于是我就去了。这才知道东京附近拥有这种特殊情绪的景点，下次有机会，我想悠闲地住在这个哀愁之乡里。

1934年9月

菊花

我经常思考有关死的问题，就算不思考的时候，我也每天牵着狗在山谷墓地散步，我稍稍犹疑过，既然如此，如果住在殡仪馆的后面，关于死的思考机会就自然会增多吧。记得小时候，同现在的妻子及妻妹在寺院的墓地上戏耍，一向都不介意，于是就搬过来了。当我嫌告诉人家去我新家的路怎么走太麻烦时，我甚至对朋友说：请你在山谷的殡仪馆的庭院里大声呼我吧，因为殡仪馆同我家房子的距离相隔不到十米。不仅如此，打开我家院子里的栅栏门，就能到殡仪馆的后院。

殡仪馆里有两只杂种狗，它们像是英国产硬鬃毛猎犬和塞特猎狗，以及当地狗杂交的品种。我刚搬到这里，这些狗就隔着栅栏门令人讨厌地彼此吠个不停，终于栅栏门的下半部被损坏了，我只好在栅栏门上钉上木板。

但是，如果我死了并要在山谷的殡仪馆举行殡葬仪式的话，那么只要打开栅栏门，不用走百步就能到达殡仪馆。我家妇女们所晒的衣服也曾掉落在殡仪馆的院子里，在风和日丽的夏日里，沉香的香味还会吹到我家里来。这样，我家里用来晾晒衣服的竹竿子，似乎能够咚咚咚地敲殡仪馆正后面的墙壁。一边吃早晚餐，一边倾听送葬者的悼词。习惯之后，关于死的思考机会还哪里会增加，有时甚至连隔壁正在干什么也忘却了。

我家位于殡仪馆的后面，看不见殡葬仪式的情景和人的姿态。不过，可以听见牧师的说教声。有时也听见基督教徒的赞美歌、神道教徒吹奏笙筚篥等的管乐声，有时还听见日莲宗信徒的太平鼓声。我把这些都分别当作古典的抒情歌来听。但是，不曾想过在那堵墙的内面有多少人在思念着死者而哭泣等的景象，也没有感到这非亲非友的送葬曲会像在街头遇上灵柩车那样的不吉利。

当然，如果在山谷殡仪馆里举行我所爱的人的殡葬仪式的话，那我大概无法在这个家里住下去吧。在山谷殡仪馆里，没有令我痛心的记忆。但是，说不定有朝一日会有这样的记忆。因为事实仿佛是在殡仪馆的后面等待着谁的死呢。

            1931 年 10 月

记我的舞姬

一

一朵花里也能包含着舞蹈的梦。女性之美可以在舞蹈中表现得淋漓尽致。不错,从孩提起,我似乎就有这种感觉。最近我多次参加舞蹈会,在观众之间,别说文学家和美术家了,连音乐家的姿影也几乎找不见,这的确是咄咄怪事。舞蹈是看得见的音乐、是动的美术、是运用肉体歌唱的诗、是戏剧的精华——这样的一些话虽然没有实现,不过,甚至还有人说音乐和美术都只不过是舞蹈的一部分而已。

这姑且不论,且说人只要是以肉体而活着,寻求肉体美的这份心,是古老的梦,甚或是不灭的梦。今天的生活，强迫人作不自然的姿态和动作。因而，如果不通过舞蹈的训练，那么天赋予人的肉体那份自然的、正确的、美丽的姿态和动作早已表现不出来了。例如，前些日子我在油壶的水族馆里观赏了鱼游之美，对造化之妙，深深地入迷了。不仅是鱼，我还观看了印度和非洲的动物生态的探险电影，感到十分快乐，这也是由于动物的动态之美的缘故。我只要仔细观察鱼在游泳、鱼在舞蹈、虫在飞、野兽在走动，就觉得再没有什么东西比人更丑陋的了，因为人常常被闭锁在忧郁里。是不是可以说，只有舞蹈才能勉强拯救这种丑陋呢？《通向美与力量之路》这部影片也说明了这个问题。在我看来，最近在奥林匹克运动会田径赛和游泳项目的影片中，那巧妙的组合部分是相当舞蹈式的。

这姑且不论，且说观察女性的目光或女性本身，都有着显著变化的所谓现代美，用一句话明确地说，那就是裸体美。然而，创造这种裸体美的人，还有没有丧失这种美的人，那就只有西方式的舞蹈和游泳了。总之让妇女狂奔，脸上化妆，这是结婚前的东西。结婚后的东西，首先是柔弱。从事西方式舞蹈的职业妇女，也许在肌肉方面显得有些过硬，动作也粗糙。也许日本男子还是觉得从事日本舞蹈的女子好。不过，成为母亲接近自然的女性的身体上，正如在自然界中所看见的女性生理学所告诉我们的那样，女性的身体是有节奏感的，因此通过有节奏的运动的舞蹈，的确懂得得天独厚的节奏感，的确懂得身体是活动的东西，这不仅是为了男性，也是可以把女性本身的全部喜悦当作生活的。观看不解节奏感的女性的舞蹈，我不能不认为是一个乏味的婚姻，就在这里暴露于公众面前。舞蹈教师也可以将情操教育、艺术体操更深入到那里，并在广告牌上写明这层意思。如果由于读了我的这句话的缘故，社会上的妇女们幡然醒悟，一个不落地竞相立志从事舞蹈的话，那么报酬微薄的今天的西方式舞蹈家们定会很高兴的。这不是戏言。如果不是通过舞蹈，究竟还能通过什么才能让社会上的姑娘们受到爱的基本训练呢？

这种事暂且不说，且说在所有的艺术中，从女性的前途来说，能成为第一流的艺术家的，就只有声乐和舞蹈。戏剧、电影女演员的演技，纯粹可以称得上是她自己的东西，与舞姬的情况相比较，存在许多疑点。器乐也罢，声乐也罢，人们不仅是看她们的手指弹奏或听嘴巴演唱，但在舞蹈来说，人们则只观看舞者的体态。试想，对女性来说，自古以来姿态之美是什么呢？舞蹈是表现肉体的全部的、唯一的艺术，舞蹈才是女性美吧。如果没有优秀的舞姬，我们就不可能了解女性的真正的美。女性的美，不仅可以在舞蹈中表现得淋漓尽致，而且可以说，女性只有通过舞蹈才能创造出美来吧。

二

然而，今秋我在石井漠氏的新作发表会上，遇见了不论在哪个舞蹈会上都会遇见的永田龙雄氏，我向他提出了一个奇怪的问题：你究竟是不是总能满怀兴趣来观看舞蹈的呢？当天晚上，尽管我是在雨中特地从镰仓饭店前来观看舞蹈的，但只看了半截我就去浅草了。这是由石井漠氏的女弟子们所表演的舞蹈，我觉得石井漠氏似乎没有什么太出色的弟子，所以我想，但愿早日让石井小浪复归就好了。那时，永田氏仿佛带着寂寞的微笑回答说：因为我已经形成习惯了。永田氏是舞蹈评论家，而我只是一介业余爱好者，如果有人问我同样的问题，我也只能作与他同样的回答。而且在我来说，如果只为了一个少女而养成那种习惯，恐怕回答会带着更加寂寞的自嘲味道吧。女性之美，岂止不是极致，观看洋式舞蹈，我连觉得女人美这种想法也是相当罕见的。业余爱好者没有任何先入为主的想法进行直观性的评论，反而是可怕的。我也常常试图冲着今天的许多舞蹈家痛骂一顿，不过这为了一个少女而一直抑制住。我心里甚至想：如果我所说的坏话是错误百出的话，那么反而自然地给新闻杂志以口实，给觉得不是滋味的舞蹈家以开口的机缘，这不是也很好吗？但是，这会给刚向舞蹈界迈出象征性的一步的、稚嫩的朝拜圣地的一个少女——梅园龙子的肩膀上播撒鲜花，而这些鲜花只能给她带来忧伤。她只能像背负着玻璃偶人，唯恐碰着东西而小心翼翼地走路。将这种事小题大做地事先打招呼，会令人不快。但是，让我到处看今天的舞蹈，流下了衷心感激的眼泪，这也是令人不快的事。虽然明知一会儿这样一会儿那样，恐怕是毫无用处的，但还是觉得与其作不够体面的操心，莫如干脆不写一切有关舞蹈的事。当这篇文章撕破了我的这种隐秘的戒心时，我首先就在大家面前暴露了自己佯装不知的实情。

这样一来，当人家约我写有关女舞蹈家的文章时，我就只能简单地以《记我的舞姬》为题而写作了。而且摸不着头脑的悲伤紧紧地抓住了我，使我的语言变得萎靡不振。看着听了我的话而开始学习西洋舞蹈的梅园龙子，我只觉得她怪可怜的。把人看得怪可怜的，可能是由于我的悲哀性格所致，我一直不忍正视所有立志于从事艺术事业的年轻女子的姿影，尤其是舞蹈，如果是用心灵去观赏今天的西洋舞蹈，那么谁都会理解我的心情的。前途，她迷惘在没有道路的道路上，这是太明显不过的了。有人照现在这样子稀里糊涂地跳下去，反而感到幸福，这种人有朝一日懂事了，她自己就会越想越觉得自己是一种牺牲，自己只不过是一个倒死在荆棘丛中的人吧。在以一介柔弱女子之身，成为一个开拓者时，我感到封锁日本的舞蹈的乌云太浓重了。

我对她说，不是选曲、不是按舞、不是思考衣裳，自己连一双舞蹈鞋都买不起，现在的你只不过是一个吃现成饭的木偶，难道不是吗？虽然少女的自尊心大大地受到了伤害，但是，蹦蹦跳跳很灵巧的女子，只要找，在社会上还是可以找到的，因此如果不从现在起出色地思考自己的问题怎么行呢？看到一些电影女演员不知道自己是受大资本家的操纵，还以为是靠自己的力量获得成功而洋洋得意地飞扬跋扈。我感到这不是滑稽，而是悲惨。像水谷八重子那样聪明而又谨慎的女子，都犯了错误，在花柳舞蹈研究会的《假名样板忠臣藏》中，她跳力弥舞，受到了言过其实的追捧，她的照片走俏，漫天飞舞，可是，夹杂在寿辅氏的弟子们——专业舞蹈家之间，她的舞蹈相形见绌，这究竟算什么呢？

可也是，在日本舞蹈协会春季公演会上，夹杂在日本舞蹈宗家等一流的人们之间的新舞蹈家有花柳寿美的《北州》舞、藤间春江的《鹭娘》舞。这点我确实不明白，不过也许还是令人感到相形见绌吧。同样是年轻女子，但我觉得西川喜代春的舞蹈《长生》，品格高雅，值得尊敬。自然，东西方的舞蹈所朝向的目标不同，不能一概而论，不过在从事西方舞蹈的女性中，能够在舞台上大展身手的，的确只有高田成子一人吧。谈到舞蹈的品格方面，应该到哪里去寻找呢，也许现在正在德国研究舞蹈的宫操子多少具备了一些，但是，有些地方可能也会令人感到是由于她那线条清晰的体态所致吧。现在回想起来，虽说多少也知道她在高田舞蹈团时代的舞蹈的缺点，但她是我最喜欢的舞姬。去年秋天，在高田成子新作舞蹈发表会上，高田成子与江口隆哉氏两人跳了《死之舞》，以及为什么与舞剧《哑剧》的音乐师在出远航之前，跳两个与死有关的舞蹈呢？不知怎的，在我看来，总觉得她的舞姿是那样痛苦和冰冷。

再说，如果是像田村常这位老太太那样，摸索到老来辉煌的女子，如今在西方舞蹈上有所发现，那也是无可奈何的。日本舞蹈敬老之心，在能乐的舞蹈方面最为明显。相比之下，西洋舞蹈归根到底也许是属于年轻体态的人的。然而，日本舞蹈的舞姬与西洋舞蹈的舞姬，从小时的体态基础训练法，以及排练的用心所在，似乎全然迥异。即使同样是日本舞蹈，一味在宗家身边的传统中训练过来的女子，同做各种新的尝试并被新闻杂志大肆宣传的女子，她们的舞蹈所放射出来的艺术光辉，也略有不同。

纵令西洋舞蹈，恐怕也有古埃及、古希腊的传统吧。在民俗舞蹈中也有土味儿吧。就以日本人的体态和心灵来说，也不可能立即接受得了跳西班牙舞蹈。就以身穿洋服一事来说，要适合日本女子的体态，至少也需要数年的工夫。弹奏钢琴或手风琴比起三弦和古琴来，果真能那么容易就成为大家吗？不管怎样，纵令是漂泊于浅草一带的凄惨的洋鬼子那骗人的舞蹈，我也要看他们母国的。不妨让洋人也来试跳跳我们的木曾御岳山舞或活惚舞。我虽然不了解情况，不过，就说对俄罗斯芭蕾舞的一般技巧有所领会的舞蹈家，究竟在哪里，有多少人呢？寻访见都没有见过的遥远的西方古老文明是带有什么新意呢？从严格的艺术良心来说，跳洋鬼子的舞蹈，最终还是比不上他们，因此应该完全死了这条心。就算要把洋鬼子的舞蹈移植成日本式，并让它生存下去，这也是很久以后的事业。梅园龙子等人将会在丛生的荆棘中倒下去，这是理所当然的。

毕竟日本舞蹈本身就是模仿舞蹈，那么精巧于模仿的日本人，仅花两三年时间，而且一周只进行两三次一味学习蹦蹦跳跳的女孩子，不理解西洋音乐，不调查西方的风俗人情，不懂得西方的美术文学，一旦当上舞蹈家，也不过如此。她们不学无术，漫不经心地吃，她们对洋点心的吃法，比对西方舞蹈更能捕捉到西洋的心。外行人就是这样认为的。

近来，舞会比音乐会更盛行。例如，今年春天举办的高田成子的发表会等。虽然买了预售票，却因客满而不能入场的群众，在封锁起来的日比谷公会堂前吵闹，甚至闹到警官都出动了。连我都知道舞蹈能招徕观众，心想是否也举办一个《年轻舞姬之夜》的晚会呢。邀请各家舞蹈团的年轻走红的舞姬前来，做一夜的舞蹈竞赛汇演。如能获得新闻社或杂志社赞助，是一定会赚钱的。把那些平素轻易不接近西方舞蹈的文人、画家以及其他的知识分子都邀请来观看，这也是很有意思的吧。但是，舞蹈会的观众，一般都是由熟人上门硬推销票，认购者是顾及义理人情才买的。像我这样在预售票处或在当天的会场买票的，是百人中的一个，的确是奇特的观众。石井小浪有石井小浪的观众，堺千代子有堺千代子的观众，观众简直就是冲着演员来而不是舞蹈本身。因此日本舞蹈的宗家等的排演会举办起来就比较轻松，而弟子少的西洋舞蹈家这种上门推销票的工作就辛苦多了。更严重的，甚至给弟子摊派一定的票额。因为只限于让疼爱孩子的家长接受，所以让他们的小女儿们在舞台上表演"手拉着手，走得好"的儿童节目。对还不到火候的小姑娘也教独舞的动作，有时她们甚至在众人前给师傅丢丑呢。

还有时候差点被人揭开佯装不知的面纱，并逐渐形成被人敲叩背负着的玻璃偶人。

三

但是，甚至连拥有精选出来的舞蹈演员的花柳舞蹈研究会，上演《忠臣藏》十一番的时候，一半以上都是宗家亲自做背后的辅佐员，对此我十分震惊。因为虽然我不知道这是不是日本舞蹈的惯例，不过在花柳寿辅氏的辅佐动作里，令人感到有一种非同凡响的东西。寿辅氏的舞蹈之精彩程度，恐怕能与他相媲美者并不那么多，不过可能是由于还年轻的关系，他那娴熟的程度，在我眼里显得过分强烈，使我觉得掩盖了深层的妙趣，但在《忠臣藏》的辅佐动作上，却呈现出他的艺术神经之惊人，让人看到后面有那样的辅佐动作，舞蹈演员紧张得几乎要辣身。本应在暗处的艺术指导的操心，却以辅佐的形式全部暴露在舞台上，因此让观众接受不了。例如，在今年秋天举办的石井小浪的发表会上，舞蹈的数目达二十七个，内容之丰富是鲜见的，其中她亲自跳十一番，使人感到这样跳法，大概身体会吃不消吧。不过，从她既是师傅又是艺术指导的角度看来，她恨不得像做体操那样，在舞台上对女弟子们发号施令，事实上她已经这样做了。这大概就是一种苦闷的良心的表现吧。即使像益田隆氏这样温和的人，观看自己担任艺术指导的舞蹈时，他的形象就变了。三四年前山田五郎氏给我介绍认识了憻礼女，我们的交情是从她开始立志从事舞蹈时建立的。她有丈夫也有孩子，但似乎也没有影响到她那已有声望的艺术风格。因此，我想在这里写点有关她的故事。她的第一次发表会，是在她初产后的第七十天，尽管如此，据说她将自己的和服换取前来排练者们的盒饭，张罗着筹备发表会的杂务工作，还担任艺术指导，终于到了演出的当天，她疲惫不堪，上场舞蹈的静止瞬间，就蓦地感到眼前看不见东西。发表会结束时，她晕倒了。她凭一个女子的身份加入无产阶级式的新兴舞蹈剧场，她说下一个发表会全是表演反映农民生活的舞蹈，至今在她身上还存在着一股充满混沌热情的斗志。提起这件事来，我还听说这样一个故事：跳题为"巴黎公社的笛子"舞蹈的藤荫静枝也不顾她那把年纪和地位，从今秋起要协助这个舞蹈团工作，不禁使我感到震惊。不过后来怎么样了呢？顺带谈一句，后来新兴舞蹈剧场同新宫博氏和憻礼女等艺术技巧派也分手了，发表会只举办过一次。

这类事以后有机会再说，且说发表会之后，所有负责艺术指导的师傅们，操劳得一个个都累垮了。艺术指导既是电影原作者又兼导演，既是剧作家又兼导演，同音乐的作曲家一样。从服装到舞台照明要管的事很多。创作舞蹈的才能与跳舞的才能本来是两回事，这是一般的常识。可是，今天有许多舞蹈观众往往把所有的功过都归于舞蹈演员，他们没有注意到舞台后面的艺术指导不满意的神情，有时几乎气得都发疯了。舞蹈的艺术指导和表现应该分开来评论，不然，艺术指导是受不了的。艺术指导的姓名，在节目单上都列举出来，理应责任分明。洋鬼子的作曲家，包括谁都熟悉的通俗歌曲的作曲家，都郑重其事地给大家作介绍，这是一般的惯例，可是却为什么偏偏忽略了艺术指导的名字呢？

例如，鹿岛光滋氏的发表会，全部舞蹈都是鹿岛氏担任艺术指导，无须列举其名，人家都会知道。藤田繁·堺千代子的发表会，人们会觉得，嗨，他们是夫妇，所以提谁当艺术指导都无所谓。然而，请外人担任艺术指导，给创作舞蹈，发表会却只冠以自己的名字，仿佛跳的是自己创作的舞蹈。如果这样做，恐怕是属于欺世盗名之类吧。纵令艺术指导同意这样做，也是蒙骗了评论家。女人本来就缺乏创造才能，如果知道艺术指导是另一种才能的话，那就算只是运用艺术指导，不是也很精彩吗？再说，如果让她跳与她不相称的舞，也可以说这不是她的罪过，不是吗？演奏他人的曲子，却装作就像演奏自己的曲子的音乐家，难道只是个别现象吗？在田泽千代子的舞蹈会上，在一个个舞蹈节目旁都写明艺术指导的名字。石井漠氏在女弟子担任艺术指导时，节目单上工整地写上她们的名字。这反映出他为人的亲切。今年秋天的舞蹈会结束后，花束没有递给舞者本人，似乎是集中摆在舞台的一角上，虽然花儿并不多，显得有些寂寞，但却简洁利落，感觉挺好的。弟子们中，有的拿到很多花，也有的没有接到献花，心里未免不平衡，更何况是一群女孩子呢。

只是石井漠自己身穿很不起眼的排练服，满不在乎地在舞台上出现，做着与节目单上写的一模一样意思的解说，虽说蛮可爱，可是有的观众难免也会觉得怎么像漠氏这样一个有眼疾的人也到台前来呢。在日本舞蹈协会的公演会上，这种场面当然穿礼服，舞蹈家们在幕前排成一列，向观众致意。的确，这种形象的妇女，使人看到她们的舞蹈也会觉得很美吧。她们使人领略到艺术魅力之伟大，这确实是贴切的，然而做得过火了，也会使人兴味索然。在松竹歌剧部举办的《歌剧新闻》读者大会上，我也有类似这样的心情。听说益田降氏将给大会介绍梅园龙子的舞蹈，我们夫妇也去看了，恰似参加同窗会或观赏樱花那样，悠闲自在，愉快得很，可是在舞台上被介绍的名角们的本来面貌，就不能说很美，几乎没有人穿着令人满意的西服。当然，与其说得天花乱坠，莫如端正地穿上一身软薄的毛织品或平纹丝绸服，这是众人皆知的事实。小林千代子那舞姿袅娜之优美，简直出乎我的意料之外。但是，不愿意披露站在舞台上的女子的本来面貌，这恐怕也是一种良心吧。不过，披露她们的本来面貌，使她们与舞迷更亲切些，倒也不错，但当介绍者出于一种幽默而说"过一会儿她们会到观众席与大家同坐，请诸位多加关照"时，我不由得感到一阵不寒而栗。纵令这只不过是小小的玩笑话，我也觉得这些女孩子们怪可怜的。

舞蹈家都拥有后援会，虽说这只不过是一种惯例，但我果断地婉言谢绝了作梅园龙子后。我的借口是，她又不能向后援会的人们致意，对此后该加紧学习的姑娘不必小题大做。因为在茶馆里交际过两三次，难以代替上百个花束和上千张门票。女人特别是年轻的女孩子，自己接近于无价值，只不过是反映自己周边的男人的价值而已，这是千古之真理。毁灭从事舞台事业的女子的，往往就是围着她团团转的那伙人。凭着龙子的好处，只要跟一些无聊的学生闲荡，混上三个月，恐怕连形影都会消失殆尽。如果非要做名声不好的交往，还不如不要跳舞，干脆在家里做针线活，更像个正派人。"你迄今一直接受良好教育而成长起来，我也对得起你祖父祖母。"我对她这样严加斥责。

在她听来，也许我是个很了不起的人，不过我深知自己只不过是个乏味者而已。因此，我不会让她做个令人讨厌的女子，因为我也拥有社会上一般男人的那种自我陶醉。我反复对她说：我的文学已经蒙上了尘埃，并在污泥浊水中爬滚，你的舞蹈不要仿效我的文学。《浅草红团》多少对于提高她以及游乐狂剧团的虚名起了好作用，但我不让她读它，我说那是卑俗的东西，不堪入目。虽然对于舞蹈家来说，文学的教养也是绝对必要的，但我不让她买一部我的作品。尽管如此，当我看到她阅读不知向谁借来的、无聊的大众文学时，我就不禁感到一阵战栗。

在小林秀雄君和堀辰雄君的推荐下，《伊豆的舞女》决定由江川书房出版限定版，我恳请他们两位写序，堀君突然说："我每读它，总觉得那个舞女仿佛是梅园龙子。"对于这种反映，连我也感到不知所措。后来我去蒲田讨《伊豆的舞女》的题名费时，据说电影制片厂已有人说：让梅园龙子扮演舞女怎么样。虽然两三年前就有人上她家来说：上电影制片厂来试试嘛。但是，我不希望她完全成为电影演员。不过，让她读读《伊豆的舞女》也好，一来这是一篇具有幽雅纯美心的作品，二来与作为原来的游乐狂剧团的文艺部成员、最了解她的岛村龙三君等协商，他们回答说：若是扮演《伊豆的舞女》中的舞女她确实是很合适的，一定可以把角色的感觉表演出来。再说，她的祖母是从坂东流派分手出来，成为梅园流派的宗家代理，现在也是舞蹈师傅，她的已故母亲也是舞者，因此她从幼儿时起就学习日本舞蹈，巡回于温泉地区，能够很轻松地运用舞蹈和三弦，如果她作为临时演出，我也感到很有诱惑力。但是，就算沾染上摄影的尘埃还算好，我也无法让她去伊豆拍摄外景。话虽如此，我又不愿意陪她去，那么是不是叫妻子跟着她去呢？妻子从内心底里觉得她很可爱，只要一说，她肯定愿意去的。因此，暂且先拜托电影制片厂关照一下吧，我拿不定主意，最后还是决定不去了。

就这样，我觉得自己应对这个少女多少负点责任，是珍惜爱护她。而自己这样做，是处在一种乐趣中，至于她自己对此觉得值得也罢不值得也罢，或者在别人眼里怎样看，我就管不着了。

四

这种事，在我的文章中很自然地出现了。也许是由于我觉得没有必要事先声明的缘故吧，我竟忘记写了，梅园龙子不是我的情人或别的什么人。尽管如此，可我一谈起她简直就像她是属于我，她遇事却又一一按照我所说的去做，回想起来也很滑稽，她大概更会感到不可思议吧。她还未曾同谁谈过恋爱。在虚岁十八的她看来，我只是一个死板的老人吧。她从不撒谎，从不隐瞒什么事，她是一个属于这种性格的姑娘，她没有任何需要隐瞒的秘密，就像她的舞蹈那样，简直是一张白纸。她一味听从我的，大资本家前来商谈对她有利的事，都遭我婉言谢绝，而她一家本来一直是贫困的，我却没有给予她任何补偿，也许这就是她一家的美德。如果我写她幼年就失去双亲，妇女杂志就会把她的事当作成功之道来加以渲染，所以我不写了。一想到更深夜半，门也不关，门口灯火通明，一对老年夫妇在长方形火盆边孤寂地相对而坐，等候着唯一一个孙女的归来，我妻子也无法向她开口说出，你就在我们家歇宿吧。

但是，在她属于先驱五重奏舞蹈团成员之后，我曾对该团相当于负责人的青山圭男氏预先致歉说：她和我有情理上的联系，而不是感情上的关系，所谓有情理上的联系者，在捕捉年轻姑娘的问题上确实力量薄弱，因此虽然现在请你多加垂青，但也说不定她在什么时候会辜负你的期待。由于年龄的关系，我对纯洁的少女心已经很脆弱，强令她作明日的保证，反而不过是一种残酷、一种可怜，这是众所周知的。对少女作过多的要求，结果还不如莫作要求，趁现在还处在饮水也感到乐趣的时候，我的心每天仿佛像要自杀的人一样荒凉。只是，今天她会给我什么呢？她此刻不知道，而我却感到有生以来第一次有所顾虑。我毫不客气地说什么的时候，她只是一味老老实实地点头，怪可怜的。我冲着她明确地说：你最近逐渐变得没意思，有趣的事渐渐减少了，渐渐接近于成为一个一般的女子了。的确，她的生存活力开始变弱，主要原因是什么，她自己也不知道，竟对我作了多余的操心。

我已经写了接近于约稿页数的一倍。老朋友南荣子、春野芳子，新朋友堺千代子、田泽千代子、幼年的平山阳子和藤田弥千代，还有其他素不相识的人们，如果再加上轻松歌舞剧团的舞蹈演员们，那么《记我的舞姬》恐怕就写不尽了，只好留待另文来谈吧。要在未被濡湿之前想到露珠,近来我观看舞蹈的次数远远超过阅读小说的数量,今后我还打算毫无羞怯地拼命撰写有关舞蹈的作品。

1933 年 1 月

几句反语

美术

我住在上野，经常去美术馆附近散步，一看见那栋没有窗户的忧郁的建筑物，我更多地思考的不是展览会场的辉煌，而是参展者们的凄惨的生活。

贫苦的美术青年的生活，似乎远比文学青年和音乐青年更苦。例如，帝展搬进展品的最后一天，如果站在入口处观看，就能看见他们的服装很寒碜，身体也很衰弱，令人目不忍睹。

而且那凄惨的创作者的生活，与色彩斑斓的精描细绘的日本画相距多么遥远啊！诚然这是一种可怜的神话。

这是日本画的一种极端。不过，一般地说，大概没有什么人比美术青年更落后于时代的生活了吧。从他们的风貌来说，是前一个时代的人。

把怀才不遇的美术家当作一个人来审视时，可能会令人感到这是艺术的苦行僧。但是，如果把他们当作群体来审视时，无疑会涌起一股思绪：他们是以展览会为中心的美术创作者。

自从在上野生活之后，我即使去参观展览会，首先浮现在脑海里的，不是绘画之美，而是数万名美术青年生活的苦楚。

于是，令人感到在这种苦楚中有某种错误。

结婚的悲剧

我喜欢动物园。但是，如果长时间只看一种动物，乐趣就会消失。不论哪种动物，定会在某些地方很像人类。

我本想喂养狗，但在所有动物的生活里，一定包含着某种教训。归根到底，人是不能想出任何动物都不具备的美德的。

生物学越深入细致地研究细胞学或发生学，就会越发现人与动物的区别逐渐模糊。外行人一知道这些情况，对人类可能会产生一种幻灭感，但同时也可能会生起一种宽广的感悟。

这种感悟，比生物界最独特的、明显进步的人的乡愁更为广泛。

除了原始的泛神论以外，最多地吸收动物的宗教恐怕就是佛教了吧。在佛典里，含有广大动物界的美的诗篇。《圣经》的肤浅，是无法与它比拟的。

在动物生活的教训里，最大的教训之一，就是动物结婚的悲剧。女人相争、互相厮杀之类的事，与结婚的悲剧相比，就算不了什么。结婚的悲剧之前，恋爱的悲剧之类的事，不过是一种儿童的游戏。

最多述说结婚悲剧的宗教，还是佛法。

贞操

在现代的日本，许多优秀的女作家都曾是一度糟蹋过自己的身子。这样说，对女作家未免有点失礼，就不一一列举她们的名字了。

没有一个女作家是不曾离过一次婚的。

就算有两三个可以说不曾糟蹋过身子的女作家，

这些人的作品，比起曾糟蹋过身子的人的作品，往往缠绵着虚构的乐观。而且作品很快就僵化，成为短命的作家。

虽说在同人杂志中，也有始终一贯坚守贞操的女作家，但是奇怪的是，这些人的作品所表现的生活和感情，反而是粗糙的。这些夫人之所以在热情上比不上曾糟蹋过身子的女作家，在纯情上还是远为逊色，也许是自然的。这是由于贞操的关系，是可悲的。

阅读女作家撰写的小说，马上就能感受到其人的品行。这是虚构还是真实的分界线，足见文学的可怕性。

根据这个无法动摇的事实，女性难道不曾一度糟蹋过身子就不懂得真实吗？

对于女性来说，糟蹋身子仿佛是真实的入门。这个社会是可恨的。因此，我无法相信今天女性的贞操。

1931 年 10 月

临终的眼

那年夏天，竹久梦二[1]为了在榛名湖畔兴建别墅，还是到伊香保温泉来了。前几天，在古贺春江[2]的头七晚上，我们从深受今日妇女欢迎的插图画家开始品评，不知不觉地畅谈起往事，大家也就热情地缅怀起梦二来了。正如席间一位画家栗原信所说的，不管怎么说，梦二无论是作为明治到大正初期的风俗画家，还是作为情调画家，他都是相当卓越的。他的画不仅感染了少女，也感染了青少年，乃至上了年纪的男人。近年来，他蜚声画坛，恐怕是其他插图画家所望尘莫及的。梦二的绘画，无疑也同梦二一起随着岁月的流逝而变

---
1 竹久梦二（1884～1934），日本画家、诗人。
2 古贺春江（1895～1933），日本西洋画家。

化。我少年时代的理想，总是同梦二联系在一起。我很难想象出衰老了的梦二的尊容，无怪乎在伊香保第一次见到梦二时，他的相貌出乎我的意料之外。

梦二原是一位颓废派画家。他的颓废使得他的身心早衰，样子令人目不忍睹。颓废似乎是通向神的相反方向，其实是捷径。我亲眼见到这位颓废早衰的艺术大师，这使我对他更加感到难过。这样的形象，不但在小说家中罕见，就是在日本作家中似乎也是绝无仅有的。以往梦二给我这样模模糊糊的印象：他的形象是美好的，他的经历说明他走过的绘画道路并不平坦。作为一个艺术家，这种不幸也许不可挽回，然而作为一个人，则也许是幸福的。当然，这种说法并不正确。虽然不能用这种暧昧的语言加以搪塞，但是差不多就妥协算了。我现在也感到，凡事不要放在心上，还是随和些好。我觉得人对死比对生要更了解才能活下去。因为企图"通过女性同人性和解"，才发生了斯特林堡的恋爱悲剧。正如不好去劝说所有夫妻都离婚一样，不好勉强自己去当真诚的艺术家，这样做难道不是更明智吗？

像我们周围的人，如广津柳浪、国木田独步、德田秋声等人对待自己的孩子那样，他们自己虽然是小说家，但我并不认为他们都希望自己的孩子成为作家。我以为艺术家不是在一代人就可以造就出来的。先祖的血脉经过几代人继承下来，才能绽开一朵花。或许有些例外。不过仅调查一下日本现代作家，就会发现他们大多是世家出身。读一读妇女杂志的文章、著名女演员的境遇或者成名故事，就晓得她们都是名家的女儿，在父亲或祖父这一代家道中落的。几乎没有一个姑娘是出身微贱尔后发迹的。情况竟然如此相似，不禁令人愕然。如果把电影公司那些玩偶般的女演员也当作艺术家的话，那么她们的故事也未必只是为了虚荣和宣传才编造出来的了。可以认为，作家的产生是继承了世家相传的艺术素养的。但是另一方面，世家的后裔一般都是体弱多病。因此也可以把作家看成是行将灭绝的血统，像残烛的火焰快燃到了尽头。这本身已经是悲剧了。不可想象作家的后裔是健壮而兴旺的。实际例子肯定比诸位想象的更能说明问题。

于是乎像正冈子规[1]那样，纵令在死亡的痛苦中挣扎，也还依然执着地为艺术而奋斗。这是优秀的艺术家常有的事。但我丝毫也不想向他学习。倘若我面临

---

1 正冈子规（1867～1902），日本歌人。

绝症，就是对文学，我也毫不留恋。假如留恋，那只是因为文学修养还没达到排除妄念的程度吧。我孑然一身，在世上无依无靠，过着寂寥的生活，有时也嗅到死亡的气息。这是不足为奇的。回想起来，我没写过什么像样的作品，倘使有朝一日，文思漾溢，就是死也不想死了。只要心机一转，也就执着了。我甚至想过：若是没有留下任何有价值的东西，反而更能畅通无阻地通往安乐净土。我讨厌自杀的原因之一，就在于为死而死这点上。我这样写，肯定是假话。我决不可能同死亡照过面。真到那份上，直至断气之前，我也许还要写作，还会不由自主地颤动我的手。芥川龙之介死的时候，已经很有成就了，他还说："我近两年来净考虑死的问题。"另一方面他为什么写下遗书《给一个旧友的手记》呢？我有点意外。我甚至认为这封遗书是芥川之死的污点。

话又说回来，现在我一边撰写这篇文章，一边开始阅读《给一个旧友的手记》，顿时又觉得没有什么，芥川是企图说明自己是个平凡的人。果然，芥川本人在附记上也这样写道：

"我阅读了恩培多克勒的传记，觉得他想把自己当作神灵，这种欲望是那么陈旧啊。我的手记，只要自己意识到，就绝不把自己当作神灵。不，是把自己当作一个极其平凡的人。你可能还记得，二十年前在那棵菩提树下，咱们谈论过艾特纳的恩倍多克勒吧，那时候，我自己是很想成为一个神的。"

但是，他在附记末尾却又这样写道：

"所谓生活能力，其实不过是动物本能的异名罢了。我这个人也是一个动物。看来对食欲色都感到腻味，这是逐渐丧失动物本能的反映。现今我生活的世界，是一个像冰一般透明的、又像病态一般神经质的世界。我昨晚同一个卖淫妇谈过她的薪水（！）问题，我深深感到我们人类'为生活而生活的可悲性'。人若能够自己心甘情愿地进入长眠，即使可能是不幸，但却肯定是平和的。我什么时候能够毅然自杀呢？这是个疑问，唯有大自然比持有这种看法的我更美。也许你会笑我，既然热爱自然的美丽又想要自杀，这样自相矛盾。然而，所谓自然的美，是在我'临终的眼'里映现出来的。"

在修行僧的"冰一般透明的"世界里，燃烧线香的声音，听起来好像房子着了火；落下灰烬的声响，听起来也如同电击雷鸣。这恐怕是真实的。一切艺术的奥秘就在这只"临终的眼"吧。芥川无论作为作家还是作为一般文人，我都不那么尊敬他。这种情绪，当然也包含自己远比他年轻，觉得放心了。这样不知不觉地接近了芥川死的那年，我惊愕不已，觉得要重新认识故人，就必须封住自己的嘴。好在一方面我自愧弗如，一方面又陶醉在自己还不会死的感觉中。就是阅读芥川的随笔，也决不会停留在博览强记的骗人的恶魔世界里。他死前发表的《齿轮》，是我当时打心眼里佩服的作品。要说这是"病态的神经质的世界"，那么芥川的"临终的眼"是迄今感受最深的眼。它让人产生一种宛如踏入疯狂境地的恐怖感觉。因此，那"临终的眼"让芥川整整思考了两年才下定决心自杀。或者说，是隐藏在还没下定决心自杀的芥川的身心之中。这种微妙复杂的感情，似乎超过了精神病理学。可以说，芥川是豁出性命来赎买《西方人》和《齿轮》的。横光利一的《机械》，无论于己抑或于日本文学，都是划时期的杰作。我写过这样一句话："这部作品使我感到幸福，同时又使我感到一种深深的不幸。"因为在羡慕或祝福友人之前，我首先有一种莫名的不安，被锁闭在茫然的忧郁之中。我的不安大抵已经消失，他的痛苦却更加深了。J. D. 贝雷斯特的《小说的实验》中提到："我们最优秀的小说家往往就是实验家。""请各位记住：不管在散文方面，还是在韵文方面，一切规范都始于天才的作品。倘使我们已经发现了所有最好的形式，那么我们可以从伟大的作家——他们当中许多人起初都是偶像的破坏者或圣像的破坏者——的研究中，引出一种文学法则，这种法则具有更大的破坏力。这种破坏力，倘使必须假定它将人责难成是超出传统之外的，那么我们就只好安于承认我们的文学已经停止发展了。而停止发展的东西，就是死了的东西。"（秋泽三郎、森木忠译）从这种实验出发，纵令它有点病态，却是生动而愉快的。不过，"临终的眼"可能还是一种"实验"，它大多与死的预感相通。

对"我办事绝不后悔"这句话，我也并非念念不忘，只是由于可怕的健忘，或者缺少道德心，我才抓不住后悔这个恶魔。我每每觉得事后考虑一切事物，该发生的发生了，该怎样的也就怎样了，毫无奇怪之处。也许这是神灵的巧妙安排，或是人间的悲哀。总而言之，这种想法却意外地变成天经地义的了。尽管那么平凡，瞬间往往可以达到夏目漱石的"顺乎自然、去掉私心"的座右铭的境界。以死来说，看起来不易死亡的人，一旦真的死去，我们就会想到人总是要死的。优秀的艺术家在他的作品里预告死亡，这是常有的事。创作是不能以科学来剖析今天的肉体或精神的，它的可怕之处就在这里。

我有两位朋友是优秀的艺术家，我早已同他们幽明异处。那就是梶井基次郎和古贺春江。同女性之间纵令有生离，可是同艺术界的朋友之间却没有生离，而净是死别。我同许多旧友即使中断来往，杳无音讯，或者就是闹翻了，但作为朋友，我从不曾感到失去了他们。我想写悼念梶井和古贺的文章，但我很健忘，若不向故人身边的人或向我的妻子一一探询，就刻画不出他们的具体形象来。尽管是写已故的友人的回忆录，人们也会容易相信，其实有许多事情是难以令人置信的。我倒是对小穴隆一那篇企图阐明芥川龙之介的死的文章《两张画》的内容之激烈，感到惊奇。芥川也曾经这样写过："我对两三位朋友就算是没有讲过真心话，但也没有说过一次假话，因为他们也从没有说谎。"（《侏儒的话》）我并不是认为《两张画》是虚伪的，不过，从典型小说来看，作者越努力写真实就越徒劳，反而距离典型越遥远，这种说法也不算是诡辩吧。安东·契诃夫的创作手法、詹姆斯·乔伊斯的创作手法，在不写典型这点上是毫无二致的。

瓦莱里[1]在《普鲁斯特》一文中曾这样说过："所有文学种类，似乎都是从特殊运用语言产生的。为了告诉我们一个或几个虚构的'生命'，小说则可以广泛地运用语言的真谛。而且小说的使命，是拟定这些虚构的生命，规定时间和地点，叙述事情的发生经过。总之，是用十足的因果关系把这些东西联结起来的。

"诗，可以直接活跃我们的感官机能，在发挥听觉、拟声以及有节奏的表现过程中，准确而层次分明地把诗意联结起来。就是说，把歌作为它的极限。与此相反，小说则是要使那些普遍的不规则的期待——也就是把我们对现实所发生的事情的期待，持续地耸立在我们的内心世界里。就是说，作家们的技巧在于表现现实奇妙的演绎以及现实发生的事情，或者再现事物的普遍的演变顺序。诗的世界语言精练，形象性强，是属于纯真的体系，其本质是锁在自身的思维境界里，是非常完美的。与此相反，小说的世界，则是连幻想的东西也要连接着现实的世界，就如同接连实物绘画所装饰的图画，或者游人往来附近所接触的事物一样。

1　瓦莱里（1871～1945），法国诗人。

"小说家雄心勃勃地探索的对象，是'生命'和'真实'。它们的外观，是小说家的观察对象。小说家不断地把它们吸收到自己的探索中——即小说家致力于不断引用能够认识的各种因素，通过真实的、任意的细节纬线，把读者的现实的存在，同作品中各种人物的虚构的存在有机地联系起来。由此，这些模拟物往往带着奇怪的生命力。它通过这种生命力，才能在我们的头脑中同真正的人物相比较。不知不觉间我们在自己的内心世界中，把所有的人都变成这些模拟物，因为我们生存的能力，就包含着能使他人也生存的能力。我们赋予这些模拟物越多的生命力，作品的价值也就越大。"（中岛健藏、佐藤正彰译）

梶井基次郎逝世已经三周年了，明后天是古贺春江的四七，我还不能写这两位人物，但我绝不因此而认为他们是坏朋友。芥川在《给一个旧友的手记》里这样写道："我说不定会自杀，就像病死那样。"可以想象，假使他仔细地反复考虑有关死的问题，那么最好的结局就是病死。一个人无论怎样厌世，自杀不是开悟[1]的办法。不管德行多高，自杀的人想要达到圣

---

[1] 佛语，开智悟理的意思。见《法华经·序品》："照光佛法，开悟众生。"

境也是遥远的。梶井和古贺虽然隐遁渡世，其实他们是雄心勃勃的，是无与伦比的好人。但他们两人，尤其是梶井，或许被恶魔附体，他们都明显地带有东方味。他们大概不希望我在他们死后，写悼念他们的文章。古贺自杀已经有好几年。他平日像口头禅似的说，再没有比死更高的艺术了，死就是生。不过，这不是西方式的对死的赞美。他生于寺院，出身于宗教学校，我认为那是佛教思想深深渗入他身心的表现。古贺最后也认为病死是最好的死法，简直是返老还童。他是经过连续二十多天高烧，神志不清后才断气的，好像安息了似的。也许这是他的本愿呢。

古贺对我为什么怀有好感呢？我甚不明白。可能是他认为我经常追求文学的新倾向、新形式，或者认为我是个求索者。他爱好新奇，关心新人，为此甚至有"魔术师"的光荣称号。若是如此，这点同古贺的画家生活是相通的。古贺立志不断以先锋派手法作画，努力完成进步的使命。他的作风，在这种思想的支配下变幻无常。可能也有人把我同他都称作"魔术师"，然而我们果真能成为"魔术师"吗？也许对方是出于蔑视吧。我被称为"魔术师"，不禁沾沾自喜。因为我这种心中的哀叹，没有反映在不明事理的人的印象里。

假使他认真想想这些事，那么他就会被我迷惑了。他是一个天真的糊涂虫。尽管如此，我并不是为了想迷惑人才玩弄"魔术"的。我太软弱了，这只不过是我在同心中的哀叹作斗争的一种表现罢了。我不知道人家会给取什么名字。猛兽般的洋鬼子、巴勃罗·毕加索姑且不说，同我一样身心都衰弱的古贺，与我不同的是，他不断完成大作、力作。不过，他难道不像我，没有悲叹掠过他的心间吗？

我不能理解超现实主义的绘画。我觉得，如果古贺那幅超现实主义的画具有古老的传统，那么大概可以认为是由于带有东方古典诗情的毛病吧。遥远的憧憬的云霞从理智的镜面飘逸而过。所谓理智的构成，理智的论理或哲学什么的，一般外行人从画面上是很难领略到的。面对古贺的画，不知怎的，我首先感到有一种遥远的憧憬，以及不断增加的隐约的空虚感。这是超越虚无的肯定。这是与童心相通的。他的画充满童话情趣的居多。这不是简单的童话，而是令童心惊愕的鲜艳的梦。这是十足的佛法。今年在二科会[1]上展出的作品《深海情影》等，其妖艳而令人生畏的气

---

[1] 二科会：日本美术团体之一。

派，抓住了人们的心，作者似乎要探索那玄妙而华丽的佛法的"深海"。同时展出的另一幅作品《马戏团一景》中的虎，看上去像猫。据说，作为这幅画的素材的哈根伯库马戏团[1]里的虎，实际上也是那样驯服的。这样的虎，反而能抓住人们的心。虽然要根据虎群的数学式排列组合，但是作者就自己那张画不是这样说过的吗：自己不由得想要绘出那种万籁俱寂而朦朦胧胧的气氛。尽管古贺想大量吸收西欧近代的文化精神，把它融会到作品中去，但是佛法的儿歌总是在他内心底里旋荡。在充满爽朗而美丽的童话情趣的水彩画里，也富有温柔而寂寞的情调。那古老的儿歌和我的心也是相通的。总之，我们两人也许是靠时髦的画面背后蕴含着的古典诗情亲近起来的。对我来说，对他受波尔·克里埃[2]影响的那些年月所作的画理解得最快。高田力藏长期以来密切注视古贺的绘画，他在水彩画遗作展览会上说，古贺是从运用西欧的色彩开始，逐渐转到运用东方的色彩，然后又回到西欧的色彩，据说现在又企图回到东方的色彩来，就像《马戏团一景》

---

1 德国汉堡的马戏团。
2 波尔·克里埃（1879～1940），瑞士画家，擅长抽象画，代表作《砂上之花》。

等作品所表现出来的那样。《马戏团一景》是他的绝笔。后来他在岛兰内科的病房里，大概也只画在纸笺上了。

他住院后，几乎每天都在纸笺上作画。多时，一天竟能画十张，连大夫也都感到难以想象，他那样的身心怎么能画得这么多呢。我感到奇怪的是，他为什么要画呢？中村武罗夫、槽崎勤和我三人到佐佐木俊郎的家里去吊唁的时候，看见他的骨灰盒上摞着四五册他的作品集。我情不自禁地长叹了一声。古贺春江本来就是一位水彩画家，他的水彩画具和画笔都被收入棺内了。东乡青儿看到这个就说："古贺到那个世界去，还要让他作画吗？真可怜啊。"古贺是个文学家，尤其是个诗人。他每月都把主要的同人杂志买齐来阅读。首先，在文人学士当中，就不曾有人买过同人杂志。我相信古贺的遗诗总有一天会被世人所爱读。古贺本人爱好文学，给他带去他爱读的书，作为他在冥府的旅伴，他大概不会有意见吧。可是把画笔给他带去，对他来说或许是痛苦的。我回答东乡说："他那样爱好画画，倘使身边没有画具，他就会闲得无聊，感到寂寞的。"

东乡青儿再三写道：古贺春江也预感到快死了。

据说今秋他在二科会上展出的作品，阴气逼人，令人望而生畏，可见他早已预感到死亡了。我是个外行人，搞不清那样的事情，可我听到他画好了以后，就前去欣赏。由于我知道古贺的病情，当我一站在一百零三号力作前面，就把我吓得目瞪口呆了。霎时间，我甚至不敢相信了。例如，听说他画最后那幅《马戏团一景》时，就已经无力涂底彩，他的手也几乎不能握住画具，身体好像撞在画布上要同画布格斗似的，用手掌疯狂地涂抹起来，连漏画了长颈鹿的一条腿他也没有发现，而且还泰然自若。那么，画出来的画为什么竟那样地静寂呢？还有，画《深海情影》时，他使用了精细的笔，可是手颤抖，不能写出工整的罗马字，名字则是由高田力藏代署的。绘画，他的手能够精细地动作；写字，他竟连粗糙的动作也活动不了。也许，这是一种超自然的力量。听说，与这幅画同一期间写的文章，也是语言支离破碎、颠三倒四的了。仿佛一作完画就要和这个人世间告别似的。他探望了阔别多年的故乡，回来后就住院了。他从故乡写来的信，也让人莫名其妙。就是在医院里，除了在纸笺上画画之外，还赋诗作歌。我曾劝他的夫人把这些诗歌誊清拿去发表。夫人虽熟悉自己丈夫的字体，此时也难辨认了。据说一凝视它，想解开谜底，便会涌上一股可怜的思绪，她就头痛了。另一方面，他在纸笺上画的画却是工整的。即使笔法渐渐零乱起来，也是规规矩矩的。后来他越来越衰弱了，在纸笺上画的名副其实的绝笔，只是涂抹了几笔色彩而已。没有成型的东西，也不知道是什么意思。到了这个地步，古贺仍然想手执画笔。就这样，在他整个生命力中，绘画的能力寿命最长，直到最后才消失。不，这种能力在遗体里也许会继续存在下去。追悼会上，有人建议是不是把他那幅绝笔的纸笺装饰起来，也有人反对，说这就像嘲笑故人的悲痛，这才作罢。就是把画具和画笔收进棺内，或许这也不算是罪过吧。对于古贺来说，绘画无疑是他摆脱苦恼的道路，说不定又是他堕入地狱的通途。所谓天赐的艺术才能，就像善恶的报应一样。

但丁写了《神曲》，度过了悲剧的一生。据说瓦尔特·惠特曼让来客看了但丁的肖像之后说："这张脸摆脱了世俗的污秽。他变成这样一张脸，所得很多，所失也很多。"话扯得太远了。竹久梦二为了绘出个性鲜明的画，"所得很多，所失也很多"。随着联想的飞跃，不妨还提出另一个人，即石井柏亭来谈谈。在祝贺柏亭五十大寿的宴席上，有岛生马致辞时，一个劲地开玩笑说:"石井二十不惑、三十不惑、四十不惑、五十也不惑,恐怕从呱呱坠地的瞬间起就不惑了。"如果柏亭的画法是不惑的话,那么梦二几十年如一日的画法也是不惑吧。也许有人会笑话这种比较的突然飞跃。然而梦二的情况是,他的画风就仿佛是他前世的报应。假使把青年时代的梦二的画看作是"漂泊的少女",那么现在的梦二的画也许就是"无家可归的老人"了。这又是作家应该悟到的命运。虽说梦二的乐观毁灭了梦二,但也挽救了梦二。我在伊香保见到的梦二已是白发苍苍、肌肉松弛了。看上去他是个颓唐早衰的人,同时看他的眼睛又觉得他确实是很年轻。

就是这位梦二偕同女学生到高原去摘花草,快乐地尽情游玩。还为少女绘制画册,不愧是梦二的风格。我看到这位秉性难移的、显得年轻的老人,这位幸福而又不幸的画家,很是高兴,内心又像是充满悲伤——不论梦二的画有多少真正的价值,我也不禁为他的艺术风韵所打动。梦二的画对社会的影响力是非常大的,同时也极大地消耗了画家自己的精力。

在伊香保会见之前数年,大概是芥川龙之介的弟子渡过库辅吧,他曾拉我去访问梦二的家。梦二不在家,有个妇女端坐在镜前,姿态简直跟梦二的画中人一模一样,我怀疑起自己的眼睛来了。不一会儿,她站起来,一边抓着正门的拉门,一边目送着我们。她的动作,举手投足间,简直像是从梦二的画中跳出来,使我惊愕不已,几乎连话都说不出来了。惯例是,画家变换了恋人的话,他画的女人的脸也会变换的。就小说家来说,也是同样的。即使不是艺术家,夫妇不仅相貌相似,连想法也都一致,这是不足为奇的,由于梦二画中的女性具有明显的特点,这点就更为突出了。那不是荒唐无稽之谈。梦二描绘妇女形体的画最完善,这可能是艺术的胜利,也可能是一种失败。在伊香保,我不禁回想起这件事,从梦二的龙钟老态中,我不由地看到了一个艺术家的个性和孤单。

尔后我又一次为女性不可思议的人工美所牵萦,那就是在文化学院的同窗会上,我看到了宫川曼鱼的千金的时候,在不愧是那所学校的近代式的千金小姐们的聚会中,我看到她,大吃了一惊,还以为她是装饰的风俗画中的玩偶呢。她不是东京的雏妓,也不是京都的舞娘;不是江户商业区的俏皮姑娘,也不是风俗画中的女子;不是歌舞伎的男扮女角,更不是净琉璃的木偶。她好像是多少都兼而有之。这是曼鱼的很有生气的创作,充满了江户时代的情趣。当今世界上,恐怕再没有第二个这样的姑娘了。曼鱼是怎样精心尽力才创作出这样的姑娘的啊？！这简直是艳美极了。

以上本来打算只是作为这篇文章的序言，可是竟写得这样的长，起初是以《稿纸之事》为题的。后来见了龙胆寺雄——我初次见到龙胆寺雄差不多是在与梦二相会的同一时间，也是在伊香保会面的——也就想介绍一下他的稿纸和原稿笔迹，还涉及几位作家有关这方面的情况，试图从中获得创作的灵感。不料这篇前言竟写得比原计划长了十倍。如果一开始就有意写《临终的眼》，我可能早就亲自准备好另一种材料并做好思想准备了。

尽管如此，我还是想染笔于《小说创作方法》，我突然捡起桌边的《创作》十月号，将申特·J.阿宾的《戏曲创作方法》浏览了一遍。文章是这样写的：

"几年前，英国出版了一本题为《文学成功之道》的书。几个月后，这本书的作者，因其文学道路没有获得成功而自杀了。"（菅原卓译）

1933年

纯真的声音

这是发生在盲人音乐家宫城道雄担任上野音乐学校教师之后不久的事。

"有一天,我在音乐学校让筝曲科的学生演唱了我作曲的歌。演唱者都是女子学校的毕业生,或是她们的同龄人。她们的歌声好坏另当别论,但她们的声音非常纯真,深深地拨动了我的心弦。歌词是吟咏式的,我让她们演唱,自己恍如遨游天府聆听着仙女的合唱一样,油然生起一股难以名状的感情。我曾听过一张巴赫的声乐唱片。这张大合唱的唱片,是特地邀集少女们来演唱的。曲子虽然相同,不过不同于普通合唱,它别有一番风味。我曾被那些演唱所打动。当时我心里想:今后试写一首曲子,要把少女们的声音也写进去。"

这是洋溢着美好实感的语言。宫城把这篇文章命题为《纯真的声音》。这时他双目失明，他的喜悦就显得更加纯真，这点我们也是十分了解的。他把自己的歌曲当作是天府仙女们的合唱，听得入迷，内心感到清净、幸福，以致达到了忘我的境地。诚然，这时辰是无比纯洁的。

我们不是音乐家，可是听了少女的"纯真的声音"，也想闭上眼睛，让思绪在梦境的世外桃源翱翔。这种事情，也是很少见的。我上小学时，有位比我低一班的少女，她的声音格外优美。她朗读课本，声音着实清脆悦耳。我打她的教室的窗边走过，听见了她的声音。那声音，至今仍萦绕在我的耳旁。另外，读了宫城的《纯真的声音》，使我想起了不知什么时候收音机里的一次广播，像是播放了女学生辩论大会实况，就是说逐个播放了少女们的简短的演说。她们是由东京几家女校选派的，每校一人。反正都是少女的事，语言稚嫩，内容肤浅，朗读语调大多似鹦鹉学舌。当然这不是唱歌。对女学生的声音之优美，我只是感到惊讶。它洋溢着蓬勃的朝气。比起我眼前见到的她们的形象来，这种朝气更能使我感受到少女青春的活力，犹如双目失明的人只听见声音一样。我想，倘使多播放几次既不是音乐也不是戏剧、而是少女日常的"纯真的声音",那该多好啊。论幼儿的声音,还得数西方幼儿的声音甜美。记得有一回在帝国饭店,再不就是夏天在镰仓的饭店,一听到西方幼儿呼唤母亲的声音,我仿佛吸吮着母亲的乳房,又回到幼稚的童年了。

少女们和儿童们的合唱之甜美,在舒伯特的音乐片《未完成的交响曲》中早已为广大群众所熟悉。特别合唱又当别论,作为独唱声乐家,少女或者处女首先就很难是卓越的。因为她们的声音不够圆润和浑厚。这不仅限于音乐。在所有艺术领域里,处女是被别人歌颂的,而她们自己却不能歌唱。戏剧也是如此。成年的女性或非女性的男性,反而可以表演或描写处女的纯洁,这似乎是可悲的。可是,只要想到一切艺术都不过是人走向成熟的道路,那就不用悲叹了。当今日本社会许多方面都阻碍着女艺术家的成长,这才是应该悲叹的……我一边写一边回忆起那位法兰西中年妇女鲁涅·舒美艾,因为我听过她同宫城的合奏。她有粗壮的脖子、厚实的胸脯,以及像拳击家或大力士般的胳膊、野兽般的威武。

在一篇小说里,我这样描述了当时的印象:

"第二部分节目一启幕,只见舞台里边围着金色的屏风，安放在台前的是一只色彩柔和的桐木制七弦琴，而不是冰凉的充满力感的巨型钢琴。舒美艾将宫城道雄作曲的《春之海》里的尺八旋律，改编成小提琴曲，并在原作曲者的琴声伴奏下，演奏了小提琴。

"真没想到今晚一位国际知名的音乐家会和一位日本的天才音乐家同台演出。他们当中，一位曾每天从法国穷乡僻壤矫健地徒步八英里，去音乐教师家里学习；一位七岁上双目失明，为维持一家贫困的生活，十四岁时流落朝鲜京城，当了琴师。他们两人超越了种族和性别的界限，彼此共鸣，少有地用东西方两种琴和谐地合奏。光是看到他们两人——一人身穿带家徽的黑色日本礼服，一个身穿黑色西式礼服——在舞台上出现，就会深受感动。掌声四起，这是理所当然的。

"据说合奏的曲子是描写海浪声、摇橹声、翱翔的海鸥、明朗春天的海洋。而且他（小说中的人物）也在内心世界里描绘了春之海。听着小提琴声送出的甜美清晰的日本旋律，他不禁回忆起初恋时那股纯真的感情。实际上，他未曾见过这样的少女，然而日本式少女的幻影却浮现在他的脑海里，使他沉浸在童心纯洁的梦境中。

"有时小提琴声听起来就像尺八声，有时七弦琴声又像钢琴声,合奏者如此协调,达到了天衣无缝的地步。

"在鲁涅壮实的胳膊下,道雄那瘦小的指头,恍如神经质的小虫在细小的琴弦上颤动。

"'简直是男女颠倒过来了。'他喃喃自语。确实,演奏结束之后,他们接受献花、谢幕。退场时,这两人也好像是骑士和病弱的少女似的,由法国女郎照拂着日本盲人音乐家。

"就连道雄也高兴得无以名状,他全然看不见形象,只是听到声音,脸上却泛起这种人特有的温柔而安详的微笑,而微笑中洋溢着一种盲人的虚幻和日本人谦恭的气氛。她粗壮的手牵着他瘦弱的手。她壮实的胳膊搂着他微向前倾的细小的肩膀。他迈着无力的脚步。人们看到这般模样,心里不免掀起一股像是日本古琴声似的哀愁。

"而且在鲁涅那男子般的姿态和道雄那女子般的体形中,没有什么令人厌恶的地方,这是达到高度艺术境界的人所表现出来的美妙的和谐,这加倍地引起听众对音乐的兴致,场上响起了经久不息的暴风雨般的欢呼声。

"当然,谢幕再演的还是《春之海》。这回鲁涅退居配角,她亲自牵着盲乐师的手出现在舞台上,让他坐在七弦琴前。"

有的听众感动得落泪了。这时宫城露出了纯真的喜悦,可以说这确是艺术家的幸福。宫城本人也在《春之海》这篇文章中提到:"我不管离开多么遥远,艺术的精神始终不变。这使我感到非常高兴。"这篇文章透露,舒美艾在回法国之后,也说过她做了一件很好的工作。她爱听日本的七弦琴,请宫城弹了几曲,其中尤其喜爱《春之海》;一夜之间她改编成小提琴曲,翌日就造访了原作曲者,给原作曲者演奏了。宫城说:"一次就表现出符合我心意的感情了。尽管语言不通,但舒美艾和我是心心相印的。"舒美艾希望将这支曲子作为礼物留在日本,因此灌了唱片,我也曾看过两三次以这张唱片伴奏的舞蹈表演。

可是,为了宫城的名誉,我现在打算重新修改我的小说中的印象记,因为实际的宫城,用"病弱的少女"或"日本古琴声似的哀愁"之类的形容是概括不了的。在泰国舞蹈团访日演出的开幕式上,我第一次在近处看见了宫城。他那纤细而神经质的姿态,表现出一种意想不到的坚强的气派。与他和舒美艾并肩在舞台上表演时,给人的印象迥然不同。

当晚泰国驻日里使举办了晚会,秩父宫、高松宫和其他皇族都莅临了。贵妃殿下带着花束光临，大概是为了对远方来的舞蹈演员表示一点心意吧。以国务大臣为首的朝野知名人士也来了，然而会场上没有戒备森严的样子。我辈很少有机会出席这种场面，不免产生了这种想法：映入人们眼帘的，冈田首相的脑袋同青芋一模一样，是个老实人的派头；而林陆军大臣的面孔则比照片上的面孔显得更加和颜悦色，这是颇有意思的。倘使他们对待本国的艺术家也如此敬重，那该多令人高兴啊。泰国舞蹈团的舞蹈演员大多是少女，与我国女学生年龄相仿。

要发扬泰国的舞蹈传统，还得下一番功夫。她们的体态也像我国的少女，不过显得更加纤弱罢了。总而言之，很是可怜。如果说少女的声音是"纯真的声音"，那么少女的形体可以说是"纯真的形体"了吧。表现全身功夫的舞蹈，尤其是赤身露体的西方舞蹈，就是这种"纯真的形体"美。它是巨大的令人感动的源泉。说舞蹈极大限度地表现了女性美，也不是没有道理的。只要女性的最高生命是形体美，那么舞蹈也许就应该是女性的本来愿望了。

当前，再没有什么艺术比舞蹈更直接地尊重处女的美了。然而，就是舞蹈里也有许多少女和处女，充当了不能令人十分满意的舞姬。这就是舞姬的矛盾所在，苦恼也因此而扎下了根。这姑且不说。既然有"纯真的声音"，又有"纯真的形体"，就应该有所谓的"纯真的精神"。古往今来的文学对这种精神当然是赞不绝口的。但是如果认为在少女或年轻姑娘当中，几乎没有优秀的作家，那么，不仅是女性，就是我们男子也会感到遗憾的。女学生无论作为诗人或作为散文家，为什么还不及小学女生呢？首先，少女的歌唱，声音这样优美，这样"纯真"；少女的舞蹈，形体这样优美，这样"纯真"，在文学上这是看不到的。

一般来说，女性比男性擅长写信。女子的信远比男子的信更容易流露直率的感情，它是生动的、有血有肉的。就是写人物，女子要比男子更能亲自捕捉人物的印象，很多时候更能畅通无阻地靠近她所描写的人物。我认为这就是女子难能可贵之处。读了无名的年轻女子的小说，我感到越写得拙劣就越显出这女子的可贵。这可能就是"纯真的精神"的表现吧。对女性来说，也许少女的纯洁和艺术的关系，是一个难以处理的问题。

1935 年

花未眠

　　我常常不可思议地思考一些微不足道的问题。昨日一来到热海的旅馆，旅馆的人拿来了与壁龛里的花不同的海棠花。我太劳顿，早早就入睡了。凌晨四点醒来，发现海棠花未眠。

　　发现花未眠，我大吃一惊。葫芦花和夜来香是夜间开放，牵牛花和合欢花是日间开放，昼夜都有绽放的品种。海棠花在夜间是不眠的，这是众所周知的事，可我仿佛才明白过来。凌晨四点凝视海棠花，更觉得它美极了。它盛放，含有一种哀伤的美。

　　花未眠这众所周知的事，忽然成了新发现花的机缘。自然的美是无限的，人感受到的美却是有限的。正因为人感受美的能力是有限的，所以说人感受到的美是有限的，自然的美是无限的。至少人的一生中感受到的美是有限的，是很有限的，这是我的实际感受，也是我的感叹。人感受美的能力，既不是与时代同步前进，也不是伴随年龄而增长。凌晨四点的海棠花，应该说也是难能可贵的。如果说，一朵花很美，那么我有时就会不由地自语道：要活下去！

画家雷诺阿说：只要有点进步，那就是进一步接近死亡，这是多么凄惨啊。他又说：我相信我还在进步。这是他临终的话。米开朗基罗[1]临终的话也是：事物好不容易如愿表现出来的时候，也就是死亡。米开朗基罗享年八十九岁。我喜欢他的用石膏套制的脸型。

毋宁说，感受美的能力，发展到一定程度是比较容易的。光凭头脑想象是困难的。美是邂逅所得，是亲近所得。这是需要反复陶冶的。比如唯一一件的古美术作品，成了美的启迪，成了美的开光[2]，这种情况确实很多。所以说，一朵花也是好的。

凝视着壁龛里摆着的一朵插花，我心里想道：与这同样的花自然开放的时候，我会这样仔细凝视它

---

[1] 米开朗基罗（1475～1564），意大利文艺复兴时期最伟大的艺术家之一，擅长雕刻、绘画等。
[2] 佛语，谓佛像开眼之光明，亦称"开眼"。

吗？只摘了一朵花插入花瓶，摆在壁龛里，我才凝神注视它。不仅限于花。就说文学吧，今天的小说家如同今天的歌人一样，一般都不怎么认真观察自然。大概认真观察的机会很少吧。壁龛里插上一朵花，要再挂上一幅花的画。这画的美，不亚于真花的当然不多。在这种情况下，要是画作拙劣，那么真花就更加显得美。就算画中花很美，可真花的美仍然是很显眼的。然而，我们仔细观赏画中花，却不怎么留心欣赏真的花。

李迪、钱舜举也好，宗达、光琳、御舟以及古径也好，许多时候我们是从他们描绘的花画中领略到真花的美。不仅限于花，最近我在书桌上摆上两件小青铜像，一件是罗丹创作的《女人的手》，一件是玛伊约尔[1]创作的《勒达[2]像》。光这两件作品也能看出罗丹和玛伊约尔的风格是迥然不同的。从罗丹的作品中可以体味到各种的手势，从玛伊约尔的作品中则可以领略到女人的肌肤。他们观察之仔细，不禁让人惊讶。

我家的狗产崽，小狗东倒西歪迈步的时候，看见一只小狗的小小形象，我吓了一跳。因为它的形象和某种东西一模一样。我发觉原来它和宗达所画的小狗

---

1 玛伊约尔（1861～1944），法国雕刻家。
2 希腊神话中斯巴达国国王之妻。

很相似。那是宗达水墨画中的一只在春草上的小狗的形象。我家喂养的是杂种狗,算不上什么好狗,但我深深理解宗达高尚的写实精神。

去年岁暮,我在京都观察晚霞,就觉得它同长次郎[1]使用的红色一模一样。我以前曾看见过长次郎制造的称之为夕暮的名茶碗。这只茶碗的黄色带红釉子,的确是日本黄昏的天色,它渗透到我的心中。我是在京都仰望真正的天空才想起茶碗来的。观赏这只茶碗的时候,我不由地浮现出坂本繁二郎的画来。那是一幅小画,画的是在荒原寂寞村庄的黄昏天空上,泛起破碎而蓬乱的十字形云彩。这的确是日本黄昏的天色,它渗入我的心。坂本繁二郎画的霞彩,同长次郎制造的茶碗的颜色,都是日本色彩。在日暮时分的京都,我也想起了这幅画。于是,繁二郎的画、长次郎的茶碗和真正黄昏的天空,三者在我心中相互呼应,显得更美了。

那时候,我去本能寺拜谒浦上玉堂的墓,归途正是黄昏,翌日,我去岚山观赏赖山阳刻的玉堂碑。由于是冬天,没有人到岚山来参观。可我却第一次发现

---

[1] 田中长次郎(1516～1592),日本素陶制品的鼻祖。

了岚山的美。以前我也曾来过几次,作为一般的名胜,我没有很好地欣赏它的美。岚山总是美的,自然总是美的。不过,有时候,这种美只是某些人看到罢了。

我之发现花未眠,大概也是由于我独自住在旅馆里,凌晨四时就醒来的缘故吧。

1950 年 5 月

哀愁

最近妻子开始学声乐，此刻还在客厅里放声歌唱，歌声迤荡。她大概是一面扫除，一面歌唱吧。我有点惊讶，不由想道：初学唱到这般程度的确是不错了。在妻子来说，这是美妙的歌声。年轻的女声之圆润甜美，确实让人听后心情舒畅……在舒畅之中，我醒过来了。歌声还继续传送过来。

过了片刻，我才知道原来不是妻子在歌唱。

我躺在床上呼唤家人，询问歌声是从家里的收音机还是邻居的留声机传送来的？妻子在茶室里答道：那是海滨浴场举办唱片欣赏会呐。她还说，每天都在播放，你不知道吗？我苦笑了，可心情依然十分舒畅。我又听了一会儿。不久，传来了一阵像往常那种腔调的流行歌声，使我为之扫兴，便起床了。

时过晌午了。

听到歌声的时候，我大概还是半醒半睡状态吧。是歌声逐渐把我唤醒的。然而，我的脑子还在活动，觉得那歌声是从家中传来的。于是，我就做了妻子在学声乐的梦。

我是经常梦见妻子的。

另外，我习惯于伏案写作至凌晨四点，再躺在床上读一两个小时的书，然后把挡雨板打开让晨风吹拂进来，很快便入眠了。近来天气炎热，晌午醒来，觉得非常郁闷。

今天好歹听见歌声，心情舒畅，就起床了，仿佛泛起一种幸福感。我抱着幸福的舒畅心情，想起自己难道不是幸福的人吗？

我的梦，作为音乐的梦，是极其稚幼的。就文学来说，不可能做这样的梦。我虽不时在做读书或写作的梦，可是醒过来后，常常对自己的梦感到惊愕。吴清源曾对我说：梦中想到很有意思的一手，醒来就试下了这一手。我在梦中写作，似乎比醒来在现实中写作更富有美感。因此，一觉醒来，颇感惊奇。自己感到慰藉，莫非自己内心还有可以汲取的源泉？同时自己也感到哀伤，归根结底自己基本上掌握不了人生的长河。诸如在梦中写作，本来就是荒诞无稽，但也不能断言就看不见裸体的灵魂在翱翔的丰姿。不用说，结集在生活里的悲惨和丑怪，甚至还纠缠在梦中。

就算我对音乐有点兴趣，但隐约听见海水浴场演奏的流行歌，也不感到舒畅。我不懂音乐。我到了这般年龄，曾有这样的思虑：莫非我一生都不懂得音乐的美就了结了？我也曾想过：为了熟悉音乐，哪怕付出任何代价也在所不惜。这句话有点夸张，不过由兴趣和爱好所体会到的美是有限度的。接触到一种美，也是命中的因缘。我渐渐痛切地感到：我短暂的一生，懂得的美是极其肤浅的。偶尔也寻思：一个艺术家一生创造的美，究竟能达到什么限度呢？

比如，一个画商带来一幅画，倘使我感到是一种缘分，那就是幸福。然而我不能汲取这幅画的美，这是可悲的。这幅画也许会发问：究竟会不会喜逢某人能全部摄取自己所具有的美呢？为这幅画设想，就会被一种不得要领的疑惑所捕捉。

当然，昂贵的名画是不会送到我们这里来的。再说我也无缘邂逅满意的画。不过，在自己家里看到的画中，浦上玉堂和思琴的画给我留下了深刻的印象。

这两件都是小品，我没有买下来。

正如不懂音乐一样，我也不懂美术。我不认为自己不具备理解美术的素质和能力，只想把这归之为看到的佳作不多，自愧素养不够。但我在很久以前就发现自己这种不甘示弱的阴暗心影了。

就算没有达到姐妹艺术的程度，我的职业——文学领域实际上与美术也是类似的。我自己懂得的、并心安理得地干的就只有小说一种。小说也由于时代和民族的不同，已经变得不易理解透彻了。谈到诗歌，就是对同一时代、同一国家的挚友的作品，也难以确切鉴赏，所以我没写过诗歌评论。如今回顾一下，小说是不是就可以普遍观察到了呢？这是一个疑问。所谓可以普遍观察，是任何人也无法办到的。就小说而言，只能说我的目光并不远大。

我年近五旬，作这番感叹，伴随而来的是一阵冰冷的恐怖感。

自然，我这种感叹并非始自今日。我认识到自己这种缺陷也已有相当年头，而且还找到了遁辞。就是说，我从事艺术这行，就是不甚明了的事我也能使自己明白。也许我不知道，观察自然和人生往往是不甚明了的，这同艺术没有什么关系。于是，我渐渐懂得对事物不甚明了，本身就是一种幸福。

这种遁辞当然十分幼稚，有点文过饰非。有时事情越明了就会变得越不明了，倘使这句话作为某人的一种说词，那是有意义的。然而对于面对不明了而徘徊的我来说，这不过是一种遁辞而已。我对不懂艺术并不感到幸福，可对不懂自然和人生却感到幸福，这是事实。这种说法，恐怕也含有任意的飞跃吧。姑且把它作为一种事实好了。有时我对作为一个作家的这种不安和犹豫也感到是某种生活上的安定和满足。这也不能随便把它说成是丧失信心的弱音吧。

战争期间，尤其是战败以后，日本人没有能力感受真正的悲剧和不幸。我过去的这种想法现在变得更加强烈了。所谓没有能力感受，恐怕也就是没有能够感受的实体吧。

战败后，我一味回归到日本自古以来的悲哀之中。我不相信战后的世相和风俗，或许也不相信现实的东西。

我仿佛远离了近代小说的根基——写实。也许从来就是如此。

先前我读罢织田作之助的《土曜夫人》，试图修改拙作《虹》，发现它们有惊人的相似之处，甚是惊讶。

这不就是同样的悲哀的源流吗？就《土曜夫人》来说，含有一种追逼自己的阴郁的力量。这是作者的多么悲哀的心曲啊。这种悲哀，同我悼念作者之死的悲哀合流在一起了。

战争期间，我常常在往返东京的电车上和灯火管制下的卧铺上，阅读从前的《湖月抄本源氏物语》。我这才想起，在昏暗的灯光下和摇晃的车厢里阅读小铅字，会弄坏眼睛。而且，那时多少也掺杂着对时势的反抗和讽刺。在横须贺线沿线的战争色彩日渐浓重的情况下，阅读旧本版书的王朝恋爱故事，虽有点滑稽可笑，可是没有哪位乘客发觉我这种与时代龃龉的举动。有时候我甚至耍笑自己：万一途中遭到空袭受了伤，说不定这结实的日本纸对抑制伤痛会起点作用呢。

就这样，我把这部长篇小说读了差不多一半，即读到二十三回的时候，日本投降了。但是，这种阅读《源氏物语》的妙法，却给我留下了深刻的印象。我觉察自己在电车里常常读《源氏物语》而心旷神怡和陶醉时，不免有点震惊。那时节，战争受害者和疏散者都带着行李上车，车上笼上一种惧怕空袭的气氛，和不规则地流动着一股焦臭的气味。单是这种电车和自我的不协调，就让我愕然了。然而使我更惊愕的是：

上千年前的文学和自己却是如此融合无间。

我早在中学时代就开始读点《源氏物语》。我想，它给我留下了影响。尔后也断断续续地读过，却没有像这回如此专心和喜爱。我也想过，这是不是因为读假名抄写的古本线装的缘故呢？我试读铅印小字本作了比较，味道的确是天渊之别。也许还有由于战争的缘故吧。

但是，更直接的原因，是《源氏物语》和我都在同一的心潮中荡漾，我在这种境界中忘却了一切。我思念日本，也考虑自己。在那样的电车车厢里，我翻开了古本线装书，这种举动多少有点矫揉，令人讨厌，结果招来了意外。

那时候，我反而收到不少在异国的军人寄来的慰问信，也有一些是不相识的人。书信内容大致相同，他们偶尔读了我的作品，泛起了乡愁，向我表示谢意和好感。我的作品让他们思念起日本来了。这种乡愁，我在《源氏物语》中也感受到了。

有时候，我也曾这样想过：《源氏物语》写了藤原氏的灭亡，也写了平氏、北条氏、足利氏、德川氏的灭亡，至少可以说这些人物的衰亡并非同这一故事无缘吧。

虽然与此是另一回事,这次战争期间和战败以后,日本人的心潮中潜藏着《源氏物语》的哀伤,决不在少数吧。

《土曜夫人》的悲哀也好,《源氏物语》的哀伤也好,这种悲哀和哀伤本身融化了日本式的安慰和解救。这种悲哀和哀伤的本质,与西方式哀伤的裸露相对,不能等同。我没有经历过西方式的悲痛和苦恼,我在日本也没有见过西方式的虚无和颓废。

浦上玉堂和思琴的小品之所以印在我的心上,也还是由于这种悲哀的缘故。

玉堂画的,是秋天黄昏杂树林中的鸦群。他使用的红色,和思琴的一样,都流露出哀伤的情调。不过,这是淡淡的、昏暗杂树的红叶,同苍茫的暮色融汇在一起,渐渐阴沉下来,画面上笼罩着一种深沉的悲哀和寂寞的情调。这就是日本晚秋的孤寂景象。除了杂树和鸦群之外,什么也没有下笔。只有比较精细地画出了跟前的一棵大树。各个部分都洋溢着森林写生的气氛,几乎没有南画式的习惯画法,一种自然的情趣渗进了观赏者的心田,令人感到林子对面好像有一溪流水。画面像是清澈的秋日,却飘逸出湿润的空气,大概是夜露的冰凉吧。这幅画画的是,秋天天擦黑，一个旅人路过原野尽头和山脊，充满了旅愁。气氛没有《东云筛雪图》那样冰凉，当然也没有那样和蔼。如果说《东云筛雪图》是画严冬的冷酷，那么《森林鸦群图》则是画秋天的严峻。尽管画了秋天的哀愁和寂寥，多少带点感伤，但日本的大自然确实是这派景象，那是没办法的。这大概是玉堂晚年所作的吧。那时候，他手抱琴子四处流浪。我查阅了年谱，才知道那是他四十开外画的。我不胜惊叹：四十岁人能画出这样的画吗？看起来是年轻人所作。也许是我不懂画的缘故吧。假使我持有这幅画，在秋天工作到夜深，苦恼之余观赏一番，必定会感到万分悲哀与寂寞。这并不意味着伤心或情绪低沉，而只是远远地目送着我的宿命之流（我写了这篇文章，才得到《东云筛雪图》，真迹并不像从照片上看到的那样"严峻"）。

思琴画的，是一张少女的脸。双手拿着许多暗淡的小品。那是一张凄凉的、寒碜的、哭丧的、带病的脸。细看，悲是哀切的，爱是深沉的。现出了一张纯真而可怜的脸。

玉堂的画，我也只看过少许。思琴的画，我仅看了这一幅，而且是极小的一幅，也不知是什么时候的作品。光凭这幅画就来谈思琴，太不像话了。不过画过这幅画的思琴，的确牵动了我的心。也许这是一幅很好表露思琴感情的画，是先前穷极潦倒时所作的吧。同玉堂画的秋天森林的悲哀当然不同，思琴表现少女的哀伤，使我感到意外的亲切。

去年 12 月，巴黎画廊也陈列了思琴的画，据说有人曾这么写道："站在思琴的作品面前，谁也不会无动于衷。年轻画家看了他的作品，都心潮起伏，这确是很自然的事。说明他的作品明显地表现出一种几乎令人难以忍受的悲壮感。"（沙鲁尔·艾斯蒂恩奴的通信，青柳瑞穗译，刊于《欧洲》第 2 期）我觉得目不忍睹的悲哀，似乎不是壮烈的。显然，思琴不是像号称法统的高茨荷[1]或陀思妥耶夫斯基那样惊人的大家。我读了许多有关议论思琴的话，诸如狂躁、狂热、偏激、粗野、残忍、恐怖、神秘、孤独、苦恼、忧郁、混乱、腐败、病体云云。我感到这些话只不过是一种过分夸张的形容，就像在一幅画前一切皆空一样。

画这张少女脸的思琴，也许是颓废的，但却融合在朴实的悲哀之中。也许是带点道义沉沦的味道，但却在切实的哀怜之中，含有几分温馨。苦闷的孤独，

1　高茨荷（1833～1890），荷兰画家。

也没有异教的神秘，而令人感到对肌肤的眷恋。一只眼瞎了，耳朵背了，鼻子歪了，嘴角上吊了，思琴画这样一张脸时，也使用了血色。少女留恋地活着。如果是像上述许多议论的那样，思琴是画了许多异常强烈的画。这少女的脸，也许反映了思琴朴素灵魂的点滴，这是值得爱的。

然而，很难引起我的兴趣把它买下来。这并不是乍看显得有点粗糙的缘故，而是看了这幅画，它仿佛融合在我的悲哀思绪之中。再说，我感到玉堂画的秋景和思琴画的少女是悲哀的，也是文学性的、抒情性的。因为作为画，它并不是我最喜欢的。要是能买到西方人作的画，我还是希望要裸体女人像。

玉堂的画和思琴的画，都陈列在附近的美术商绿荫亭里，因此我便把它们借到我家里来。一连巧遇了两幅画，在我的心上留下了哀愁，或许这不是偶然的吧。

有关音乐的事，我一点也不写就不能善始善终。不过，我实在太困顿了。其余的话以后再叙，我从给野上彰、藤田圭雄两人的童谣集《云和郁金香》所写的序文中，引用了几句简短的话：

"悲怆的摇篮曲渗透了我的灵魂，永恒的儿歌维护了我的心。

"日本连军歌也带着哀调。古歌的音调净是堆砌哀愁的形骸。新诗人的声音也立即融入风土的湿气之中。"

1947年10月

我在美丽的日本

春花秋月杜鹃夏

冬雪皑皑寒意加

这是道元禅师[1]（1200～1252）的一首和歌，题名《本来面目》。

冬月拨云相伴随

更怜风雪浸月身

这是明惠上人（1173～1232）作的一首和歌。当

---

[1] 希玄道元，镰仓（1192～1333）初期的禅师，日本曹洞宗的始祖，曾到中国学习佛法，著有和歌集《伞松道咏》等。

别人索书时,我曾书录这两首诗相赠。

明惠在这首和歌前面还详细地写了一段可以说是叙述这首和歌的故事的长序,以阐明诗的意境。

> 元仁元年(1224)十二月十二日晚,天阴月暗,我进花宫殿坐禅,及至夜半,禅毕,我自峰房回到下房,月亮从云缝间露出,月光洒满雪地。山谷里传来阵阵狼嚎,但因有月亮陪伴,我丝毫不觉害怕。我进下房,后复出,月亮又躲进云中。等到听见夜半钟声,重登峰房时,月亮又拨云而出,送我上路。当我来到峰顶,步入禅堂时,月亮又躲入云中,似要隐藏到对面山峰后,莫非月亮有意暗中与我做伴?

在这首诗的后面,他继续写道:

> 步入峰顶禅堂时,但见月儿斜隐山头。

> 山头月落我随前
> 夜夜愿陪尔共眠

明惠当时是在禅堂过夜,还是黎明前又折回禅堂,已经弄不清楚,但他又接着写道:

> 禅毕偶尔睁眼,但见残月余辉映入窗前。我在暗处观赏,心境清澈,仿佛与月光浑然相融。

> 心境无边光灿灿
> 明月疑我是蟾光

既有人将西行称为"樱花诗人",那么自然也有人把明惠叫作"月亮诗人"了。

> 明明皎皎明明皎
> 皎皎明明月儿明

这首仅以感叹声堆砌起来的"和歌",连同那三首从夜半到拂晓吟咏的"冬月",其特色就是"虽咏歌,实际不以为是歌"(西行的话),这首歌是坦率、纯真、忠实地向月亮倾吐衷肠的三十一个字韵,与其说他是所谓"以月为伴",莫如说他是"与月相亲",亲密到把看月的我变为月,被我看的月变为我,而没入大自然之中，同大自然融为一体。所以残月才会把黎明前坐在昏暗的禅堂里思索参禅的我那种"清澈心境"的光，误认为是月亮本身的光。

正如长序中所述的那样，"冬月相伴随"这首和歌也是明惠进入山上的禅堂，思索着宗教、哲学的心和月亮之间微妙地相互呼应，交织一起而吟咏出来的。我之所以借它来题字，的确是因为我理解到这首和歌具有心灵的美和同情体贴。在云端忽隐忽现、照映着我往返禅堂的脚步、使我连狼嗥都不觉害怕的"冬月"啊，风吹你，你不冷吗？雪侵你，你不寒吗？我以为这是对大自然，也是对人间的一种温暖、深邃、体贴入微的歌颂，是对日本人亲切慈祥的内心的赞美，因此我才书赠给人的。

以研究波提切利[1]而闻名于世、对古今东西美术博学多识的矢代幸雄博士，曾把"日本美术的特色"之一，用"雪月花时最怀友"的诗句简洁地表达出来。当自己看到雪的美，看到月的美，也就是四季时节的美而有所省悟时，当自己由于那种美而获得幸福时，就会热切地想念自己的知心朋友，但愿他们能够共同

---

[1] 波提切利（1445～1510），意大利文艺复兴时期的画家。

分享这份快乐。这就是说，由于美的感动，强烈地诱发出对人的怀念之情。这个"朋友"，也可以把它看作广泛的"人"。另外，以"雪、月、花"几个字来表现四季时令变化的美，在日本这是包含着山川草木、宇宙万物、大自然的一切，以至人的感情的美，是有其传统的。日本的茶道也是以"雪月花时最怀友"为它的基本精神的，茶会也就是"欢会"，是在美好的时辰，邀集最要好的朋友的一个良好的聚会——顺便说一下，我的小说《千只鹤》，如果人们以为是描写日本茶道的"精神"与"形式"的美，那就错了。毋宁说这部作品是对当今社会低级趣味的茶道发出怀疑和警惕，并予以否定的。

春花秋月杜鹃夏

冬雪皑皑寒意加

道元的这首和歌也是讴歌四季美的。将平常四季里四种最心爱的自然景物的代表随便排列在一起，兴许再没有比这更普遍、更一般、更平凡，也可以说是不成其为歌的歌了。不过，我还想举出另一位古僧良宽所写的一首绝命歌，它也有类似的意境：

秋叶春花野杜鹃

安留他物在人间

这首诗同道元的诗一样,都是把寻常的事物和普通的语言,与其说不假思索,不如说特意堆砌在一起,以表达日本的精髓,何况这又是良宽的绝命歌呢。

浮云霞彩春光久

终日与子戏拍球

习习清风明月夜

通宵共舞惜残年

并非逃遁厌此世

只因独爱自逍遥

良宽的心境与生活,就像在这些歌里所反映的,住的是草庵,穿的是粗衣,漫步在田野道上,同儿童戏耍,同农夫闲聊,尽管谈的是深奥的宗教和文学,却不使用难懂的语言,那种"和颜蔼语"的无垢言行,同他的歌和书法风格,都摆脱了自江户后期、18世纪末到19世纪初的日本近代的习俗,达到古代的高雅境界。直到现代的日本,他的书法和歌仍然深受人们的敬重。他的绝命歌,反映了这种心情:自己没有什么可留作纪念,也不想留下什么,然而,自己死后大自然仍是美的,也许这种美的大自然,就成了自己留在人世间的唯一的纪念吧。这首歌,不仅充满了日本自古以来的传统精神,同时仿佛也可以听到良宽的宗教的心声。

　　望断伊人来远处
　　如今相见无他思

良宽还写了这样一首爱情歌,也是我所喜欢的。衰老交加的六十八岁的良宽,偶遇二十九岁的年轻尼姑纯真的心,获得了崇高的爱情。这首诗,既流露了他偶遇终身伴侣的喜悦,也表现了他望眼欲穿的情人终于来到时的欢欣。"如今相见无他思",的确是充满了纯真的朴素感情。

良宽七十四岁逝世。他出生在雪乡越后,同我的小说《雪国》所描写的是同一个地方。就是说,那里是面对里日本的北国,即现在的新潟县,寒风从西伯利亚越过日本海刮来。他的一生就是在这个雪国里度过的。他日益衰老，自知死期将至，而心境却清澈得像一面镜子。这位诗僧"临终的眼"，似乎仍然映现出他那首绝命歌里所描述的雪国大自然的美。我曾写过一篇随笔《临终的眼》，但在这里所用的"临终的眼"这句话，是从芥川龙之介自杀遗书中摘录下来的。在那封遗书里，这句话特别拨动了我的心弦。"所谓生活能力""动物本能"，大概"会逐渐消失的吧"。

> 现今我生活的世界，是一个像冰一般透明的、又像病态一般神经质的世界……我什么时候能够毅然自杀呢？这是个疑问。唯有大自然比持这种看法的我更美，也许你会笑我，既然热爱自然的美而又想要自杀，这样自相矛盾。然而，所谓自然的美，是在我"临终的眼"里映现出来的。

1927年，芥川三十五岁就自杀了。我在随笔《临终的眼》中曾写道："无论怎样厌世，自杀不是开悟的办法，不管德行多高，自杀的人想要达到圣境也是遥远的。"我既不赞赏也不同情芥川，还有战后太宰治（1909～1948）等人的自杀行为。但是还有另一位年纪轻轻就死去的朋友——日本前卫派画家之一，也是长期以来就想自杀的。"他说再没有比死更高的艺术，还说死就是生，这些话像是他的口头禅。"(《临终的眼》) 我觉得这位生于佛教寺院、由佛教学校培养出来的人，他对死的看法，同西方人对死的想法是不同的。"有牵挂的人，恐怕谁也不会想自杀吧。"由此引起我想到另一桩事，就是那位一休禅师曾两次企图自杀。

在这里，我之所以在"一休"上面贯以"那位"二字，是由于他作为童话里的机智和尚，为孩子们所熟悉。他那无碍[1]奔放的古怪行为，早已成为佳话广为流传。他那种"让孩童爬到膝上，抚摸胡子，连野鸟也从一休手中啄食"的样子，真是达到了"无心"[2]的最高境界。看上去他像一个亲切、平易近人的和尚，然而，实际上确实是一位严肃、深谋远虑的禅宗僧侣。还被称为天皇御子的一休，六岁入寺院，一方面表现出天才少年歌人的才华，另一方面也为宗教和人生的根本问题所困惑，而陷入苦恼，他曾疾呼："倘有神明，就来救我。倘若无神，沉我湖底，以葬鱼腹！"当他正要投湖时，被人拦住了。后来有一次，由于一休

---

1 佛语，通达自在的意思。
2 佛语，不起妄心的意思。

所在的大德寺的一个和尚自杀,几个和尚竟被株连入狱,这时一休深感有责,于是"肩负重荷"入山绝食,又一次决心寻死。

一休自己把那本歌集,取名《狂云集》,并以"狂云"为号,在《狂云集》及其续集里,可以读到日本中世的汉诗,特别是禅师的诗,其中有无与伦比的、令人胆颤心惊的爱情诗,甚至有露骨地描写闺房秘事的艳诗。一休既吃鱼又喝酒,还接近女色,超越了禅宗的清规戒律,把自己从禁锢中解放出来,以反抗当时宗教的束缚,立志要在那因战乱而崩溃了的世道人心中恢复和确立人的本能和生命的本性。

一休所在的京都紫野的大德寺,至今仍是茶道的中心。他的书法也作为茶室的字幅而被人敬重。我也珍藏了两幅一休的手迹。一幅题了一行"入佛界易,进魔界难"。我颇为这句话所感动,自己也常挥笔题写这句话。它的意思可作各种解释,如要进一步往深处探讨,那恐怕就无止境了。继"入佛界易"之后又添上一句"进魔界难",这位属于禅宗的一休打动了我的心。归根到底追求真、善、美的艺术家,对"进魔界难"的心情是:既想进入而又害怕,只好求助于神灵的保佑,这种心境有时表露出来,有时深藏在内心底里,这兴许是命运的必然吧。没有"魔界",就没有"佛界"。然而要进入"魔界"就更加困难。意志薄弱的人是进不去的。

逢佛杀佛,逢祖杀祖

这是众所周知的禅宗的一句口头禅,若将佛教按"他力本愿"和"自力本愿"来划分宗派,那么主张自力的禅宗,当然会有这种激烈而又严厉的语言了。主张"他力本愿"的真宗亲鸾[1](1173~1262)也有一句话:"善人尚向往生,况恶人乎。"这同一休的"佛界""魔界",在心灵上有相通之处,也有差异之点。那位亲鸾也说,他"没有一个弟子"。"逢祖杀祖""没有一个弟子",这大概又是艺术的严酷命运吧。

禅宗不崇拜偶像。禅寺里虽也供佛像,但在修行场、参禅的禅堂,没有佛像、佛画,也没有备经文,只是瞑目,长时间静默,纹丝不动地坐着。然后,进入无思无念的境界。灭我为无。这种"无",不是西方的虚无,相反,是万有自在的空,是无边无涯无尽藏的心灵宇宙。当然,禅也要由师指导,和师问答,以

---

[1] 亲鸾,镰仓前期宗教思想家,日本净土真宗的始祖。著有《教行信证》《愚秃抄》等。

得启发，并学习禅的经典。但是，参禅本人始终必须是自己，开悟也必须是靠独自的力量。而且，直观要比论理重要。内在的开悟，要比外界的教诲更重要。真理"不立文字"而在"言外"。达到维摩居士[1]的"默如雷"的境地，大概就是开悟的最高境界了吧。中国禅宗的始祖达摩大师[2]，据说他曾"面壁九年"，即面对洞窟的岩壁，连续坐禅九年，沉思默想的结果，终于达到了开悟的境界。禅宗的坐禅就是从达摩的坐禅开始的。

> 问则答言不则休
> 达摩心中万般有　　　　一休

一休还吟咏了另一首道歌：

> 若问心灵为何物
> 恰如墨画松涛声

这首歌，也可以说是洋溢着东洋画的精神。东洋

1　维摩居士，大乘佛教经典《维摩经》中居士之名，或谓菩萨的化身。
2　达摩大师，南北朝的高僧，谥号圆觉大师。

画的空间、空白、省笔也许就是一休所说的墨画的心境吧。这正是"能画一枝风有声"(金冬心[1])。

道元禅师也曾有过"虽未见,闻竹声而悟道,赏桃花以明心"这样的话。日本花道[2]的插花名家池坊专应[3]也曾"口传":"仅以点滴之水、咫尺之树,表现江山万里景象,瞬息呈现千变万化之佳兴。正所谓仙家妙术也。"日本的庭园也是象征大自然的。比起西方庭园多半是造型匀整,日本庭园大体上是造型不匀整,或许正是因为不匀整要比匀整更能象征丰富、宽广的境界吧。当然,这不匀整是由日本人纤细而又微妙的感情来保持均衡的。再没有比日本庭园更复杂、多趣、细致而又繁难的造园法了。所谓"枯山水"的造园法,就是仅仅用岩石砌垒的方法,通过"砌垒岩石",来表现现场没有的山河的美境以及大海的激浪。这种造园法达到登峰造极时就演变成日本的盆景、盆石了。所谓山水这个词,指的是山和水,即自然的景色,山水画,也就是风景画,从

---

[1] 金冬心(1687~1763),中国清代书画家和诗人。他打破宋画的画风,独创新的风格,擅长画竹、风、水、佛像。

[2] 日本一种用以修养心神的插花艺术,派别很多,以"池坊派"为最有名。

[3] 池坊专应(生卒年不详,约在15世纪初到15世纪中期),池坊派插花始祖。

庭园等的意义,又引申出"古雅幽静"或"闲寂简朴"的情趣。但是崇尚"和敬清寂"的茶道所敬重的"古雅、闲寂",当然是指潜在内心底里的丰富情趣,极其狭窄、简朴的茶室反而寓意无边的开阔和无限的雅致。

要使人觉得一朵花比一百朵花更美。利休[1]也曾说过:盛开的花不能用作插花。所以,现今的日本茶道,在茶室的壁龛里,仍然只插一朵花,而且多半是含苞待放的。到了冬季,就要插冬季的花,比如插取名"白玉"或"佗助"的山茶花,就要在许多山茶花的种类中,挑选花小色洁、只有一个蓓蕾的。没有杂色的洁白,是最清高也最富有色彩的。然后,必须让这朵蓓蕾披上露水。用几滴水珠润湿它。5月间,在青瓷花瓶里插上一株牡丹花,这是茶道中最富丽的花。这株牡丹仍只有一朵白蓓蕾,而且也是让它带上露水。很多时候,不仅在蓓蕾上点上水珠,还预先用水濡湿插花用的陶瓷花瓶。

在日本陶瓷花瓶中,格调最高、价值最贵的古伊贺[2]陶瓷(大约十五六世纪),用水濡湿后,就像刚苏醒似的,放出美丽的光彩。伊贺陶瓷是用高温烧成的,

---

1 利休(1522～1591),安土、桃山时代的茶道家,精通茶术,集茶道之大成。
2 伊贺,地名,现在三重县西南,盛产陶瓷。

燃料为稻草，稻草灰和烟灰降在花瓶体上，或飘流过去，随着火候下降，它就变成像釉彩一般的东西，生产出各式各样的色调花纹。这种工艺不是陶匠人工做成，而是在窑内自然变化烧成的，也可以称之为"窑变"。伊贺陶瓷那种雅素、精犷、坚固的表面，一点上水，就会发出鲜艳的光泽，同花上的露水相互辉映。茶碗在使用之前，也先用水湿过，使它带着润泽，这成了茶道的规矩。池坊专应曾把"山野水畔自成姿"（口传）作为自己这一流派的新的插花要领。在破了的花瓶、枯萎的枝叶上都有"花"，在那里由花可以悟道。"古人均由插花而悟道"，就是受禅师的影响，由此也唤醒了日本人美的心灵。大概也是这种心灵，使人们在长期内战的荒芜中得以继续生活下来的吧。

在日本最古老的歌物语，包括被认为是短篇小说的《伊势物语》[1]（10世纪问世）里，有过这样一段记载：

> 有心人养奇藤于瓶中。花蔓弯垂竟长三尺六寸。

---

[1]《伊势物语》，日本平安朝的歌物语，由以和歌为中心的一百二十五个短篇汇编而成，有相当一部分是取自地方的恋爱故事、民间传说等。

这是在原行平[1]接待客人时的插花故事。这种所谓花蔓弯垂三尺六寸的藤确实珍奇，甚至令人怀疑它是不是真的。不过，我觉得这种珍奇的藤花象征了平安朝的文化。藤花富有日本情调，且具有女性的优雅，试想在低垂的藤蔓上开着的花儿在微风中摇曳的姿态，是多么纤细娇弱、彬彬有礼、脉脉含情啊。它又若隐若现地藏在初夏的郁绿丛中，仿佛懂得多愁善感。这花蔓长达三尺六寸，恐怕是异样的华丽吧。日本吸收了中国唐代的文化，尔后很好地融汇成日本的风采，大约在一千年前，就产生了灿烂的平安朝文化，形成了日本的美，正像盛开的"珍奇藤花"给人格外奇异的感觉。那个时代，产生了日本古典文学的最高名著，在歌方面有最早的敕撰和歌集《古今和歌集》[2]（905），小说方面有《伊势物语》、紫式部（约907前后～1002前后）的《源氏物语》、清少纳言（996前后～1017，根据资料是年尚在世）的《枕草子》等，这些作品创造了日本美的传统，影响乃至支配后来八百年间的日本文学。特别是《源氏物语》，可以说自古至今，这是日本最优秀的一部小说，就是到了现代，日本也还没

---

[1] 在原行平（818～893），日本平安朝前期的歌人。
[2] 《古今和歌集》，简称《古今集》，共二十卷，收集和歌千余首。

有一部作品能和它媲美，在10世纪就能写出这样一部近代化的长篇小说，这的确是世界的奇迹，在国际上也是众所周知的。少年时期的我，虽不大懂古文，但我觉得我所读的许多平安朝的古典文学中，《源氏物语》是深深地渗透到我的内心底里的。在《源氏物语》之后延续几百年，日本的小说都是憧憬或悉心模仿这部名著的。和歌自不消说，甚至从工艺美术到造园艺术，无不都是深受《源氏物语》的影响，不断从它那里吸取美的精神食粮。

紫式部和清少纳言，还有和泉式部（979～不详）和赤染卫门[1]（约957～1041）等著名歌人，都是侍候宫廷的女官。难怪人们一般提到平安朝文化，都认为那是宫廷文化或是女性文化。产生《源氏物语》和《枕草子》的时期，是平安朝文化最兴盛时期，也是从发展的顶峰开始转向颓废的时期，尽管在极端繁荣之后已经露出了哀愁的迹象，然而这个时期确实让人看到日本王朝文化的鼎盛。

不久，王朝衰落，政权也由公卿转到武士手里，

---

1 赤染卫门是日本平安朝中期的女诗人，著有《赤染卫门集》。

从而进入镰仓时代（1192～1333），武家政治[1]一直延续到明治元年（1868），约达七百年之久。但是，天皇制或王朝文化也都没有灭亡，镰仓初期的敕撰和歌集《新古今和歌集》（1205）在歌法技巧上，比起平安朝的《古今和歌集》又前进了，虽有玩弄辞藻的缺陷，但尚注重妖艳、幽玄和风韵，增加了幻觉，同近代的象征诗有相同之处。西行法师（1118～1190）是跨平安和镰仓这两个朝代的具有代表性的歌人。

  梦里相逢人不见
  若知是梦何须醒

  纵然梦里常幽会
  怎比真如见一回

《古今和歌集》中的小野小町的这些和歌，虽是梦之歌，但却直率且具有它的现实性。此后经过《新古今和歌集》阶段，就变得更微妙和写实了。

---

[1] 武家政治即由武士阶级掌握政权，实行统治。一般指镰仓、室町、江户三幕府的政治，自镰仓幕府创立至江户幕府崩溃共约七百年（1180～1867）。

竹子枝头群雀语

满园秋色映斜阳

萧瑟秋风荻叶凋

夕阳投影壁间消

镰仓晚期的永福门院[1]的这些和歌，是日本纤细的哀愁的象征，我觉得同我非常相近。

讴歌"冬雪皑皑寒意加"的道元禅师或是歌颂"冬月拨云相伴随"的明惠上人，差不多都是《新古今和歌集》时代的人。明惠和西行也曾以歌相赠，并谈论过歌。

西行法师常来晤谈，说我咏的歌完全异乎寻常。虽是寄兴于花、杜鹃、月、雪，以及自然万物，但是我大多把这些耳闻目睹的东西看成是虚妄的，而且所咏的句都不是真挚的。虽然歌颂的是花，但实际上并不觉得它是花；尽管咏月，实际上也不认为它是月——只是当席尽兴去吟诵罢

---

[1] 永福门院（1271～1342），镰仓晚期的女诗人，伏见天皇的中宫皇后。

了,像一道彩虹悬挂在虚空,五彩缤纷,又似日光当空辉照,万丈光芒。然而,虚空本来是无光,又是无色的。就在类似虚空的心,着上种种风趣的色彩,然而却没有留下一丝痕迹。这种诗歌就是如来的真正的形体。

(摘自明惠上人的弟子喜海[1]的《明惠传》)

西行在这段话里,把日本或东方的"虚空"或"无",都说得恰到好处。有的评论家说我的作品是虚无的,不过这不等于西方所说的虚无主义。我觉得这在"心灵"上,根本是不相同的,道元的四季歌命题为《本来面目》,一方面歌颂四季的美,另一方面强烈地反映了禅宗的哲理。

1968年1月

(唐月梅 译)

---

[1] 喜海(1174~1250),明惠上人的弟子,著有《梅尾明惠上人传记》。

不灭之美

美,一旦在这个世界上表现出来,就决不会泯灭。这是诗人高村光太郎(1883～1956)写的一句话。"美,在不断演变。但是,先前的美却不会泯灭。"民族的命运兴亡无常,兴亡之后留存下来的,就是这个民族具有的美。其他东西都不过是保留在口传和记录之中罢了。"提高美的民族,就是提高人类灵魂和生命的民族。"

由于撰写人和撰写时间的关系,这句话渗透了我的心。它书于昭和二十八年(1953),时值日本投降后八年,和平条约生效后翌年,那时候日本还没有治愈战后的虚脱、荒芜、混乱和迷惘的创伤。战争期间,这位写这番话的老诗人曾经讴歌过战争,由于战败,他成了战争罪犯而受到世人的指责。诗人本人也忏悔,认为自己是"昏庸的人",到了东北寒冷的地方,隐居在一间名曰"草庵"的小屋里,过着自我"流放"般的生活,了结了余生。这句话是他晚年写下的。

高村作为雕刻家,曾经留学欧美,他对东西方古今的美学造诣颇深,他所说的"民族具有的美",当然是指世界上许多民族的美萦回在他的心中。但是,高村使我想起他说这句话的时候,这民族已处在衰亡状态之中,然而至今它的美尚保存下来,而且其中某些方面还特别强烈。也就是说,高村承受了战败的痛苦,他把战败几乎看成是亡国,落入了悲伤的深渊。他想起日本民族的美,想到这美的不泯灭,并且为此而发言。莫非这位遭受挫折的老诗人确信日本的美不泯灭,从而找到了自己解救和再生的道路?

战败不久,我曾这样写过:我已经只能吟咏日本的悲哀。日语"悲哀"这词同美是相通的。不过,我觉得那时候写作悲哀更谦恭、更贴切。因此,我有我的理解,高村光太郎的话渗入了我的心。在战争的年月里,我赢得了欣赏日本古典文学的时间。这多少也是由于现代文学的自由被剥夺了,以及有人提倡古典国粹的缘故。然而,我喜爱的《源氏物语》(11世纪初)和室町时代(1338或1390～1573)的文学,却能使我忘却战争,是一种摆脱战争色彩的美。

关于室町时代，与其说是金阁寺（1397）的足利义满将军时期，莫如说是其后银阁寺（1483）的义政（1435～1490），即所谓东山时期的文学艺术更能吸引我，因为当时京都长期战乱带来了荒芜、凄惨的穷困，还能保存、执着和创造美的传统，同战争期间的我是相通的。芭蕉（1644～1694）曾谈过自己的风雅的美学："西行的和歌、宗祇的连歌、雪舟的绘画、利休的茶道，都贯穿其基本精神。而且，风雅者，随着自然界的变化，以四季为友，所见并非不在花，所思并非不在月。"在谈论中所列举的先人宗祇（1421～1502）和雪舟（1420～1506）都是这时期的乱世之人，芭蕉还有这样的歌：

> 茫茫人世雨不停，
> 思念宗祇住处情。

还有感怀于宗祇的"赵东国时于草庵"而写的歌：

> 茫茫人世雨不停，
> 更念旅宿寂寞情。

另外,芭蕉在《奥州小道》中曾这样写过:"古人也有许多死于旅途的。"他写这话的时候,心中当然又浮现出死于旅途的名诗人宗祇的形象吧。

我追忆宗祇的生平,了解宗祇的连歌,他的弟子宗长(1448～1532)写的《宗祇临终记》也给我留下了印象。宗祇八十岁赴越后,八十二岁归途路经信浓、武藏,进入相模,本想翌日翻越箱根山,可当日在汤本,"大约过了夜半,我见宗祇师痛苦万状,便把他摇醒,他说刚做了个梦,梦见定家卿时,他吟颂了一句和歌:'一命能绝我即绝',听者以为式子内亲王的御歌,他又沉吟了一句:'仰望明月心激奋'。可能是《表佐千句》里的前句,我无法对上。他开玩笑说:大家来对吧。说罢他就像灯火熄灭一样断了气。"

临终时,宗祇"梦见了"藤原定家(1162～1241),使我更受感动。室町时代,定家作为古典文学学者、歌人、连歌的先贤,是位近似神的尊师,宗祇对他敬慕至深。战争期间,我对定家时代,也就是后鸟羽院(1180～1239)的《新古今和歌集》时代的文学也很喜爱,特别是在后鸟羽院败于承久之乱,他被北条氏流放到隐岐之后,仍然致力于《新古今和歌集》的修订,还写了《远岛百首》《远岛赛歌》等,令我感佩不已。流放到佐渡的顺德院（1197～1242）也补订了《八云御抄》，还写了《顺德院百首》等。《增镜》(1368～1375问世）传播了后鸟羽院在流放地的悲愁。

后鸟羽院，还有樱花歌人、旅行歌人西行（1118～1190），或许比定家更优秀的女歌人式子内亲王（？～1201）、将军歌人源实朝（1192～1219）等人。镰仓禅宗兴起，京都高山寺里有位明惠上人（1173～1232），定家保留了他五十六年间的日记《明月记》，东山时代的三条西实隆（1455～1537）则保留了他六十二年间的日记《实隆公记》。即使选读这些日记，也能看出他的痛苦，以及他立志在那混乱的时代里，努力维护、复兴和创造文学的传统精神。在战败的日子里，我不时想到应仁之乱时的动乱和苛政早已销声匿迹，只有当时的美才能流传至今。

在静冈县的穷乡僻壤，我拜访了宗长的草庵遗迹吐月峰柴屋轩。那里有《伊势物语》的业平（825～880）在下东国时吟咏的歌。歌曰：

漂泊骏河国，浪迹宇津山，
伊人远离别，梦亦难相见。

（在原业平）

当时他是在宇津山麓。西行还有一首歌云：

风烛已残年，何期越此山，
都为命顽健，夜半过中山。

（西行）

那地方靠近小夜的中山。三条西家的墓是在京都二尊院后面的小仓山山麓，我曾多次前往拜谒。内大臣实隆的墓的确朴实无华，长满了青苔。我把它也写在自己的小说里了。小仓山同定家还是有缘分的。《源氏物语》中的野野宫也很近。而且正是《源氏物语》把定家、宗祇、实隆等人更紧密地联系在一部古典著作里的，我在思索着它的源流。

1969年4月写于檀香山

卡哈拉·希尔顿饭店

美的存在与发现

我在卡哈拉·希尔顿饭店住了将近两个月。好几天的早晨，我在伸向海滨的阳台餐厅里，发现角落的一张长条桌上，整齐地排列着许多玻璃杯，晨光洒落在上面，晶莹而多芒，美极了。玻璃杯竟会如此熠熠生辉，以往我在别处是不曾见过的。就是在天光海色同样明媚艳丽的法国南部海滨尼斯或戛纳，以及在意大利南部索兰特半岛的海滨也是不曾见过的。卡哈拉·希尔顿饭店阳台餐厅里的玻璃杯闪烁的晨光，将作为由堪称常夏乐园的夏威夷和檀香山的日辉、天光、海色、绿林组成的鲜明的象征之一，终生铭刻在我的心中。

成排玻璃杯摆在那里，恍如一队整装待发的阵列。玻璃杯都是倒扣，就是说杯底朝天。有的叠扣了两三层，大大小小，杯靠杯地并成一堆结晶体。晨光下耀眼夺目的，不是玻璃杯的整体，而是倒扣着的玻璃杯圆底的边缘，犹如钻石在闪出白光。究竟有多少玻璃杯呢？大概有二三百只吧。虽然不是在所有杯底边缘的同一地方，但却在相当多的玻璃杯底边缘的同一地方，闪烁着星星点点的光。一排排玻璃杯亮晶晶的，造成一排排美丽的点点星光。

我凝视玻璃杯底边缘的这些亮光。这时候，聚在玻璃杯体的某一地方的晨光，跃入了我的眼帘。这光辉，不像杯底边缘的闪光那样强烈，是朦胧而柔和的。在阳光灿烂的夏威夷，使用这个日本式"朦胧"的词，也许不太合适。不过，同杯底边缘的光放射出星星点点的光全然迥异，杯体的光是柔和的，映在杯面，扩散在杯体上。这两种光，确是晶莹、美丽。这大概是由于夏威夷的阳光明媚、空气清爽的缘故吧。发现和承受了摆在椅角上备用的这堆玻璃杯发出的晨光之后，我为了养养眼神，望了望阳台餐厅，玻璃杯早已放在客人的餐桌上，注上了水和冰。那玻璃杯体、杯里的水和冰，都反射出朝阳的光辉；或是朝阳的光投射在杯里的水和冰上，幻化出微妙的十色五光。这种光依然是晶莹、美丽，倘使不留心就发现不了。

早晨的阳光把玻璃杯映得如此的美，恐怕不限于在夏威夷檀香山的海滨吧。在法国南部的海滨、意大利南部的海滨，或者在日本南部的海滨，说不定会像在卡哈拉·希尔顿饭店的阳台餐厅一样，明媚的阳光也照射在玻璃杯体上吧。即使我没有在玻璃杯这种无价值的一般的东西上，发现日辉、天光、海色和绿林组成的鲜明的檀香山象征，但一定还会有其他象征夏威夷的美。这种美，格外引人注目，而且别处是无以类比的。比如色泽鲜艳的花丛、千姿百态的茂林，还有我尚未有幸一饱眼福的奇景，即仅有一处海面上的雨中瞬间飞起的彩虹、像月晕般环绕月亮的圆虹等等。

然而，我却在阳台餐厅里发现了晨光照射下的玻璃杯的美。我确是看到了，这是第一次遇见这种美，我觉得这是过去在任何地方都不曾见过的。像这样的邂逅，难道不正是文学吗？不正是人生吗？这样说，会不会过于跳跃、过于夸张呢？也许会，也许不会吧。过去七十年的人生历程中，我在这里才第一次发现、第一次感受到玻璃杯的这种闪光。

不至于是饭店的人估计到玻璃杯闪光会达到如此美的效果，才摆放在那里的吧，也不至于是他们知道我发现美的存在吧。我对这种美感受太深了,心里常常惦挂着:"今晨会怎么样呢?"于是,我凝视着早晨的玻璃杯,可是已非昨日的景象。我观察得更加仔细了。我曾说过,玻璃杯倒扣底朝天,圆底的一处闪烁着一点星光,后来我反复观察,由于时间和角度不同,发现闪光不止一处,而是许多处。不止杯底边缘,连杯体也辉耀着星光。这么一来,仅有杯底边缘一颗星光,是我的错觉或幻觉吗?不,有时是一颗星光。繁星闪耀要比独星发光美得多。不过,对我来说,第一次看见的一颗星最美。或许文学或人生的道路上,也有这样的情形吧。

我本应首先从《源氏物语》谈起,如今却把餐厅玻璃杯这类事都讲了出来。尽管我嘴里说玻璃杯的事,但我脑子里不断浮现的却是《源氏物语》。就是这点,别人大概也不会理解,也不会相信吧。我唠唠叨叨地讲了一大堆玻璃杯的事。这是我的文学和人生的愚拙之处。在我来说,这样的事是经常发生的。要是从《源氏物语》谈起就好了。或用精练的语言,或用俳句、诗歌将玻璃杯的闪光表现出来、吟诵出来就好了。此时此地我想用自己的语言,将玻璃杯在晨光下闪烁的美的发现与感受表现出来,也就心满意足了。当然,彼时彼地也许会有类似玻璃杯这种美的存在吧。但是，与此完全相同的美，在彼时彼地恐怕不会再存在了吧，不是吗？至少我过去不曾见过。或许可以说，这是一生中只有一次吧。

在夏威夷，我听日本俳人描述过海面的一处架起的长虹，和月晕般环绕月亮的圆虹之美。听说我是在夏威夷，他也有意写夏威夷的"时宪书"[1]，这两种罕见的彩虹，都是夏季的"季语"。姑且说它是"海之雨""夜之虹"更贴切吧。在夏威夷，也有"冬绿"这个"季语"。听了这番话之后，我想起了自己的一首俳句习作：

一片绿意碧葱茏，
去岁今朝一样浓。

作为夏威夷的"冬绿"的"季语"，似乎也是通的。这俳句是今年元旦我在意大利索兰特半岛所作。我从落叶、枯冬的日本起程，飞越北极的上空，来到太阳只在地平线上低低爬行就西沉的、白昼短促的瑞

---

1 时宪书，日本俳句按"季语"分类的注释书。

典，待了十天，又经过仍然寒冷的英国、法国，来到了南意大利的索兰特半岛。隆冬时节，树叶、野草仍全是一片悠悠绿韵，令我游目驰骋，留下了美好的印象，街道两旁的橙树果实累累，黄澄澄的一片。但是，这年冬天，意大利也是气候异常。

元旦清晨雨迷惘，
不见维苏威积雪。
海上山间降雨雪，
索兰特市见晴晖。

元旦匆遽驱车游，
向夕始归索兰特。
遥望港口拿波里，
一片灯火将近夜。

第二首歌也是驾车翻越山岭时所作。来到山上，纷纷扬扬下着鹅毛大雪。在索兰特，这是天气的明显变化。

很遗憾，我不会作俳句、和歌和诗歌。但是在这遥远的异国他乡，乘旅游之余兴，姑且试写，消遣自娱。我把这些戏作文字记在笔记本上，有助于日后备忘或诱发回忆。

吟咏冬绿的俳句中有"去岁今朝"一词，这是正月的季语，具有送旧岁迎新春、忆旧思新的意思。我之所以使用这个词儿，乃是因为我脑子里总萦回着高滨虚子的俳句：

去岁今朝似箭逝

这位俳句大师住在镰仓寒舍的附近。战后我曾撰文赞美过虚子的短篇小说《虹》，这位老先生亲自登门致谢，我实在不敢当。他当然是身穿和服、裙裤，脚蹬高齿木屐。最显眼的，却是他在颈项后的衣领上斜插着一束诗笺。这诗笺是送给我的，上面写了自己的俳句。我这才知道原来俳人有这样的做法。

每逢年终岁始，镰仓车站内都挂上当地文人墨客书写的和歌或俳句。记得有一年年底，我在车站里看见虚子这首"去岁今朝"的俳句，不禁一惊。我对"去岁今朝似箭逝"一句，很是惊异，感佩不已。这是绝妙之句。我恍如坐禅时遭到大喝一声。据虚子的年谱记载，这俳句是1950年所作。

主持《杜鹃》杂志的虚子,不知写了多少平实的俳句,看起来简直像平常的会话或自语脱口而出,自由自在、漫不经心地就写了出来。然而,在这些俳句中就有无以类比的名句、警句、妙句、深刻的句。

> 白色牡丹带微红
> 枯菊虽残意犹存
> 秋晴万里闻淡香
> 年华默默流逝中

"去年今朝似箭逝"与"年华默默流逝中"有相通之处。

一年元旦,我在随笔中曾引用了阑更[1]的句子:

> 元旦欢畅心犹存

友人请我挥毫以作新年挂轴,我便书写了这一句。这一句,因鉴赏角度不同,可低可高,可俗可雅。我担心人们会误以为充满平凡的教训味道,我犹疑光写

---

[1] 阑更(1726～1798),原名高桑忠保,俳句诗人。

这句是否合适,便又挥笔添写了其他几句:

美哉岁暮映夜空	一茶
去岁今朝似箭逝	虚子
元旦欢畅心犹存	阑更
春空千鹤若幻梦	康成

当然,我的俳句只不过是对友人的一种敬意,聊作笑谈罢了。

小林一茶(1763～1827)的俳句,是一茶亲笔书写在挂轴上的,我在镰仓的古美术商店里发现这挂轴,所以记住了。但我还没有查考这首俳句是写于何时何地的。

叹息终做栖身地,
故乡归来雪五尺。

一茶的故乡,位于信浓柏原和雪乡越后交界处的野尾湖畔。倘使这是他回到故乡之后所写的俳句,那么此地就在户隐、饭纲、妙高诸山麓高原上,可以想象冬天的夜空像凝冻了似的,显得高阔而清寒,繁星闪耀,仿佛就要陨落下来。况且又值岁暮的夜半。于是他在"美哉岁暮"这平常的词句里，发现了美，创造了美。

虚子的"似箭逝"，是凡人想象不出来的。这种大胆过人的词句，难道就没有蕴含深邃、广博和坚实的内涵吗？就以"年华默默流逝中"这句来说，"默默"一类词在俳句里是很难运用得当的。可是清少纳言（生卒年不详，推定是966～1017）的《枕草子》里有这样一段话：

> 往昔徒然空消逝……扬帆远去一叶舟。人之年龄。春、夏、秋、冬。

虚子的"年华默默流逝中"，使我联想起《枕草子》中的"往昔徒然空消逝"。清少纳言和高滨虚子把"徒然""默默"这个词儿用活了。他们之间相隔九百五十余年，语感、语意也有些许不同，但我认为差异是很细微的。虚子当然读过《枕草子》的吧。他吟诵这首俳句时，脑子里是否浮现过《枕草子》这句"往昔徒然空消逝"呢？是否像所谓"吸收原歌"[1]那样仿作呢？我不得而知。就是仿作，丝毫也不会有损他

---

[1] 指在创作和歌、连歌等时有意识地吸收前人作品中的词句、思想和趣旨而言。

的俳句。而且我觉得虚子在这里运用"默默"这个词，比清少纳言活得多。

《枕草子》的影子呈现在我的讲话中，《源氏物语》的韵味也自然飘逸而来。这两部作品之所以齐名，是由于难以避免的命运。《源氏物语》的作者紫式部（生卒年不详，推论的固定说法是978～1014）和清少纳言，是古今无双的天才，她们生活在同一时代，这就是命运。两人生活在得到培养和发挥天才的时代、幸运的时代，这也是值得庆幸的命运。倘使她们两人早生五十年或晚生五十年，恐怕也不可能写出《源氏物语》和《枕草子》吧。两人的文才也不可能那么高、那么辉煌吧。这是无疑的，也是惊人的。每次触及《源氏物语》、触及《枕草子》，我首先深切地感到的就是这一点。

日本物语文学到了《源氏物语》，达到了登峰造极。战记文学到了《平家物语》（约成书于1201～1221），达到了巅峰状态。浮世草纸[1]到了井原西鹤（1642～1693），俳句到了松尾芭蕉（1644～1694），都达到了各自的顶峰。还有水墨画，到了雪舟（1420～1506），宗达、光

---

[1] 浮世草纸，江户时代的一种小说样式，多反映中下层社会的庶民生活。

琳的画到了俵屋宗达（桃山时代，16世纪后半期～17世纪初期）、尾形光琳（元禄时代，17世纪后半期），或者说宗达一人，也达到了最高的水平。这些人的追随者、模仿者不是亚流也罢，继承者、后来者出现不出现、存在不存在也罢，听其自然不是很好吗？这种想法也许过于苛刻、过于偏激，但我好歹作为一名文学家而活着，随着岁月的流逝，这样的想法更渗透我的心。生活在当今的时代，对于艺术家、文学家来说，是最幸运的时代了吧？有时我也寄托时代的命运，来考虑自己的命运。

我主要是写小说，然而我怀疑：小说果真是最适合这个时代的艺术和文学吗？小说的时代不是正在过去，文学的时代不是正在过去了吗？即使读今日的西方小说，我也有这样的疑团。日本引进西方近代文学约莫百年了，但这种文学不是没有达到王朝时代的紫式部、元禄时代的芭蕉那样具有日本风格的高度就衰微下去了吗？假如说日本文学今后还会有上升期，产生新的紫式部和芭蕉，那就是我所真诚期待的。明治以后，随着国家的开化和振兴，曾出现过伟大的文豪，但我总觉得许多人在学习和引进西方文学方面，耗费了青春和精力，大半生都忙于启蒙工作，却没有立足于东方和日本的传统，使自己的创作达到成熟的地步，他们是时代的牺牲者。他们似乎与芭蕉不同，芭蕉说过："不知不易难以立根基，不知流行难以立新风。"

芭蕉生得逢时，遇上了一个幸运的时代，可以发挥和培养自己的才能，受到众多弟子的敬慕，也得到社会的承认和尊崇。尽管如此，他出发去奥州小道旅行时，旅行途中，多次写了这样的词句："死于路上，乃天命也。"最后一次旅行，他写了这样的俳句：

　　秋日暮分道无人，
　　深秋邻人何孤寂。

就在这次旅行中，芭蕉写了一首辞世歌：

　　旅中罹病忽入梦，
　　孤寂飘零荒野行。

访问夏威夷期间，我住在旅馆，主要阅读了《源氏物语》，接着又阅读了《枕草子》，我才第一次明显地感到《源氏物语》同《枕草子》、紫式部同清少纳言之间的差异，连我自己也十分惊讶，甚至怀疑这是否与自己的年龄有关。在深邃、丰富、广博、宏大和严谨方面，清少纳言远不及紫式部。我的这种新的印象，至今也毫无变化。这种事，人们可能早已明了，早已论及了。但对我来说，它却是新的发现，或者是确实弄清楚了。那么，简而言之，紫式部和清少纳言的差异又是什么呢？紫式部有一颗可以流贯到芭蕉的日本心。清少纳言则可能有一颗日本心的支流吧。一言蔽之，我的话自然会招致别人的疑问、误解和反驳。这倒也无所谓，悉听其便吧。

据我的经验，无论是对自己的作品，或是对古人今人的作品的鉴赏和评价，都因时间的推移而有所变化，有大的变化，也有小的变化。始终一贯持同样评价的文艺批评家，要么是非常卓越，要么是特别迟钝，说不定什么时候我也会把清少纳言同紫式部相提并论。少年时代，我对《源氏物语》和《枕草子》虽不甚了解其意，顺手捡起来就读，可我把《源氏物语》放下，去读《枕草子》时，顿觉栩栩如生，赏心悦目。《枕草子》优雅、艳美、光灿、明快而生动。它潜流着一股美感，给人新鲜而敏锐的感觉，让我的联想驰骋。大概是由于这个缘故吧，有些批评家认为我的风格，与其说是受到《源氏物语》的影响，不如说受到《枕草子》的浸润。后世的连歌和俳谐，在语言运用上，也许同《枕草子》比同《源氏物语》有更多相通的地方。当然，后世文学所推崇和学习的，不是《枕草子》，而是《源氏物语》。

本居宣长（1730～1801）在《源氏物语玉小栉》一文中这样写道：

> 在物语书类中，数这《源氏物语》是最优秀之作了。可以说，是无以类比的。首先，先前的古物语的任何故事，都没有写得如此深深地渗入人心。任何的"物哀"都没有如此纤细、深沉。此后的物语……大都专意模仿这部物语……都非常拙劣。……唯有这部物语含义特别深邃，是倾尽心力写就的。所有文词都无比优雅，自不待言……连春夏秋冬的四季景色、草木的千姿百态等，都描写得淋漓尽致。男男女女的神态、心理，都刻画得各具个性……栩栩如生。其演绎的手法、朦胧的笔致，也是他人所不及的。

本居宣长成了《源氏物语》的美的伟大发现者。他还写道：

我相信这样一部富有人情味的巨著，无论在日本、中国，在古昔、后世大概都是无以类比的。

宣长写了"古昔、后世"，也就是说，过去自不消说，就是未来也是如此。"古昔、后世"这句话，估计是宣长感动之余脱口而出的。但不幸而言中了。自此至今，在日本还没有出现一部小说，可以与《源氏物语》相媲美的。难道我们就甘于玩弄"不幸"这类词藻吗？这并不是我个人的事。作为九百五十年前乃至上千年前就拥有《源氏物语》民族的一分子，我是多么殷切地期待着出现一位可以与紫式部相匹敌的文学家啊！

印度诗圣罗宾德拉纳特·泰戈尔（1861～1941）访问日本时发表了讲演，他说："所有民族都有义务将自己民族的东西展示在世人的面前。假如什么都不展示，可以说这是民族的罪恶，比死亡还要坏，人类历史对此也是不会宽恕的。一个民族，必须展示存在于自身之中的最上乘的东西。那就是这个民族的财富——高洁的灵魂。要抱有伟大的胸怀，超越眼前的局部需要，自觉地承担起把本国文化精神的硕果奉献给世界的责任。"他还说："日本创造了一种具有完美形态的文化，发展了一种视觉，从美中发现真理，从真理中发现美。"我感到远古的《源氏物语》，至今依然比我们更出色地尽了泰戈尔在这里所说的"民族的义务"，将来也是会继续尽义务的吧。这是可喜，同时难道不也是可悲吗？

泰戈尔还说过："我认为像我这样一个外来者的责任，就是要让日本重新忆起：日本发展了一种视觉，从美中发现真理，从真理中发现美。日本正确而明确地树立了一种完美的东西。那是什么东西呢？外国人比你们自身更能容易理解。对全人类来说，它无疑是至为宝贵的。在许多民族中，日本不仅是从单纯适应能力出发，而且是从内在灵魂深处产生出来的。"（高良富子译）

罗宾德拉纳特·泰戈尔的这番话，是在第一次访问日本时所讲的。那是大正五年（1916），他在庆应义塾大学作了题为《日本精神》的讲演。那一年，我还是旧制中学的学生，在报上看到他的大幅照片，至今记忆犹新：这位诗人一头浓密的长发，蓄着长长的唇髭和长长的颚须，那修长的身躯裹着一身宽松的印度服，目光深沉，迸射出强烈的光芒，是一副圣哲的风采：苍苍的白发柔软地撩在额际；长长的鬓角像长颚须，仿佛长到脸颊上，同颚须连接起来。这张东洋古代先哲般的脸，给少年时代的我留下了深刻的印象。泰戈尔有些诗文是用浅显易懂的英语写就的，连中学生也能理解。我读过其中一些篇章。

泰戈尔对朋友们这样说过：他们一行在神户港登岸后，乘开往东京的火车，"来到静冈车站时，某僧侣团体焚香合掌相迎。这时候，我才第一次感受到是'来到了日本'，喜得眼泪夺眶而出"。据说这次静冈市佛教团体，出动了四誓会的二十多名信徒前往迎接（根据高良富子的译注）。泰戈尔其后又来过两次，即共访问了日本三次。关东大地震翌年（1924），他来过日本。泰戈尔的基本思想是："灵魂的永远自由，存在于爱之中。伟大的东西，存在于细致之中。无限是从形态的羁绊中发现的。"

提起静冈，现在我正在夏威夷的旅馆里品尝静冈的"新茶"，是八十八夜摘下的新茶。日本从立春这天算起的第八十八天，今年（1969）在 5 月 2 日。自古以来，八十八夜摘下的新茶都被视为吉利的贵重的茶，甚至说它是延年益寿、祛病消灾的灵丹妙药。

春尽夏初迫眼前，

八十八夜播种天。[1]

满山遍野皆新绿，

采茶姑娘何鲜艳。

肩挂红色绾袖带，

头戴斗笠菅草编。

这首到处传唱的采茶歌，是一首让人产生季节感、让人依恋的歌。茶村碰上八十八夜，村姑娘黎明时分就一齐出动，去摘取新茶。她们身穿蓝地碎白点花纹布衣，绾起红色绾袖带，头上戴着菅草笠。

在静冈县老家，我有一位同乡好友，他吩咐静冈的茶铺给我航空邮来5月2日采摘的新茶。邮包在5月9日到达檀香山的旅馆。我立即泡上一杯，品味日本5月初茶的芳香。这不是茶道用的末茶，也不是茶叶末，而是新嫩的茶叶。泡茶的浓淡，至今依然是根据个人的爱好而定，宾客向主人探询茶叶的品名，已成为一种礼仪。制茶铺给各种茶叶安上繁多的风雅名称。也许同煮咖啡、沏红茶一样，从点茶的香和味中，可以表现出点茶人的人品和心地。作为江户时代、明

---

[1] 日本农民习惯由立春起，数过八十八天，认为这是最好的播种期。

治时代的文人乐趣而最盛行的煎茶之道，如今虽已日渐衰微，煎茶礼节姑且不谈，但真正会品尝煎茶的，还有个掌握秘诀、熟练和修养的问题。

我用享受新茶的精神去煎茶，煎出了醇厚、甘美、淡淡的清香。檀香山的水也是甘甜的。我在夏威夷品尝新茶的时候，脑海里浮现出静冈县的乡间茶园来。茶园连绵在好几个山冈上。我曾在那附近的东海道漫步，然而闪现在我脑海里的，是透过东海道线火车的车窗可以望见的茶园；是在清晨的旭日和黄昏的夕阳辉映下，沉在茶树之间的浓荫绿谷之中的茶园。茶园里的茶树高矮有致，枝繁叶茂，除嫩叶外，叶色大多略含墨黑，呈深绿色。落在茶树之间的阴影也是深沉的。清晨可以看见绿色在静静地萌动，夕暮可以看见绿色在悄悄地沉睡。一天傍晚，我透过火车车窗望见山冈上的茶园，恍如绿色的羊群沉静地安眠一样。新干线建成之前，东海道线从东京到京都要行车三个小时，这是我在那时的东海道线上所目睹的景象。

东海道新干线也许是世界上最快的列车了。由于速度快，眺望窗外景色的情趣也就大为减色。在原来的东海道线上，透过以原来的车速行驶的列车的车窗，看见的几处景物都像静冈县的茶园一样，吸引了我的视线，勾起了我的情思。印象最鲜明并使我深受感动的，就是列车从东京出发到达滋贺县的近江路的风光。

近江弟子同怜惜，
我也无奈春归去。

这是芭蕉的俳句，提到的就是这近江。春天每次路过近江路时，我一定想起这首俳句，自己的感情就闭锁在这句子里了。我对芭蕉发现的美，不禁惊奇。

话虽这么说，我是按自己的理解来解释这首俳句的。人们往往会把自己喜爱的诗歌，乃至小说放在自己的身边，记在自己的心中，自己随意鉴赏。一般鉴赏的方法是，不拘于作者的意图、作品的原意，或者学者和评论家的研究与评论，毋宁说，是摆脱这些，不管这些。鉴赏古典作品也是如此。只要作者一搁下笔，作品就以作品自身的生命力走到读者中间去。作品如何起作用，如何被埋没，就任由邂逅的读者去检验了。作者对此是无能为力的。"放下小书几，就成一片废纸堆。"芭蕉这句话也是如此。芭蕉写这句话的意思，同我在这里引用的意思已经大不相同了。

我连"近江弟子同怜惜，我也无奈春归去"这句，是在《猿蓑》（元禄四年，1691年发行的俳句集）上刊登过的事都忘却了。我在这诗句里感受到"春天的近江""近江的春天"，它是我的感受的借助之物。我感受的春天的近江、近江的春天，展现了一片丰茂的金黄色的菜花田圃，绵绵优美的淡紫红色的紫云英圃。还有春霞迤逦的琵琶湖。近江有许多菜花圃和紫云英圃。但是，列车快到近江时，透过车窗望见外面的风光，更使我感动，不禁赞叹一声"啊"！这里就是我的故乡，山峦的丰姿、林木的郁葱，给人一种柔和的感觉。所有景物都显得纤细、优雅。一到达京都境界，京都城便展现在眼前。这是近畿地方，已经进入近畿境内了。这里是平安王朝、藤原时代（794～1192）[1]的文学、艺术、《古今和歌集》《源氏物语》《枕草子》的故乡。我的故乡是《伊势物语》（10世纪成书）中提到的芥川[2]一带，那里是贫瘠的农村，没有什么值得观赏的景致，所以我把只需半小时或一小时就可到达的京都，看作是自己的故乡了。

---

1 藤原时代，日本美术史时代区分，这一时期的城廓、殿宇、社寺建筑和装饰性隔扇壁画相当发达，风俗画、陶艺、漆艺、织染等工艺也很进步。
2 芥川是河名，发源于京都府，流经大阪府高槻市注入淀川。

这次在檀香山的卡哈拉·希尔顿饭店里，我头一回仔细重读了山本健吉（1907～　）评注的《芭蕉》的一句："近江弟子同怜惜，我也无奈春归去。"

他认为芭蕉写这首俳句时，不是沿东海道而上，而是从伊贺来到了近江的大津。在《猿蓑》里有"凝望湖水惜春逝"的词句，据说还有"志贺唐崎[1]泛小舟，人人依依惜春逝"一句的真迹。再者，"近江弟子"的"弟子"，似乎还含有什么人事关系的意思。现在我从山本健吉的评注中选出合我意的一段记录如下：

"关于这句，根据《去来抄》（向井去来[2]，1651～1704）有下面的解说：'先师说：尚白（江左尚白[3]，1650～1722）曾批评道：丹波有近江，岁暮有晚春，汝如何敬听之。去来道：尚白批评不妥。诚然，湖水朦胧而惜春，应当；尤其今日侍上，更应当。先师道：是啊，此地古人爱春大概不亚于京都人。去来道：这句话浸透了我的心。假如岁暮在近江，怎么会有这种感受呢？假如晚春在丹波，恐怕也不会泛起这种情感吧。风光魅人，是千真万确的。先师格外高兴地说道：

---

[1] 今滋贺县大津市琵琶湖西岸的海角。
[2] 芭蕉的弟子，深得芭蕉的赏识。
[3] 芭蕉的弟子，近江人。

你去来可与我一起述谈风雅啊。'"在《枭日记》(各务支考[1], 1665～1731)里,元禄十一年七月十二日的牡丹亭夜话一节有同样的记载,最后还记有去来这样一段话:"风雅存在于自然环境之中。"支考也说过:"应该了解自然环境之中的风雅。"

风雅,就是发现存在的美,感受已经发现的美,创造有所感受的美。诚然,至关重要的是"存在于自然环境之中"的这个"环境",可以说是天的恩赐。倘使能够如实地"了解"自然环境的真实面貌,也许这就是美神的赏赐吧。仅"近江弟子同怜惜,我也无奈春归去"一句,也不过是首平淡无奇的俳句。然而,地点在"近江",时间在"晚春",芭蕉才发现和感受到美。在其他地点,比如丹波;在其他时间,比如"岁暮",这首俳句就没有那样的生命力。若是"我与丹波的弟子,同惜春逝去"和"我与近江的弟子,同惜岁流逝",就没有"近江弟子同怜惜,我也无奈春归去"的那种情趣。再说,多年以来,我多少脱离了芭蕉的创作意图,而按自己的理解来解释这首俳句,但总觉得在"春归去"和"近江"这两点上,我同芭蕉

---

[1] 芭蕉的弟子,美浓人。

的心是息息相通的。这听起来有点强辩、诡辩，我也认了。

一提到"自然环境"和前面的有关静冈的茶圃，我的脑子里就浮现出《源氏物语》中的"宇治十回"来。宇治同静冈齐名，是日本两大著名茶产地之一。一提到静冈的茶圃，就当然联想起宇治来。这似乎是平淡无奇。但是，我在檀香山饭店里读《源氏物语》，宇治这个词就不仅是个地名，而且是"宇治十回"中的宇治了。也就是《源氏物语》五十四回的最后十回、《源氏物语》第三部的"自然环境"，我总觉得其"自然环境"一定是宇治，这同我思乡之心是相通的，多少有些微妙的地方。另外，紫式部将宇治作为"自然环境"来描写，后世读者也自然认为其"自然环境"一定是宇治了。这就是紫式部这位作家的力量。

我已投身在泪川，
谁置木栅阻急湍。

故人抛我成永别，
此生弃置掩心扉。

这是"习字"一回中浮舟作的歌。"那时候，横川住着一位叫某某僧都的虔诚的高僧"，这位横川的高僧带着众僧弟子到初濑参拜归来，路过宇治，在宇治川畔救起了浮舟。浮舟被救，稍稍安定下来之后，习字时就写下这首歌。

晚上，前去初濑供奉的僧人和另一位僧人对下法师说道：

> 我们把灯火点燃，到渺无人影的后院去。在那像森林般的大树下，看到一个似是"令人讨厌的江湖汉"，一个白色的东西在扩展。
>
> "那是什么东西？"
>
> 他们停住脚步，挑明灯火，看见确实有个东西的影子。
>
> "莫非是狐狸精？真可恨。要让它现出原形。"
>
> ……他们靠近过去，只见她披散着润泽的长发，依靠在一棵粗大的树干上悲伤地恸哭。

这是一件罕事，是一件怪事，莫非是狐狸精？他们把横川的高僧唤来，也把寺院管理人叫来了。

"是鬼？是神？是狐狸精还是树魂？我是天下的修行者，不要躲藏啦！自报姓名！自报姓名！"说着就去拉她的衣衫，她把脸埋起来，终于痛哭了。

是"树鬼魂"还是"古代的无眼无鼻鬼"？要是把她的衣衫脱掉，她就会俯伏下来号啕大哭。

"大雨下个不停。倘使就这样置之不顾，她就只有等死了。"于是他们把她抬到墙根下。

僧都说："确是人的模样，眼看着把她垂死的生命弃置一旁，太残忍了。人们捕获池里的游鱼，狩猎山中的鸣鹿之后，眼看着它们挣扎在生死线上而不相救，太可悲了。人生短暂，即使是最后一二天的残命，也无不珍惜其性命的。她即使被鬼魂附体、神灵驱使、人世赶撵，或是受骗上当，最后也逃脱不了死于非命。尽管如此，佛必拯救。暂且不妨给她喝口热开水救救试试。倘使最后还是死，也就无可奈何了。"

尔后，僧都把得救了的浮舟"带到一个静谧、隐蔽的地方，让她躺了下来"。她"身穿白色锦缎衣裳，红色裙子，荡着一股芳香，是位年轻貌美的女子，不见得是由于艳丽的化妆"。僧都的尼姑妹甚至把浮舟当作自己死去的女儿，从黄泉回到了人间，倍加体贴和照料。她说："我看到了一位恍如梦幻中的美人。"她还说："我看到了浮舟梳头，""简直就像从天而降的美丽仙女，""比采竹翁在竹节里发现辉夜姬时更加觉得出奇啦。"

就这样继续探讨了"习字"这一回，天都快亮了。要讲解"宇治十回"，恐怕要花上两三年的时间。在这里我只好割爱了。之所以谈及紫式部的优雅文字，提及辉夜姬，是因为它引起了我的注意。《源氏物语》的"赛画"一回里指出："物语鼻祖是《竹取物语》。"后人谈及《竹取物语》时，总要引用这句话。紫式部在这一回里还写道："辉夜姬的物语绘画，经常被作为玩赏之物""辉夜姬不染现世的尘垢，发誓保持高洁""辉夜姬的升天，凡人是无法求得的，天宫怎么样，谁也不知道"。于是我们发现，"习字"一回里所记载的"比采竹翁在竹节里发现辉夜姬时更加觉得出奇啦"一句，是引自上述《竹取物语》的。

从前有个伐竹翁，天天上山伐竹，制成各种竹器来使用。他名叫赞岐造麻吕。有一天，他发现一节竹子发出亮光，觉得出奇，走上前去，只见竹筒里亮光闪闪。仔细观察，原来是个三寸的小美人。老翁喃喃自语："你藏在我朝朝夕夕相见的竹子里，你应该做我的孩子。"于是，他把孩子托在掌心上，带回家中，交给老妻抚养。她长得美丽可爱、小巧玲珑，老妇也就把她放在篮子里养育了。

中学时代，我第一次阅读《竹取物语》（10世纪初成书）这段开场白时，感到实在美极了。我曾见过京都嵯峨一带的竹林，还有比京都距我家乡还近的山崎和向日町一带生产竹笋的竹林更美的吗？我就想象在那竹林里，美丽的"竹筒中"亮光闪闪，辉夜姬就住在这里面。中学生的我，压根儿就不知道《竹取物语》是根据那时或更早的传说、故事编成的。我完全相信《竹取物语》的作者发现、感受和创作的美，自己也立志这样做。这部日本小说鼻祖之构思，其美是无法言喻的，令人心荡神驰。少年时代的我，阅读《竹取物语》，领会到这是一部崇拜圣洁处女、赞美永恒女性的小说，它使我憧憬、使我心旷神怡。也许是这份童心在起作用吧，至今我还常把紫式部在《源氏物语》中所写的"辉夜姬不染世人的尘垢，发誓保持高洁""辉夜姬升天，凡人是无法求得的"这番话，引用在我的文章里，不仅仅是修辞。在檀香山，我重新阅读了当今国文学者有关《竹取物语》的评论，他们认为《竹取物语》表现了成书那个时代的人，对无限、永恒、纯洁的思慕和憧憬。

少年的我，觉得将"只有三寸"的小巧玲珑的辉夜姬"放在篮子里抚养"，是指放在用竹子编成的篮子里养育，这是很美的。它使我联想起《万叶集》（8世纪成书）卷首雄略天皇撰写的歌：

> 美哉此提篮，少女身边挎。
> 美哉此菜锄，少女手中拿。
> 尔为挖野菜，来到此丘山。
> 尔家在何处，能否对我言？
> 尔身是何名，能否对我谈？
> 大和山川好，皆为我之田。
> 全国臣民众，悉尊我之权。
> 我家与我名，已向姑娘宣。

我还想象，少女在山冈上采野菜时，手提的篮子。从作为圣洁的处女升上月宫的辉夜姬，我又联想起人间的少女手儿奈来，在众多男子的追求之下，始终对谁也没有应允，就投井自尽。我缅怀这位葛饰[1]真间的少女手儿奈。《万叶集》的歌之所以唤起我的联想，也是很自然的吧。

…………

葛饰一处女，芳名手儿奈。

传墓在此间，叶茂松柏青。

古松很久远，枝老叶犹荣。

青冢不可寻，芳名忘不成。

反歌二首

我将遍告人，曾到真间湾。

芳名手儿奈，传墓在此间。

来到真间湾，玉藻海中生。

江湾割海藻，总忆手儿奈。

（山部赤人，8世纪）

---

[1] 葛饰，下总国郡的旧称，今分属东京、千叶、琦玉三市县。

东国传佳话，千古永流传。

葛饰真间女，艳名传四方。

麻衣何洁白，青衿淡淡妆。

青丝无头饰，裙裳亲手织。

素足步轻盈，胜过绫罗娘。

面如满月艳，笑似鲜花放。

迎面婷婷立，众多凤求凰。

如蛾亲灯火，似舟皆归港。

人生有几何？绝尘一命亡。

青冢埋艳尸，玉貌已渺茫。

此事虽古远，至今犹余音。

　　反　　歌

葛饰真间井，睹物倍增思。

艳丽手儿奈，来井汲水时。

（高桥虫麻吕，8 世纪）

　　人间的手儿奈似乎是万叶歌人理想中的一位少女。还有一位菟原的少女被两名男子激烈争夺，她长叹"两人赴汤蹈火，剑拔弩张，妹子告诉母亲：我这卑微的女子,看着这俩男子相争不休,我生世难相会,就相待在黄泉吧",少女终于自尽了。高桥虫林吕也曾为这位菟原少女的传说作了一首长歌。

> ……………
> 伊人悲叹去,血沼壮士梦。
> 梦中得噩耗,殉情赴幽冥。
> 菟原豪壮士,得闻此中情,
> 仰天长嚎哭,顿足不欲生。
> 岂可后于人,独留污浊名,
> 腰佩短剑去……

人们跑过去,只见两名壮士都已逝去。

亲属们一起商量,为少女建造一座墓,并让两名壮士陪葬左右,以标志他们永恒的爱,使他们的故事流芳百世。这故事虽已久远,但听起来犹如新丧,不禁令人潸然泪下。

少年时代,我流连在日本古典文学之中。散文方面,我最先读了平安王朝的《源氏物语》《枕草子》,后来才读了比它们早成书的《古事记》(712),以及比它们后成书的《平家物语》(13世纪初),还有西鹤(1642～1693)、近松(1653～1724)等人的作品。诗歌方面,读了平安王朝的《古今和歌集》。不过,最先读的是奈良时代的《万叶集》。这种读书顺序,与其说是我主动选择,莫如说是受到当时读书风气的影响。在文字上,《古今和歌集》的确比《万叶集》易懂。但对年轻人来说,《万叶集》比《古今和歌集》和《新古今和歌集》更易理解,且更易引起共鸣。

现在回想起来,这种看法相当粗略。不过,散文方面,我喜爱女性的"婀娜多姿";诗歌方面,我则爱读具有男性的"威武气魄"之作,这是非常有趣的。就是说,我接触到最高水平的作品,这是件好事情。从《万叶集》到《古今和歌集》的发展过程中,出现了种种情况。尽管这种看法更是粗略,但随着《万叶集》发展到《古今和歌集》,使我联想到从"绳文文化"演变到"弥生文化"。那是出现土器、土俑的时代。倘使说绳文时代的土器、土俑具有男性的威武气魄,那么弥生时代的土器、土俑就具有女性的婀娜多姿了。当然,也有人说绳文时代前后延续达五千年之久。

我在这里之所以突然提起绳文文化,乃是因为我觉得:战后人们最多、最新发现到、并感受到的日本的美,难道不就是绳文文化的美吗？土器、土偶几乎都是出土的东西。这是被埋没在地下、却是存在着的美之发现。当然，绳文文化的美，战前也已为人所知；不过，战后的今天，它的美才得到广泛地承认和传播。人们重新发现了日本古代民族近乎神奇、怪异、具有旺盛生命力的美。

从《源氏物语》的"习字"一回开始，就离开了联想的正题，还没有拉回到《源氏物语》上来。不过，横川的僧都想搭救浮舟时有这么一段话：

> 人们捕获池里的游鱼，狩猎山中的鸣鹿之后，眼看着它们挣扎在生死线上而不相救，太可悲了。人生短暂，即使是最后一二天的残命，也无不珍惜其性命的。她即使被鬼魂附体、神灵驱使、人世赶撵，或是受骗上当，最后也逃脱不了死于非命。尽管如此，佛必拯救。暂且不妨给她喝口热开水救救试试。倘使最后还是死，也就无可奈何了。

梅原猛（1925～ ）[1]对这段话作了这样的解释："浮舟确是鬼神附体，遭人抛弃、欺骗，最后落得走投

---

[1] 梅原猛于2019年因病去世。——编注

无路，除丧于非命以外，别无其他活路，只有这样的人才获得佛祖的拯救。这就是大乘佛教的核心。人受鬼神附体，无可奈何，陷入烦恼，失去活路，不得不了结自己的性命。只有这样走投无路的人才获得佛祖的拯救，这就是大乘佛教的核心。看来这也是紫式部所信奉的。"然而，假如横川僧都的模特儿，是横川的惠心僧都，或是《往生要集》的作者源信（942～1017），那么梅原甚至还会这样说："在'宇治十回'中，紫式部不就是向当时最大的知识分子源信挑战了吗？她不正是敏锐地笔录了源信的说教同生活的矛盾，对此进行有的放矢的批评吗？被佛祖拯救的人，觉得仿佛紫式部在呼喊：这不是源信那样的高僧，而是浮舟那样有罪的女人、愚蠢的女人。"

紫式部怜惜浮舟，让她悄然奔赴清净的境界。她写罢《源氏物语》，却留下余情余韵。我在这里讲述的关于《源氏物语》的美，也还没有入门，但我不会忘却美国的一些日本文学研究家，比如爱德华·赛登斯德卡、唐纳德·金和艾万·摩利斯等人，我从他们优秀的《源氏物语》文论中，得到了许多启迪。翻译家阿萨·威利将《源氏物语》提高到世界文学之林，十年前我在英国笔会的一次晚餐会上与他同席，而且就坐在他的贴邻，我们彼此用蹩脚的日语和英语对话，用英文和日文笔谈，好歹谈通了，这也给我留下难以磨灭的印象。我说："希望你到日本来。"威利却回答说："因为将要幻灭，不能去了。"

我读了唐纳德·金的这样一段话："我认为外国人比日本人更容易体会《源氏物语》的意味"（刊于1966年8月16日《信浓每日新闻》的《山麓清谈》上），不禁使我大吃一惊。他说："我涉足日本文学，乃是阅读《源氏物语》英译本之后，深受感动才开始的。我认为外国人比日本人更容易体会《源氏物语》的意味。原文很难，不易弄懂。现代语译本，包括谷崎（润一郎）先生所译的在内，有多种译本。不过，为了尽可能再现原作的韵味，不得不使用许多现代日语中所没有的词汇。这种顾虑，英译本就不必要了。因此我读《源氏物语》英译本，感到的确有一种巨大的魄力。我认为《源氏物语》比19世纪的欧洲文学更接近20世纪的美国人的心理，息息相通。那是因为作品中的人物形象着实描绘得栩栩如生……若论《源氏物语》和《金色夜叉》哪种更古远？自然是《金色夜叉》古远。《源氏物语》的人物形象栩栩如生，是永远新鲜、价值不变的。它与20世纪美国所处的时代和社会生活不同,但它绝不是难懂的作品。纽约一些女子大学甚至把《源氏物语》列入20世纪文学讲座里。"

我感到唐纳德·金所说的"外国人更容易体会"这句话,同泰戈尔所说的"外国人比你们自己更容易理解"这句话是共鸣的。我感受到美的存在与发现的幸福。

(1969年5月1日、16日在夏威夷的公开讲演)

日本文学之美

　　黑发乱蓬松，心伤人不知。
　　伏首欲梳拢，首先把君思。

　　这是和泉式部（生卒年不详，推断为976年或979年）的一首诗。"心伤"是指过度悲伤或泣不成声。"首先"是指这种时候立刻或马上吧。这首大约一千年前的诗，现在朗读起来也能直接感受到女性的感情。这紧扣女性的感官，可以说，是一首感官式的歌。

　　朝鬓乱蓬松，我自不梳妆。
　　枕臂抚短袖，感君情意长。

将《万叶集》中的这首歌,同和泉式部的歌相比较,现代人就会说:女子的秀发触及男子的手或肌肤都是一样的,但从这首歌中可以感受到朴素的万叶少女的悲怜和纯真,再没有什么歌能比得上和泉式部的歌那样妖艳地飘逸着感官的气息了。

另外,藤原定家(1162～1241)的:

> 欢为伊梳发,丝丝情意长。
> 当年伊面影,依稀在我旁。

和泉式部研究家青木生子也指出:定家写这首歌时,他的脑子里大概也盘旋着和泉式部那首黑发的歌吧。和泉式部写的是女性的歌,定家与之相呼应,是从男性的角度来写作的吧。青木读后,体味到定家这首歌是"妖艳而鲜明的感觉世界,仿佛复生黑发冰凉的感触"。我读这首歌的体会,还没有达到那种程度,还没有认识到它是这样一首好歌。这首歌没有列为定家的优秀歌作。当然,即使这首歌只有一人认为是优秀的,恐怕也不能轻易地否定吧。常常有这样的情况:一件艺术作品起初只有一人发现、感觉到它的美,久而久之才为大众所理解。

对定家的歌，青木认为没有失去和泉式部那种"澎湃的恋爱热情"。我也是这样认为的。和泉式部同《源氏物语》的作者紫式部、《枕草子》的作者清少纳言齐名，也都是根据她们的歌作而把她们誉为"王朝三才女"的。从《拾遗和歌集》（约1005）始，以《后拾遗和歌集》（1086）为主，包括《金叶和歌集》（1125）、《词花和歌集》（1151）、《千载和歌集》（约1187）、《新古今和歌集》（1205）等敕撰和歌集，均以女性创作的歌居多，共计收入二百四十七首。由此可见，从往昔起她就被看作是王朝第一女歌人。这是不能否认的。

上述从往昔到王朝，就是从1005年《拾遗和歌集》成书起，至1205年《新古今和歌集》上奏皇上止，二百年的岁月流逝了。整整两个世纪。11世纪和现今20世纪时间的流逝速度完全不同，我们的现代文学作品从现在起到二百年以后，将会变成什么样子呢？可以留传到那时候的"澎湃的恋爱热情"的作品，如今能写出几部呢？我觉得艺术作品并不一定非永恒不朽才算上乘，正如政治思想不成熟的作品只有在当时起作用，也有它的意义一样。再说永恒不朽的艺术也可以是暂时的形态，而且这人世间没有不灭的东西，重要的是一种东西在人世间一旦被发现，就不论如何也都是不灭的了。即使灭了，也是不会灭绝的。

我脑子里就有这样的想法。空、虚、否定之肯定，这姑且不说，艺术必须富有永恒不朽的灵魂。打幼年，我就硬读过一些日本古典文学，尽管只是浏览，但年轻时读过的古典文学还是朦胧地留在我的脑海里。色调虽然淡薄，却也感染了我的心。就是阅读当代文学作品，有时我也感受到千年、一千二百年以来的日本古典在我的心中旋荡。《古今和歌集》《源氏物语》《枕草子》等大约是一千年前，《古事记》《万叶集》等大约是一千二百年前的作品了。一千年、一千二百年前不亚于今天，毋宁说拥有比今天更优秀的文学、诗歌和散文。很明显，这对于我们创造和鉴赏今天的文学是很有裨益的，或者将会成为一种内蕴的力量。这是毫无疑问的。在充分理解日本的古典、传统的基础上，也企图否定它、排除它，有时是不十分理解它，且近乎不关心它，这也是难免的。

从《拾遗和歌集》到《新古今和歌集》的二百年间，政治上发生了很大的变化，朝廷政治的平安时代变成了武家政治的镰仓时代。《拾遗和歌集》成书的年份不详，大概是在一条天皇（980～1011）时代、藤原道长（966～1027）的"荣华"时代，与《枕草子》《源氏物语》《紫式部日记》或《和泉式部日记》等出世的时代同一时期，是王朝文化百花齐放的时代。和泉式部与紫式部、赤染卫门、伊势大辅等一起供职宫中，伺候一条天皇的中宫、道长的女儿彰子，总之，她们是共同生活的交情吧。《紫式部日记》或赤染卫门的《荣华物语》都写了和泉式部。她与伊势大辅赠答歌如下：

相思在心情痴痴，
情意绵绵无休止。　　　和泉式部

欲不思君犹思君，
君纵不思情更深。　　　伊势大辅

这是玩弄亲密感情的语言游戏。同样入宫侍候一条皇后定子的清少纳言，与和泉式部也有过赠答歌。

道长时代之前，平安王朝的和文文学中有《竹取物语》《伊势物语》、纪贯之（约872～945）的《土佐日记》(935)、藤原道纲母的《蜉蝣日记》(954～973的纪事)、《宇津保物语》《落洼物语》，歌人方面有在原业平（825～880）和小野小町等，歌集方面有《古今和歌集》（905）等。他们先于道长时代而存在，引导出道长的时代。尽管如此，道长时代却达到了令人吃惊的相当娴熟的阶段。之后，镰仓、室町、江户时代，女子创作的女性文学的潮流并未中断。如果说，道长时代之后迎来女性文学黄金时代，就是我们所处的现代。

道长时代女性文学之卓越，自有其道理。今天女文学家辈出，也自有其原因吧。明治时代（1868～1912），小说方面有樋口一叶（1872～1896），诗歌方面有与谢野晶子（1878～1942）等，她们是不是像平安朝的小野小町那样，是先驱者、开拓者呢？一叶仅活到二十四岁就夭折了，晶子则生育十几个孩子，相当长寿。她将《源氏物语》《荣华物语》《紫式部日记》《和泉式部日记》等译成现代语，在文学上完成相当艰苦的事业。在研究和评论包括《源氏物语》在内的平安朝文学方面，也显示了她的卓识。她还写了和泉式部传记。晶子对和泉式部怀有挚爱的感情。

日本古典文学方面，晶子主要尊崇平安朝文学，对奈良朝的《万叶集》、江户的元禄（1688～1704）文学好像并不那么推崇。这是很有道理的。《源氏物语》集中表现了王朝的美,后来形成了日本美的传统。我年轻时说过:《源氏物语》灭亡了藤原、灭亡了平家、灭亡了北条、灭亡了足利、灭亡了德川。听起来这句话相当粗暴,但并非全无根据。倘使宫廷生活像《源氏物语》那样烂熟,那么衰亡是不可避免的。"烂熟"这个词,就包含着走向衰亡的征兆。《源氏物语》极端烂熟,倾向于衰颓。从某种意义上说,一种文化发展到登峰造极,就势必从巅峰跌落下来。不,不止地上登,似乎是继续上登,其实已经开始走下坡路,事态就在这种危险的时候发生的。综观古今东西方,几乎所有艺术的最高名作,都是在这种危险时期出现的。这是艺术的宿命,也是文化的宿命。

"沙罗双树[1]花变色,盛者必衰是道理。骄者势盛不久长,只像春夜一场梦,专横霸道终绝灭,恰似风前扬尘土。"这是《平家物语》(13世纪初成书)的一段开场白。它不仅是佛教的无常观,也不仅是日本式的虚幻。一种文化,文化中的艺术,其鼎盛期也是不会持续一二百年的。盛极必衰。紫式部、清少纳言、和泉式部所在的道长时代是短暂的,井原西鹤

---

[1] 传说释迦涅槃时,四周各有两株沙罗树忽然由绿变白。

（1642～1693）、松尾芭蕉（1644～1694）、近松门左卫门（1653～1724）所在的元禄时代也是短暂的。文化发展到烂熟，就势必衰颓，倾向并掉落在颓废的深渊，艺术也衰微而丧失生命力。

今日日本是明治百年，战败后二十五年，号称"昭和元禄"，当然这完全是基于经济的发展和繁荣，文化随之也多彩、艳丽和昌盛。然而，今天果真是文化艺术的兴隆期吗？是成熟期吗？倘果如此，恐怕已是衰颓期了吧？如今自己本身掺杂其中，要弄清楚是很困难的，也是不可能的。只好留待历史来判断了。我曾听当代一位大画家说过：希望死后十年再举行自己的葬礼。死后十年，自己绘画的价值大体也有定评了。再说十年后还前来参加葬礼的人，才是真正热爱和承认自己。他的这句话深印在我的心中。实际上，死后仅仅十年的光景，其作品真正能留存下来的艺术家也并不多。不过，这是艺术家个人的事，事实上也并不是个人的事。就是说，诞生这位艺术家的国家，这位艺术家生活的时代，就是这位艺术家无法摆脱的命运吧。

假如11世纪初，日本不是道长时代，也就不可能产生紫式部。假如17世纪下半叶，日本不是元禄时代，同样也就不可能产生芭蕉。我总是这样认为的。在紫式部之前或其后，日本未必无人在文学素质和天赋的才能方面超过紫式部，但他们不是诞生在紫式部的时代，就写不出足以与《源氏物语》相媲美的小说。紫式部时代，宫廷仕男们不见得就不如宫廷仕女。只是仕男不太想使用和文书写散文。纪贯之在《土佐日记》开首就留下这样一句可笑的话："女子也想试写男子所记的日记。"因为那时男子习惯于用汉文记日记的缘故。贯之所以胆敢尝试托女笔者用假名书写和文日记，乃是因为当时有人从他是大歌人的角度来看，说他面对唐式汉诗、汉文，是为了要振兴国风的和歌、和文的缘故。也有人说：乃是因为他一心想表现自己失去女儿而悲伤与忧愁的感情。尽管众说纷纭，但是《土佐日记》之能成为一部优秀的文学作品，当然是由于他能使用和文来书写的缘故。

《古今和歌集》有真名序和假名序，就是说有汉、和两种文字的序文。假名序是由贯之撰写的。一部和歌集却收入汉、和两种文字的序文，尽管和文的序是根据汉文的序来写，但用本国的文字表现，要比汉文的序优秀得多；由此日本风格潮流的高涨并传播开来，对于后世的影响是很大的。不久，《敕撰和歌集》迎来了和文的繁荣局面。可以认为，它是先驱的象征。平安朝的男性并不亚于写宫廷文学的女性，甚或比女性卓越，这在今天已是一目了然。例如他们的书法，平安朝男子的书法留传下来的为数较多，还可以看到挂在茶室壁龛上的珍贵的和歌古墨迹断片。

所谓"三笔"[1]的嵯峨天皇、橘逸势、空海弘法大师，还有所谓"三迹"[2]的小野道风、藤原佐理、藤原行成等人都是平安朝的书法家。日本古今的书法家尚未有能够超过他们的。但是比起平安朝初朝的"三笔"来，接近王朝文学鼎盛时期出现的"三迹"书法，明显地形成了和风，即日本风格。纪贯之、藤原公正等也是书法家，其笔迹草体假名留传于后世，我认为这才是日本美的顶峰。当时涌现了大批这样的书法家。平安朝出现了假名，它比较容易反映日本语的语音。也许是假名已经定型，才兴起和文文学，才盛行假名书法吧。文学方面出现了许多优秀女作家的作品，可是书法方面值得观赏的女书法家的作品却没有留传下来。虽有紫式部书写的和歌卷轴，但是不是真迹，令人怀疑。也许平安王朝没有出现女书法家，人们就想

---

[1] 三笔，指日本书法史上的三大家。
[2] 三迹，指用和文书写书法的三大家。

哪怕有紫式部的字迹也好嘛，也就冒假了吧。

平安朝自不消说，奈良朝也引进中国文化，开始模仿唐代文化。正像明治百年的今天，日本文化受惠于西方文化一样，平安朝的文化承蒙了中国唐代文化的恩惠。不过，这里必须认真考虑的，也是我想讲的，就是平安朝文化如何引进和如何模仿中国文化。我对中国文化知识的认知的确十分浅薄，只能仰仗学者和研究家的见解。但是，凭我的直感，我怀疑平安朝是不是真正引进了中国的庄重而伟大的文化？是不是真正模仿到手了？于是很自然联想到，从一开始就采取日本式的吸收法，即按照日本式的爱好来学，然后全部日本化。这一点，只要看看平安朝的美术，就可以明白，建筑、雕刻、工艺、绘画等都是如此。例如书法，就以"三笔"来说吧，他们纵令不及中国大书法家，但也已经创造出日本式的美。这是确实无疑的。而且盛行假名草体书法之后，这种日本美是古今东西方无以类比的。

平安朝的假名书法优雅、秀丽而纤细，我们不能忽视在流丽的文字线条中充满的高雅品格和苍劲有力。随着时代的推移，要么失去原型，品格下降；要么囿于原型，软弱无力。平安朝之后，某些禅僧书写过精神境界高的书法。可是大约千年间，最终及至平安朝就没有日本式书法的美。我偶尔兴之所至，阅读平安朝的文学作品时，也思考过这个问题。于是想起了女人头发的事来。日本女人的头发丰厚，又黑又长，最长的得数平安王朝宫中的仕女了。

所以回顾平安朝引进和模仿中国文化，就是要思考"明治百年"引进、模仿西方文化的问题。不，相反的，思考我们今天接受西方文化，就要回顾从前接受中国文化的问题。时代大不相同，也许不足以作参考，也许还有参考的价值。"明治百年"的日本，是否能够真正引进，是否能够真正模仿西方庄重而伟大的文化，特别是其精神，难道这还不值得认真怀疑吗？难道这还不该从一开始就采取日本式的吸收法，按照日本式的爱好来学吗？我想特别强调的，实际上有些地方吸收和学习都没有真正做到。如果认为"明治百年"已经将西方的精神文化消化了，那就太肤浅了。

可话又说回来，倒确是将一部分西方文化完全日本化了。例如，看看现存的西洋画老大家的绘画，与其说是西洋画，不如说已是日本的文人画风了。还有西方自然主义文学的影响，在日本有类似田山花袋（1871～1930）、岛崎藤村（1872～1943）、德田秋声

（1871～1943）的作品。日本是个翻译事业发达的国家，西方的新文学很快就被介绍过来。似乎可以认为，迄今一直活跃在第一线的文学家是同西方文学同步前进的。在外国人的眼里，这大概是日本式的吧。稍过些时日，原先似西方式的文学，也就变成日本式的了。现在回顾明治、大正乃至战前的文学，这点已是很明显的了。可能是日本人的命运吧，但日本民族的命运不在世界别处，它同日本的创造有多少联系，恐怕就是我们所关切的重要问题了。

大约一千年前的往昔，日本民族就以自己的方式吸收并消化了中国唐代的文化，产生了平安朝的美。"明治百年"以来吸收西方文化的日本人，究竟创造出足以同王朝文化相比的美来了吗？就算不说王朝文化，现在究竟创造出像镰仓时代文化、室町时代文化、江户时代文化那样的，好歹是世界上独特的文化来了吗？我但愿已经建立起超过过去任何时代的日本独特的文化；今天民族的力量绝没有衰颓，可以将日本新的创造，贡献于世界的文化。也许已经创造出什么，也许自己生活在这个时代之中反而难以认识。不，恐怕这是今后的事了。文化的昌盛往往是伴随经济、生产的繁荣而来的。

显然,明治是勃兴的时代。可是,"明治百年"的今天还是勃兴的时期吗?已经到成熟期了吗?或许是自己身在其间难以判断?不过,我似乎感到是处在未成熟的时期。这时期还没有充分吸收西方文化,还没有日本化。平安王朝在894年废除了遣唐使,经过百年之后,出现了道长的时代。江户时期,在1639年实行锁国政策,经过五十年之后,出现了元禄时代。断绝了同外国的联系,确是使文化净化为最日本式的文化。但又不仅是这个原因。道长、元禄时代是成熟期。今天做梦也不会想到锁国政策一类的事。世界文化犹如万国博览会,同海外各国进行文化交流越来越频繁,就势必使本国文化立足于其中。创造世界文化,也就是创造民族文化;创造民族文化,也应该是创造世界文化。

总之,这就要越过文化的交通地狱,以今天同过去相比,有时我也感到不可思议。比如,11世纪初的紫式部、清少纳言、和泉式部,以及17世纪后半叶的松尾芭蕉,他们学习、尊崇的古典文学都是共通的,为数不少。不仅是日本的古典,中国的古典也是如此。13世纪的藤原定家、15世纪的世阿弥和宗祇也是如此。平安时期至江户时代的古典文学世界中,流传、呼应和交织着同样的古典传统。这就是日本文学的传统的脉络。明治时代引进了西方文学，遇到了巨大的变革，这脉络好像被切断，流通着别的血液。但是，随着时间的推移，我越发感到古典传统的脉络依然是畅通的。

1969年9月